La librería de los viernes

Sawako Natori

La librería de los viernes

Traducción de Juan Francisco González Sánchez

ESPASA

Título original: 金曜日の本屋さん

Espasa es un sello editorial de Editorial Planeta, S. A.
Avda. Diagonal, 662-664, 08034 Barcelona (España)
www.espasa.com
www.planetadelibros.com

Imágenes del interior: © Shutterstock

Las páginas 311-313 son una extensión de esta página de créditos

Primera edición: febrero de 2026
Segunda impresión: marzo de 2026
Tercera impresión: mayo de 2026
ISBN: 978-84-670-8066-7
Depósito legal: B. 128-2026
Composición: Realización Planeta
Impresión y encuadernación: Limpergraf, S. L.
Printed in Spain - Impreso en España

1

Ni rastro del libro anhelado

Ubicada en una pequeña estación de tren de la región de Kitakanto, una librería se había ganado la curiosa fama de guardar entre sus estanterías cualquier libro que sus lectores buscasen o necesitasen por una u otra razón, el libro exacto que se adecuaba a sus circunstancias personales y que incluso uno ya anhelaba leer antes de ser consciente de ello.

Diversos motivos podían postularse como candidatos para explicar por qué alguien necesitaba tal o cual libro en determinado momento de su vida, pero, en definitiva, así era: había libros que sosegaban y aliviaban, que servían de bote salvavidas y lugar al que amarrarse.

Recuerdo que cuando encontré esta librería en internet, mi primera reacción fue de estupor e incredulidad: me limité a ajustarme las gafas —que, como siempre, se me habían deslizado nariz abajo—, empujando hacia arriba el puente con el dedo índice.

A continuación, levanté la vista al cielo.

«¿Será verdad?», podría haberme preguntado;

«qué va...», podría haberme contestado, rechazando la posibilidad con una sonora carcajada; «qué idiotez», podría haber añadido, estampando así el sello definitivo de mi incredulidad.

Pero no lo hice. No quise permitírmelo: en vez de desestimar aquella información, por absurda que pareciera, continué indagando laboriosamente acerca de todo aquello que me interesaba, y tras conseguir el nombre de la estación y el de la librería, logré trazar el trayecto ferroviario que unía aquel lugar con el barrio donde yo vivía.

Dicho y hecho: doce horas después, me encontraba en un vagón de tren, en dirección a aquella estación, mirando la pantalla del móvil y recorriendo con la vista todo el surtido de redes sociales a mi alcance.

Dos horas y media después de haber dejado Tokio, seguía entreteniéndome con la lectura de comentarios de mis amigos, de amigos de mis amigos, de conocidos, de desconocidos que se vuelven conocidos, y con artículos y crónicas que surgían en enlaces adjuntos, dejando que el tiempo se escurriera veloz entre todo aquel aluvión de mensajes y emoticones. Eso era en lo único en lo que podía emplear el tiempo, porque no soportaba cruzarme de brazos y pasar un rato tan largo en el tren sin hacer nada.

Dos horas y media antes, el sol se hundía en el horizonte y sus últimos rayos teñían de naranja las escaleras de la estación de Hiroo, pero ahora el cielo se había vuelto una masa oscura, solo interrumpida por la luna, que brillaba con extraordinaria nitidez; una prueba de que afuera el aire debía de ser gélido. Recordé que aún estábamos en el mes de marzo y eché en falta el grueso abrigo que había dejado en casa.

Empujé el puente de mis gafas hacia arriba y me dije: «Venga, solo faltan tres estaciones, ánimo». Si hubiera dicho aquello en voz alta, no habría llamado la atención porque en el vagón no había un alma, nadie excepto yo. Un viernes como cualquier otro, a las ocho de la tarde, en Tokio, lo normal era verse rodeado y arrollado por hordas de oficinistas que volvían a sus casas, liberados de su carga de trabajo semanal; pero la larga fila de asientos para siete personas que tenía frente a mí permanecía, de extremo a extremo, sumida en el más inmutable vacío, como también la fila de mi asiento.

Después de transitar por las redes sociales y su voluminoso caudal de comentarios y emoticones, abrí el navegador y tecleé las palabras «línea Chorin vacía ¿por qué?» en la barra de búsqueda. Enseguida apareció una respuesta en la pantalla: la línea era utilizada mayoritariamente por escolares y quedaba casi libre de pasajeros fuera de las horas de entrada y salida de los colegios y los institutos. «Sorprendentemente solitaria» era la contundente expresión que utilizaba el buscador, mientras un bloguero era aún más expeditivo y aseguraba que «la línea acabaría desapareciendo si la crisis de la natalidad se agravaba».

«Pues sí que estamos bien...», pensé, moviendo la cabeza arriba y abajo, a la vez que toqueteaba nervioso una de las patillas de mis gafas. Alcé la vista: el tren acababa de parar en una estación cuyo nombre me era familiar. «¡La estación de Kamado! ¡Aquí está la universidad de Gauchi!».

Sabía que la facultad en la que yo estudiaba en Tokio iba a ser trasladada al campus de Kamado en mi tercer año de estudios, pero nunca habría imaginado que aquel lugar se encontrase tan alejado. La duración del trayecto, indicada en un folleto de la universidad, asumía que el transbordo de trenes nunca sufría demoras; pero eso no dejaba de ser más que una suposición optimista e irreal en una zona tan apartada como aquella. De pronto, caí en la cuenta de algo: «De todos modos, voy a tomarme un año sabático antes de pasar a tercero. Así que no importa».

Cambié de posición sobre mi asiento y acerqué el rostro a la ventanilla del tren para contemplar el paisaje exterior, sumido en la oscuridad cerrada de la noche. No había edificios, solo campos de cultivo, casas esparcidas y algún que otro cartel jalonando las tierras. Me llamó la atención un árbol que crecía en medio de un extenso jardín de una gran casa, todo moteado de flores blancas que parecían resplandecer suave y difusamente a la luz de la luna. «Claro, ya ha comenzado la primavera», pensé. En efecto, la primavera llegaba para todos por igual. Solo cambiaba el lugar y las circunstancias con que se la recibía.

Noté que se me humedecían los ojos y sacudí la cabeza. Apoyé la frente sobre el cristal de la ventanilla, y al poco tiempo percibí en la piel el progresivo descenso de la velocidad del tren, con el consiguiente deslizamiento de las gafas, nariz abajo.

Acababa de llegar a la estación de Nohara...

El anuncio por megafonía y el letrero de la estación en la que acababa de detenerse el tren así lo confirmaban. Me eché la mochila a la espalda y me apeé.

El andén estaba completamente vacío. A ambos lados había tramos de vía, lo que permitía a los trenes de ida y a los de vuelta efectuar parada simultánea en la estación. Había una tercera vía ferroviaria a un lado y, tras ella, un solar vacío sin la más tenue iluminación. Me pregunté si aquel día ya habría terminado la circulación de trenes e incliné la cabeza para mirar a un extremo y a otro de los tres andenes. De momento, no se aproximaba ninguno. Puesto que tampoco vi ninguna librería, me dirigí a las escaleras del final del andén, siguiendo la luz débil de una mísera lámpara fluorescente.

Las escaleras llevaban a un pasaje que conducía a la salida desde los andenes. No había escaleras mecánicas, pero sí un pequeño ascensor a uno de los lados. Yo, que apenas me trasladaba más que para ir de casa a la universidad y viceversa —es decir, ni siquiera me gustaba participar en actividades extraacadémicas ni me ganaba un modesto sueldo con un trabajo a tiempo parcial—, me decanté por el ascensor sin pensármelo dos veces.

Bien iluminado y climatizado, y de estructura sólida, el pasaje de la estación superaba todas las expectativas iniciales, por más que no pudiera compararse con los de las terminales de una gran urbe como Tokio. Por fin, hacia el final del pasaje, avisté la anhelada librería. «Así que es verdad que forma parte del recinto de la estación», pensé, mientras avivaba el paso.

Una puerta automática, estratégicamente ubicada, se abría a los viajeros desde el pasaje. Tanto esta como el segmento de muro que daba a la librería eran de cristal transparente y permitían contemplar su interior desde fuera. Aminoré el paso mientras escrutaba a través del muro de cristal. Se trataba de una librería normal y corriente; nada había en ella de llamativo: hileras de estanterías y algunas mesas atestadas de novelas premiadas, cómics de gran popularidad y *bestsellers* de todo tipo, sin llegar a sofocar el espacio del local, que no era demasiado amplio.

—Pero ¿esto...? —murmuré para mí, empujando con el dedo índice las gafas, lleno de incredulidad. Aquel no era el tipo de lugar que atesora ejemplares y ediciones de libros de gran significado personal, libros que uno pudiera necesitar realmente sin llegar a ser consciente de ello. Sospeché que todo lo que se decía de aquella librería no era más que una leyenda urbana.

Al terminar de recorrer el segmento transparente de pared, experimenté un cansancio súbito, causado —supuse— por el largo trayecto en tren, y, casi tambaleándome, busqué reposo apoyando la espalda sobre el muro color crema del pasaje. Me pregunté si habría alguna tienda detrás de aquella pared, pero el agotamiento superaba mi curiosidad y no me moví para comprobarlo.

Resoplé y dejé resbalar la espalda pared abajo hasta ponerme de cuclillas. De pronto, la puerta automática de la librería se abrió y alguien salió a gran velocidad, encaminándose a paso ligero hacia donde yo me encontraba hasta detenerse frente a mí. Decidí no inmutarme y mantener la cabeza gacha.

—¡Buenas noches! —dijo una voz clara y resuelta.

Levanté la vista y mi campo de visión se llenó del rostro de una joven de ojos grandes y brillantes, ilusionados como los de un niño que visita Disneylandia por primera vez. Eran unos ojos negros, de párpados bien delineados y pestañas largas y curvas. No habría sabido explicar si por el efecto de la luz o porque llevaba lentillas, o simplemente se trataba de una característica fisonómica suya, pero lo cierto es que eran unos ojos enormes, desmesurados. O tal vez es que la nariz y la boca eran pequeñas en proporción, pero, de cualquier modo, la mirada de aquellos ojos era de una intensidad abrumadora.

—Agh... —resoplé, abrumado por su cercanía.

La mujer acababa de agacharse frente a mí, y tras retirarse su larga y ondulada melena hacia atrás, me sonreía. Durante un breve instante, la sutil fragancia a cítrico que emanaba de ella me produjo un hipnótico cosquilleo en la nariz.

—¿Tienes experiencia? —preguntó, haciéndome despertar de aquella fugaz hipnosis.

—¿Cómo?

—Que si es tu primera vez.

¿Qué clase de pregunta era esa? ¿Acaso se me estaba insinuando de una manera tan directa? No, eso era imposible. ¿Desde cuándo una chica trata de seducir a un chico sin andarse con rodeos? Aquella desinhibición en grado superlativo debería haberme puesto en alerta, a la defensiva; pero... aquella sonrisa..., franca y sin dobleces, me indujo a mantener la calma.

—Eh..., más o menos... —contesté.

—¡Qué bien! —replicó, rebosante de entusiasmo—. Entonces, no perdamos más tiempo. ¡Vamos!

—¿A... ahora? —tartamudeé, alzando la voz debido a la sorpresa.

—Sí, claro, aquí —aseveró ella, sin dejar de sonreír; luego golpeó la pared encima de mi cabeza, como si llamara a una puerta—. Empezaba a estar desesperada por encontrar a alguien que me echara una mano.

Me puse en pie con la velocidad de un resorte y me volví hacia la pared.

Un letrero allí pegado decía: NECESITAMOS UN EMPLEADO. ¡ES URGENTE!

—La chica que teníamos trabajando aquí a tiempo parcial lo dejó debido a que a su marido lo destinaron a otro lugar y, la verdad, nos ha dejado en un buen aprieto. Bien, así que dices que tienes experiencia como librero, ¿verdad?

—Eh..., sí, sí, a tiempo parcial... —Me apresuré a colocarme las gafas, que habían vuelto a resbalárseme, y añadí, tratando de disimular el malentendido—: Pero hoy no he venido aquí para solicitar este empleo. Lo siento.

—Ah, ¿sí? Vaya... —Sus ojos perdieron aquel brillo y, de inmediato, cambió de actitud e hizo chasquear los dedos—. Claro, debes de ser un cliente.

—Sí, más o menos...

No pareció sentirse molesta por mis secas y entrecortadas respuestas, porque recuperó el entusiasmo y volvió a sonreírme. Todavía confundido por la situación, logré apartar mis ojos de los suyos, y al hacerlo reparé en la placa que llevaba prendida en su delantal verde musgo, a la altura del pecho: MAKINO MINAMI, decía.

Ella se percató de la dirección de mi mirada y sujetó la placa entre sus dedos para hacerla más visible.

—Me presento: soy Minami, la encargada de esta librería. ¡Bienvenido a La Librería de los Viernes!

La calidez y resolución con que se presentó y me dio la bienvenida —digna de camarera de *maid café*—* me pilló tan de sorpresa que casi caigo de rodillas, rendido a sus pies; pero estimulado por aquella misma actitud suya, recuperé la compostura y me las arreglé para seguirla hasta el interior de la librería.

Makino se situó entonces tras la caja registradora y yo me dediqué a echar un vistazo por el lugar, entre es-

* A grandes rasgos, los *maid cafés* son cafeterías donde las camareras visten uniformes de sirvienta decimonónica y tratan al cliente cual acaudalado señor, con exagerada y empalagosa veneración fingida, y una actitud más caricaturesca que real. Este tipo de local se popularizó en el distrito de Akihabara, en Tokio. *(N. del t.).*

tanterías y mesas, con la pegajosa sensación de que ella me seguía con la mirada todo el rato.

Sobre una de las mesas expositoras se alzaban columnas de ejemplares de la última novela ganadora del premio Naoki, el libro más vendido del momento, aquel que no solo no podía faltar en las librerías, sino que debía encontrarse ubicado en el lugar más visible. Por lo que parecía, aquella librería no era una excepción a la regla.

Sin disimular la decepción que me produjo que aquella librería fuera como cualquier otra, me acerqué a la sección de libros de bolsillo y recorrí con la mirada los autores ordenados por la letra *s*, comenzando por Renzaburo Shibata, deslizándome con mayor atención hacia Soji Shimada, Rio Shimamoto, Minato Shukawa y tomándome mi tiempo para ir recorriendo cada ejemplar, pasando el dedo por el lomo de cada uno: Yukiya Shoji, Kazufumi Shiraishi, Saburo Shiroyama, Kazuma Shinjo..., novela histórica, de misterio, romántica, de terror, sobre economía, novela ligera... Bastaba una sola letra, la *s*, para transitar por el más variado abanico de géneros y autores.

—Y sin embargo... —musité, y exhalé un suspiro.

Allí tampoco encontré lo que buscaba.

Dirigí una leve inclinación de cabeza a Makino, inmóvil tras la caja registradora, y mientras me iba acercando a la puerta automática del local me pareció que ella abría la boca para decir algo. Aunque hubiera sido así, no me detuve a comprobarlo.

La puerta se abrió con un suave temblor y de manera involuntaria dirigí la mirada a un hombre que se disponía a entrar. Tenía el pelo rubio teñido, rasurado a los lados y más largo en la parte superior, y vestía un traje informal. Era corpulento pese a su baja estatura —unos diez centímetros menos que mi metro setenta y dos—, y, en definitiva, exhibía un aspecto tan llamativo que resultaba incómodo mirarlo. Me sostuvo la mirada. Su rostro inspiraba miedo; no era, desde luego, el de una persona de fiar.

Justo en ese momento, mientras nos mirábamos, de mi garganta salió un gemido ahogado, di un respingo y retrocedí, con tan mala fortuna que choqué contra una de las columnas de libros que se elevaban sobre la mesa y... ¡maldita sea...! Traté de remediar lo irremediable: la columna de libros de bolsillo se tambaleó y cayó al suelo, donde se desparramaron todos los ejemplares.

El hombre rubio de aspecto llamativo lanzó un alarido:

—¿Qué demonios haces, mocoso? ¡Como hayas estropeado algún libro, voy a...!

—Lo... lo siento. ¡Lo siento mucho!

Apenas incliné la cabeza a modo de disculpa, cuando me llegó una voz clara y apaciguadora.

—¡Yasu, deja en paz a los clientes!

Y, como si reaccionara a la voz, la puerta automática volvió a abrirse y un hombre de gran estatura entró, y al hacerlo se inclinó levemente como si esquivase con la cabeza la cortinilla superior que hay en la puerta de muchos locales de hostelería. Llevaba puesto un delantal igual que el de Makino, y pensando que sería un empleado, me apresuré a leer el nombre que figuraba en su placa: KO SUGAWA.

Así pues, dos hombres que eran uno lo opuesto del otro se interponían entre mí y la puerta y no me permitían salir. Mejor dicho, me impedían huir de allí.

—Hola, Sugawa. ¿Venías con Yasu?

El hombre alto alzó el rostro al escuchar a Makino. Sus rasgos bien proporcionados y el color de sus ojos me llamaron tanto la atención que, de inmediato, me llevé las manos a las patillas de las gafas —siempre dispuestas a escurrírseme— y las sujeté para observarlo mejor. Tenía los rasgos suaves y pelo negro azabache típicamente japoneses, pero el color azul de sus ojos destacaba de forma especial.

El hombre alto levantó una bolsa de supermercado en cuyo interior se adivinaban leche y verduras, pero, antes de darle tiempo a responder, el hombre de pelo rubio y rasurado a los lados —el tal Yasu— se le adelantó:

—Nos hemos encontrado por casualidad delante de la taquilla de la estación. ¡Eh!, ¿no le vas a decir a Makino que te he echado una mano con la compra?

Me pregunté qué falta hacía que trajera leche y verduras a una librería, pero seguí con la mirada a Sugawa, que ya se adentraba en el local, y lo comprendí.

Detrás de la caja registradora se abría un pequeño espacio con un par de mesas y una barra con sus taburetes. El conjunto, cálidamente arropado por la luz anaranjada de una lámpara de aire retro, se completaba con un armario de cocina, una estantería con bebidas alcohólicas y una nevera. Tan diferente era aquel espacio del resto de la librería —en cuanto a decoración, atmósfera e iluminación— que casi podría decirse que constituía un local aparte. Sin embargo, no existía una separación física entre librería y cafetería.

—Así que esto es una cafetería librería... —comenté, volviéndome hacia Makino.

Ella sacudió ambas manos para negar.

—Nada de eso —aseguró—. Es una librería a la que se le ha añadido un rincón para tomar algo.

—Pues eso. Lo que he dicho...

—Si la señorita Minami dice que no, es que no —intervino el hombre rubio—. ¿Lo entiendes, mequetrefe?

—Yasu, cálmate —lo reprendió ella—. En algún lugar he leído que los empresarios irritables tienen menos posibilidades de triunfar en sus negocios.

Me sobresalté al oír aquello.

—¿Su negocio...? —pregunté en voz baja.

El hombre rubio se acercó a mí meneando la cabeza de arriba abajo. Caminaba con los pies muy separados.

—Sí, soy el dueño de esta librería. Yasuyuki Waku. ¿Te molesta?

—No, no —contesté, dirigiéndole una sonrisa tan radiante que hasta hubiese podido resultar repulsiva.

¿Así que aquel hombre tosco e imponente era el jefe de todo aquello? Por mí, que lo fuera: de todas formas, yo estaba a punto de largarme. No se me había perdido nada allí: estaba convencido de que no era el lugar donde iba a encontrar el libro que buscaba.

—Bueno, pues... ¡hasta luego! —me despedí, y aprovechando raudo el hueco dejado por ambos hombres al desplazarse, corrí hacia la puerta.

—¡Eh! ¿No has encontrado el libro que buscabas? —escuché a Makino preguntar a mis espaldas.

—¡No!

—¡Espera, puedo buscártelo!

—¡No, muchas gracias! ¡No hace falta!

—¿Eh? Pero si...

Fingí no escucharla y me alejé a toda velocidad.

Estornudé con tanta fuerza que el sonido reverberó por todo el andén vacío. Era el cuarto estornudo en aquella noche fría e inmisericorde de principios de primavera.

—Vaya pérdida de tiempo que ha sido venir hasta aquí...

Agarré el móvil y emití un largo suspiro. Como si no tuviera ya bastante con el frío que hacía, el acceso a internet en aquella estación de tren era deplorable, y desde hacía varios minutos resultaba imposible conectarme. No tenía acceso a redes sociales ni a correo electrónico ni a aplicaciones de mensajes, ni posibilidad de consultar el tránsito de trenes ni los transbordos. Contemplé, abatido, cómo se dispersaba en el aire la nubecilla blanca que salió de mis labios al suspirar.

Pasaron treinta minutos y ni rastro de ningún tren, a pesar de que en el horario desplegado en la estación se indicaba el paso de dos trenes cada hora. Mi paciencia se estaba agotando y experimenté un fuerte deseo de salir corriendo de allí. Lo único que me frenó fue que tendría que atravesar el pasaje y pasar, una vez más, delante de La Librería de los Viernes, cosa que no me apetecía en absoluto.

—¿Qué puedo hacer? —resoplé.

Limpié las gafas con el dobladillo del abrigo y, desanimado, me senté en cuclillas. Apenas un instante después, se encendió la luz del andén número tres.

—¿Eh? ¿Es que el tren para allí?

Antes de poder decidir si echaba a correr hacia aquel andén o me quedaba donde estaba, escuché unas voces que provenían de ese lugar. Efectivamente, algunas personas acababan de llegar a dicho andén y empezaban a distribuirse por él. No solo unas pocas: más y más pasajeros continuaron llenando el andén hasta alcanzar un número que debía de rondar los cien.

Agucé la vista y reparé en el extravagante aspecto de todas aquellas personas. ¿Era la tenue luz de la lámpara fluorescente lo que me hacía verlo así y les confería aquel extraño aspecto? Limpié de nuevo los cristales de las gafas y miré con atención.

Distinguí, entre aquellas figuras sombrías, el contorno de orejas de gato, de cuernos, de gruesos rabos, y poco a poco, al ir adaptándose mi vista a la luz, advertí que algunos seres tenían un solo ojo en medio del rostro y que otros tenían tres; que los había con largas narices aguileñas y con picos y alas, y hasta con cabeza en forma de tetera. Algunos llevaban el pelo largo y desgreñado y vestían túnicas blancas que arrastraban por el suelo. Esos seres no podían ser humanos, pensé mientras el miedo me atenazaba. Pero noté entonces algo que contradecía su lúgubre aspecto: los gestos de aquellos seres eran animados e incluso reflejaban cierto grado de buen humor. Aun así, un escalofrío me recorrió la espalda cuando algunas de aquellas figuras se percataron de mi presencia y se volvieron hacia mí para saludarme con la mano.

Una voz femenina sonó por la megafonía del andén número tres y me sacó de mis pensamientos. Anunciaba la llegada de un tren que efectivamente llegó al poco con vibrante estruendo y se detuvo entre resoplidos. A través de las ventanas, pude ver que su interior carecía de asientos.

«Un tren especial para eventos», pensé.

Lo inusual de aquel tren no desentonaba con las aproximadamente cien figuras que lo esperaban. Me olvidé del frío y del hambre y me puse en pie para contemplar aquel pintoresco desfile de sombras subiendo al tren. Poco tiempo después, la pesada maquinaria se ponía en marcha y el tren arrancaba con su espasmódico traqueteo.

El tren se alejó y, tras doblar una curva, desapareció. El andén número tres se quedó vacío una vez más y la lámpara que lo iluminaba se apagó de manera tan repentina como se había encendido. Un estremecimiento me sacudió desde los pies hasta la cabeza, sacándome de mi parálisis e impulsándome a correr escaleras arriba como alma que lleva el diablo.

Sin mirar atrás, me precipité como un rayo al interior de La Librería de los Viernes. Sorprendida por mi irrupción en el local, Makino, que estaba recolocando los libros sobre una de las mesas expositoras, se quedó paralizada.

—Bienvenido a La Librería de los Viernes.

—No hace falta que me des la bienvenida —dije con voz temblorosa.

Makino me miró con fijeza.

—Ah, eres tú... ¿Te encuentras bien? Estás pálido.

—Es que hacía frío en el andén y...

—Todavía queda mucho tiempo para que pase el siguiente tren, ¿verdad?

—... y además tengo hambre...

—Justo antes de que salieras, iba a decirte que podías esperar aquí, pero te largaste sin más.

—... y he visto un grupo de fantasmas... —terminé confesando entre jadeos.

Makino se retiró hacia atrás el cabello que le cubría los hombros y sonrió.

—Ah, el tren nocturno de los cien fantasmas.

—El tren nocturno... ¿qué?

—Son clientes de La Librería de los Viernes a los que les gusta quedar y reservar un tren para sus eventos y para salir, por ejemplo, a ver los ciruelos en flor. Pasan la noche fuera y vuelven al día siguiente.

Yasuyuki Waku, el peculiar dueño de la librería, que quizá estaba prestando atención a lo que decíamos —aunque parecía distraído con un libro—, se inmiscuyó en nuestra conversación alzando la voz:

—No solo ofrecemos libros a nuestros clientes, también les proporcionamos un espacio donde compartir su afición por la lectura —explicó, señalando con la mano el espacio que rodeaba el taburete en el que se hallaba sentado.

—Así es —confirmó Makino, asintiendo con la cabeza—. Nuestros clientes pueden reservar el espacio de esta librería y organizar clubes de lectura, conferencias, recitales... Uno de los clubes, La Parada de los Monstruos, es de los más activos.

—Tanto, que hacen partícipes de sus reuniones a sus amigos y alquilan un tren para ir a ver los ciruelos en flor todos juntos y contarse historias de miedo, como en esta ocasión. El código de vestimenta consistía en disfrazarse de algún ser fantasmagórico.

Así pues, lo que acababa de presenciar unos minutos antes era una reunión de aficionados a los relatos de fantasmas que salían de viaje.

—Un plan perfecto para la noche del viernes —añadió Makino.

—Y la luna acompaña, tan hermosa —comentó Waku, visiblemente animado.

Makino se ausentó de repente, desapareciendo tras una portezuela ubicada detrás de la caja registradora.

Al irse, me sentí solo, abandonado por mi anfitriona; de manera que decidí adentrarme en la pequeña área de la cafetería y tomar asiento en uno de los taburetes dispuestos ante el mostrador. Waku, sentado también ante el mostrador, a dos taburetes de distancia, me lanzó una mirada inquisitiva, pero no me inmuté. Había dejado de darme miedo.

—Me muero por tomar algo caliente —solté—. Y... ¿puedo pedir de comer también?

Sugawa, que había permanecido en silencio tras el mostrador, forrando libros con un papel en el que figuraba estampado el emblema de La Librería de los Viernes, asintió con la cabeza. Sacó un cuaderno de uno de los bolsillos de su delantal, lo abrió y garabateó algo.

A continuación, me mostró el cuaderno. Lo miré sorprendido: «¿Es que vamos a hablar por escrito?», me pregunté. En el papel, había escrito lo siguiente:

Pastel de arroz envuelto en alga, 400 yenes.
Pastel de arroz rebozado en harina de soja, 400 yenes.
Pastel de arroz recubierto de pasta de judía, 500 yenes.
Impuestos incluidos.

—¿Solo hay pasteles de arroz?* —musité involuntariamente, casi como si hablara para mí mismo.

* El lector familiarizado con la repostería japonesa tal vez haya adivinado que la denominación pasteles de arroz hace referencia a los populares mochi. *(N. del t.).*

Fue Waku quien reaccionó de inmediato a mi inintencionada pregunta.

—Nuestro menú depende del humor con que se levante Sugawa por la mañana. ¿Algún problema con ello, mocoso?

—Ninguno —repliqué—. Es una idea muy original: cafetería especializada en pasteles de arroz.

—Y dale... ¿No te has enterado todavía de que no es una cafetería?

—Ah, es verdad. Perdón, perdón. No es una cafetería. —Agaché la cabeza a modo de disculpa.

Sugawa me miraba fijamente. Me di cuenta de que el tono azul de sus ojos cambiaba según la iluminación, cosa que daba una intensidad enigmática a su mirada. Mis labios se movieron casi mecánicamente, como hipnotizados por aquella mirada:

—Pastel de arroz envuelto en alga, por favor.

Sugawa asintió con la cabeza y se puso manos a la obra. Con su camisa blanca y su pajarita negra anudada al cuello, parecía más un camarero en toda regla que el dependiente de una librería —a pesar del delantal color verde musgo que llevaba puesto y que lo acreditaba como esto último—. Con impecable diligencia y elegante estilo, puso agua a hervir y me preparó un té. De algún lugar bajo el mostrador sacó una parrilla que situó sobre un fogón, y enseguida se hizo con dos pedazos de pasta de arroz perfectamente cortados que extendió sobre la superficie de la parrilla. Diluyó azúcar en salsa de soja y en ella bañó los dos pedazos, bien calientes, para luego envolverlos en sendas láminas de alga. En aquel momento, mi estómago gruñó, estimulado por el penetrante aroma del alga bañada en soja y de la pasta de arroz levemente tostada. Cuando estuvieron listos, me los sirvió en un plato de cerámica de celadón y los devoré en un abrir y cerrar de ojos.

Suspiré y di un sorbo de té tostado. Distraído, miré a mi alrededor y descubrí frente a mí —de espaldas a Sugawa— un tercer grupo de estantes alineados junto al armarito de cocina y la estantería de bebidas alcohólicas. Era una estantería de libros. Tuve que limpiarme los cristales de las gafas, empañados por el vapor del té, antes de volver a mirar con mayor atención. Efectivamente, sobre aquellos estantes descansaban, lomo con lomo, libros de varios grosores.

—Perdón, ¿esos libros...?

—¿Por fin los has visto, mequetrefe? —preguntó Waku, dos taburetes más allá—. No están a la venta, para que lo sepas, pero sí a disposición de nuestros clientes mientras se toman algo en ese rincón. El cliente puede solicitar el libro que le apetezca, el autor que elija, lo que le venga en gana según el pie con que se haya levantado ese día; y, en caso de que no sepa por qué título decantarse, Sugawa sabrá ofrecerle el adecuado a cada cliente.

—El libro adecuado...

—¡No te hagas ilusiones! Aquí, *adecuado* no significa oportuno, agradable ni cómodo, sino lo que a uno le corresponda según sus circunstancias..., ¡lo que su vida le esté pidiendo leer en determinado momento!

—bramó Waku enérgicamente, salpicando de paso con gotas de saliva a diestro y siniestro.

Me levanté las gafas. Desde donde yo estaba, podía leer algunos títulos. Los recorrí por orden, empezando desde un extremo.

—¿Y bien? ¿Te apetece leer algo? —preguntó el librero—. También tenemos mangas.

—No me interesan demasiado los mangas. Tampoco las novelas... —repuse.

—¡Un momento, un momento...! ¿Estás diciendo que no te gusta leer? Pero entonces, ¿qué has venido a hacer aquí, mequetrefe?

—No es que no me guste leer. Es solo que me cuesta comprender todo lo que un libro intenta contar. Mejor dicho, creo que me quedo en un nivel superficial de comprensión. Nunca llego a formarme una opinión de lo que he leído, ni para bien ni para mal, y suelo equivocarme de raíz al interpretar el contenido de un libro, así que lo mío no es la lectura...

—Así que lo tuyo no es la lectura...

Waku contuvo la respiración y miró a Sugawa, que volvía a llenar mi taza de té. Fue este quien me preguntó:

—¿Has encontrado en esta estantería algún libro que te suene?

Lo escuché hablar por primera vez. Su voz transmitía la suavidad y la distinción que había imaginado en él. Aun así, escucharlo me sobrecogió y enmudecí. Después de un instante de vacilación, señalé un estante situado a la altura de la vista y conseguí balbucear:

—El tercero por la izquierda: *Nadie muere*. Lo leí hace un año, más o menos.

Guardé nuevamente silencio mientras Sugawa parpadeaba con indiferencia, sin abrir la boca. Me sentí un poco incómodo y di un sorbo de té. Los cristales de las gafas volvieron a empañárseme.

Parecía que estuviéramos compitiendo por ver quién guardaba silencio durante más tiempo, hasta que al fin Waku intervino.

—Se trata de un libro bastante viejo —dijo en voz inusitadamente alta, como para distraer y llevar la conversación hacia otro terreno—. ¿De verdad lo leíste? ¿Cómo es posible que lo encontraras en alguna librería?

—Uhm... Si no recuerdo mal, lo compré cuando salió.

—¿Si no recuerdo mal...?

—Eh... —titubeé. Me vino entonces a la cabeza la viva imagen del sofá de cuero negro instalado en medio de la amplia sala de lectura de la biblioteca de casa, los estantes de madera que cubrían las paredes y se elevaban hasta el techo, y la luz que iluminaba la sala.

—Aquel libro..., papá...

Un escalofrío me recorrió las mejillas. Waku pareció dejar atrás su acritud y me miró de pronto con los ojos muy abiertos, esos mismos ojos que normalmente mantenían cierta distancia, retraídos en sus cuencas; y verlo así me inquietó. Noté que las lágrimas comenzaban a correrme por las mejillas y rápidamente me quité las gafas, limpié los cristales y me enjugué las lágrimas, tratando de disimularlas. Fue inútil. Incluso Sugawa, que había vuelto a su tarea de forrar libros, me miraba fijamente con sus ojos azules y el ceño fruncido.

Resignado al llanto, volví a ponerme las gafas.

—Lo... lo siento. Lo siento mucho —me disculpé; luego deposité cuatro monedas de cien yenes sobre el mostrador.

—Encuéntralo, muchacho.

—¿Qué?

—Encuentra el libro que buscas. Antes de irte, pregunta a Makino, quiero decir, a la señorita Minami —propuso Sugawa, parpadeando repetidamente y señalando con sus ojos cobalto la caja registradora—. Ella te echará una mano.

Seguí su mirada justo a tiempo para ver cómo de la portezuela al fondo de la caja registradora surgía un fantasma blanco.

Una vez más, me quedé mudo. Fijé la vista en aquella cosa que poco a poco se aproximaba a mí y, para mi sorpresa, su cabeza se desprendió y del hueco del cuello asomó el rostro de Makino.

—Se me ha ocurrido la idea de organizar una reunión de fans de Snoopy —dijo—. ¿Qué os parece mi disfraz de Snoopy?

Makino nos miraba, rebosante de entusiasmo.

—Je, je, je. —Waku se rascó la cabeza—. Pero, Makino..., ¿por qué no dejas de hacer el ridículo? Lo de la reunión de fans de Snoopy tal vez no sea mala idea, pero tampoco hace falta vestirse así —reprendió de manera un tanto expeditiva.

Sugawa asintió con la cabeza para mostrar su acuerdo con Waku.

—Os gusta desanimarme, ¿eh? A ver qué opina nuestro cliente. Y bien, ¿qué te parece? —Me miró inquisitiva, con los ojos muy abiertos.

—Pensé que eras uno de esos fantasmas, que hubiera perdido el tren...

Waku lanzó una sonora carcajada mientras Makino contemplaba con cierta desilusión aquella cabeza que sostenía entre sus brazos, y que, sin duda, más parecía un fantasma que una efigie de Snoopy.

—Con lo que me ha costado hacerla... —resopló.

—No te preocupes, Minami; podrás usarla en la próxima reunión del club de los fantasmas —sugirió, jocoso, Waku, que volvió a estallar en carcajadas.

Después de asegurarme de que mis lágrimas habían cesado, me dirigí a Sugawa.

—Lo que has dicho hace un momento... ¿es verdad?

A la vez que Sugawa asentía decididamente con la cabeza, Waku tomó la palabra a pesar de que yo no le había preguntado a él.

—¿Te atreves a dudar de nuestra palabra, mequetrefe? ¡Por supuesto que es verdad! Minami no tendrá ningún talento para los disfraces, pero ya te he dicho que puedes confiar en ella en lo que respecta a los libros.

—¿Eh? ¿Es que habéis estado hablando de mí? —dijo Minami, colocándose de nuevo la cabeza del fallido disfraz. Se balanceó a izquierda y a derecha, y con un hilo de voz añadió—: Con la vergüenza que me da que habléis de mí a mis espaldas...

Me puse en pie y levanté la cabeza de su disfraz, dejando al descubierto el rostro de Makino. Entonces hice una pequeña reverencia ante ella.

—El libro que busco es uno que mi padre quería leer. Se titula *No se escucha el canto del cisne*, y su autor es Kaoru Shoji.

—No es un libro cualquiera —intervino Sugawa, adelantándose a Makino, que ya dejaba escapar una leve exclamación de sorpresa.

Sugawa tenía razón. Asentí con la cabeza y los miré a los tres.

—No hay manera de encontrarlo; así que estoy metido en un buen lío.

—¿Cómo es posible que no encuentres el libro? ¿Podrías explicarte con más detalle? —preguntó Makino, arrebatándome la cabeza de Snoopy de las manos y dejándola sobre el mostrador.

Me señaló un taburete, invitándome a tomar asiento, mientras ella ocupaba el contiguo, a mi derecha, y Waku se sentaba a mi izquierda.

Así, rodeado por los tres, empujé hacia arriba las gafas y me dispuse a hablar.

—El ejemplar de *No se escucha el canto del cisne* que teníamos en casa de mi padre lo había adquirido durante sus años de estudiante universitario. Yo lo tomé prestado del estante, sin decirle nada, cuando estudiaba en el instituto, pero... lo perdí.

Waku frunció el entrecejo.

—Desastre de muchacho... —murmuró.

—Mi intención era leerlo y devolverlo de inmediato. No sé cómo ocurrió, pero lo perdí sin siquiera haberlo leído. Se me debió de caer en algún lugar, o quizá lo dejé olvidado.

—¿Sin haber leído ni una línea? —preguntó Waku.

—Ni una.

—Y no le dijiste nada a tu padre.

—Nada.

En flagrante contradicción con su extravagante pelo rubio teñido y rasurado a los lados y su pintoresco traje de color violeta, Waku había adoptado la reflexiva actitud de un detective que estuviera interrogándome.

Me encogí de hombros.

—Mi problema surgió cuando, no hace mucho tiempo, mi padre dijo que quería leer *No se escucha el canto del cisne*.

—¿Cómo? ¡El problema sería más para tu padre que para ti! —rugió Waku.

—En cualquier caso, sentí mucho lo ocurrido y, consciente de la faena que le había hecho a mi padre, corrí a comprarle un ejemplar nuevo del libro. Cuando se lo entregué, su respuesta fue: «Este no es».

Recordé a papá, enchufado a la máquina de goteo, en aquella habitación de hospital, y rememoré su sonrisa desprovista de energía. No solo no se había enfadado conmigo, sino que me sonrió.

No pude soportarlo más. Me quité las gafas y froté los cristales frenéticamente con el puño de la manga.

—Me hice con ejemplares en todos los formatos disponibles: ediciones nuevas, en tapa dura, de bolsillo, de segunda mano, reediciones; de todo, y ni con esas. «No es ninguno de estos el que yo quiero leer», me dijo.

Papá, más demacrado y ojeroso día tras día, se negaba a aceptar ninguno de los ejemplares que yo le ofrecía.

Makino escuchaba con una mejilla apoyada en una mano mientras con los dedos de la otra tamborileaba sobre el mostrador, haciendo resonar sus uñas esmaltadas de rosa palo. Sonreía.

—*No se escucha el canto del cisne* forma parte de la serie escrita por Kaoru, ¿no? Qué buenos recuerdos me trae... —dijo.

Para mi sorpresa, Waku y Sugawa asintieron en silencio con la cabeza.

—¿Eh? ¿Todos habéis leído ese libro? —pregunté.

—Fue uno de los libros recomendados en el instituto —explicó Waku.

—¿Recomendado para las vacaciones de verano?

—No, no. Recomendado en el club de lectura —contestó como si tal cosa, por más que hubiera sido imposible imaginarlo en un club de lectura. De hecho, en sus labios, dicha expresión adquiría una extraña resonancia.

El rostro de Makino se mecía como un barquito que navegase entre recuerdos. Me recompuse y continué:

—Lo que quería papá, mi padre, era el mismo ejemplar que había atesorado en su estantería y que yo había perdido. Quizá había apuntado algo de importancia en sus páginas y por eso lo quería recuperar. No lo sé. De todas maneras, como responsable de su pérdida, debo hacer lo posible por recuperarlo. —Dejé caer la cabeza sobre el mostrador—. Pero las posibilidades de encontrar un ejemplar concreto de un libro son casi nulas. ¿Qué puedo hacer?

Mi desesperación había llegado a tal extremo que había confiado en el más que dudoso rumor de internet acerca de una librería donde podría encontrar cualquier libro, e incluso me había desplazado hasta aquella remota estación de tren para visitar dicha librería.

Subí y bajé los hombros rítmicamente hasta conseguir calmar la respiración y detener las lágrimas. Alguien me palmeó la espalda encorvada. Era Makino. Noté la pequeña palma de su mano y sus fríos dedos, y continuó consolándome como si yo fuera un bebé hasta que, por fin, dijo:

—Te has tomado la molestia de venir hasta aquí, así que tendremos que echarle un vistazo al almacén.

—Sí, por favor.

Levanté la cabeza y Makino hizo el gesto de extender el pulgar. Se puso en pie de un salto.

—Voy a hacerlo ahora mismo —dijo, dándonos la espalda y alejándose. De pronto, se detuvo, se volvió hacia mí y añadió—: ¿Me acompañas?

—¿Puedo? —pregunté, ajustándome las gafas. Waku y Sugawa me observaban con atención, así que la pregunta iba más dirigida a ellos que a Makino.

Waku chasqueó la lengua y volvió a abrir su libro de bolsillo mientras Sugawa recogía mi plato y mi taza de té y empezaba a fregarlos. ¿Cómo debía interpretar aquella indiferencia hacia mi pregunta? Miré a Makino, que me hizo un gesto con los ojos y volvió a extender el pulgar.

—Vamos, acompáñame a buscarlo.

—De acuerdo.

Las posibilidades de encontrar el mismísimo ejemplar que había perdido debían de tender a cero, pero ¿por qué no intentarlo? Al fin y al cabo, me había desplazado hasta allí y el tren de vuelta a casa no llegaba. Apoyé ambas manos sobre el mostrador y me puse en pie, tratando de convencerme a mí mismo de que merecía la pena intentarlo.

Seguí a Makino a través de la portezuela ubicada al fondo de la caja registradora y me encontré en un habitáculo sin ventanas. Bajo una luz fluorescente había dos mesas con sendos ordenadores y una estantería de acero con montones de papel de fotocopia y de fax, cartuchos de tinta y otros accesorios puestos allí con descuido. Aquel desorden me era familiar. Incluso lo añoraba.

—Esta es nuestra oficina y...

—La trastienda, ¿no? —interrumpí. —Aquí es donde se tramitan los pedidos, las devoluciones...

Makino enarcó las cejas y sonrió:

—Vaya, veo que conoces el oficio. Va a resultar verdad que tienes experiencia de trabajo en una librería.

—Un poco...

«Aunque nunca he trabajado en la trastienda», musité para mis adentros mientras recorría el interior de la sala con la mirada. En los estantes no había más que accesorios, pero ni rastro de libros. Aquel lugar no era, sin duda, un almacén de libros.

—Y bien, ¿dónde están los libros? —pregunté.

—Aquí —contestó Makino, juntando los pies con un taconeo.

Me quedé atónito, pero ella me miró alegremente y se recogió hacia atrás el pelo que le colgaba sobre los hombros, apenas sujeto por una redecilla.

—Insisto: aquí —repitió, taconeando una vez por cada sílaba.

Bajé la vista al suelo. Sus taconeos habían servido para apartar los papeles y restos de cosas esparcidos, dejando a la vista una trampilla como las que hay en algunas cocinas a modo de puerta de cámara frigorífica.

—Supongo que sabes que la caseta de Snoopy tiene un sótano enorme. —Me miró fijamente—. También lo tiene La Librería de los Viernes. —Y entonces sonrió inflando los carrillos y, acto seguido, se agachó y tiró de la manilla de la trampilla—. ¡Ábrete, Sésamo! —bromeó.

Ante nosotros quedó abierto un hueco por el que solo cabía una persona. En su interior solo había oscuridad.

—Perdón, pero... —Makino se interrumpió, llevándose una mano a la boca—. Bueno, es que todavía no sé cómo te llamas.

—Kurai. Fumiya Kurai.

—Fumiya Kurai —repitió Makino, asintiendo con la cabeza una vez al decir mi nombre y otra vez al pronunciar mi apellido; y ladeando la cabeza, preguntó—: ¿Te puedo llamar Kurai?

—Naturalmente.

—Bien, Kurai. ¿Me harías el favor de coger aquella linterna que hay en el estante?

Efectivamente, sobre uno de los estantes había dos linternas enormes. Le entregué una de ellas a Makino y desapareció bajo la trampilla. Yo la seguí.

La estrechez del hueco de entrada daba paso a un amplio e intrincado descenso al almacén, primero a lo largo de una escalera que, a los pocos escalones, cambiaba de dirección y, después, a través de un oscuro pasillo que también viraba y se enderezaba de nuevo para volver a virar hasta hacerme perder el sentido de la orientación. ¿Cómo podía conectarse aquel pasaje de la estación de tren con un lugar que parecía adentrarse bajo tierra? No podía explicármelo. Después de más vueltas y más pasillos, volvimos a toparnos con una escalera de considerable longitud que parecía hundirse en el abismo.

No había pasamanos, y los escalones eran tan estrechos que me vi obligado a poner toda la atención posible para no dar un traspié y caerme. Makino, por su parte, debía de estar familiarizada con la escalera, porque bajaba a paso ligero y veloz mientras alumbraba los pies con la luz temblorosa de la linterna.

—Espera —dije, embargado por cierta sensación de derrota, aunque volví a poner todo mi empeño en no quedarme atrás.

De pronto, llegamos al final de aquella escalera que parecía que iba a prolongarse hasta el infinito. Sonó el clic de un interruptor de luz, y decenas, centenas de lámparas fluorescentes parpadearon y, finalmente, se encendieron. Ante mis ojos apareció un pasillo angosto y larguísimo cuyo techo era tan bajo que bastaría dar solo un saltito para tocarlo. Alineadas a lo largo de sus paredes, centenares de gruesas estanterías de aluminio albergaban tal cantidad de volúmenes que daba vértigo.

Me quedé de piedra, contemplando aquel espectáculo sin fin. Makino soltó una carcajada.

—Bienvenido al almacén de La Librería de los Viernes. Como ves, no tiene nada que envidiarle al sótano de la caseta de Snoopy.

—Más que un sótano, esto parece... —Carraspeé y deslicé la vista hacia un nivel inferior de suelo a lo largo del cual corrían lo que con seguridad eran unas vías de tren—. ¿No es una estación de tren subterránea?

—Lo es. ¿No te parece genial?

Makino me explicó que antes de la guerra se había proyectado la construcción de una línea de metro que fuera desde allí hasta Tokio, pero que, aunque había llegado a iniciarse, su desarrollo había quedado truncado por el inicio de la contienda.

—Se hizo solo la mitad del túnel, pero la estación sí llegó a terminarse. Obviamente, estuvo abandonada por mucho tiempo.

Recorrí con la mirada, de un extremo a otro, aquella vía que no llevaba a ningún lugar y aquel espacio subterráneo que había permanecido inalterado durante años, ajeno a los frenéticos cambios que se sucedían en el exterior. Noté el aire frío que llenaba la vieja estación de metro abandonada y me estremecí. Rápidamente, me llevé las manos al cuello.

—¿Tienes frío? No te preocupes, acabo de encender la calefacción.

—¿Hay calefacción?

—Y aire acondicionado. Y, además, la humedad está bien regulada. Todo por la conservación de los libros.

No tardé en notar que el aire a mis pies empezaba a calentarse, pero aún debía de estar pálido, porque Makino me miró y se encogió de hombros en señal de disculpa.

—Fue una propuesta de Yasu, el propietario, al fundar la librería. «Utilicemos la vieja estación como almacén de libros», dijo. Obtuvo el permiso de la compañía ferroviaria Yamato Kita, diseñó la climatización y se aseguró de cumplir con los criterios de seguridad en caso de temblor de tierra. Puso todo su empeño en que el lugar mantuviera su aspecto original y este es el resultado.

—Es asombroso. ¿Quién lo habría imaginado?

Me aproximé a la estantería más cercana. A diferencia de lo que había visto arriba, allí abundaban los libros en tapa blanda y de bolsillo, todos perfectamente clasificados por género literario. Encontré ediciones descatalogadas y ejemplares tan raros que hasta sería difícil encontrarlos en las grandes librerías e incluso por internet.

El libro era un artículo que el vendedor podía devolver sin problemas. Por eso, las librerías no tenían inconveniente en surtirse de un gran número de ejemplares: los no vendidos simplemente se devolvían a la editorial. Lo importante era la gestión que se hiciera, porque de ello dependía la cuestión económica. Mi padre solía decir que era lógico que las librerías sin medios ni espacio para almacenar libros sin apenas venta trataran a toda costa de conservar solo aquellos más demandados por los clientes. Pensando en ello, pregunté:

—¿Cómo os las arregláis para almacenar tantos libros?

—Ah, te has dado cuenta enseguida de que son ediciones descatalogadas. Se nota que te gustan los libros.

Makino mostró tanta satisfacción que no supe qué contestar. Ella, sin darle importancia a mis titubeos, continuó:

—Eran de una librería de la zona que cerró.

—Entonces, supongo que eran ejemplares que no podían ser devueltos, ¿no? —Me incliné hacia atrás y continué mirando el vasto panorama de libros que se extendía ante mis ojos.

—Así es. Y nosotros hemos asumido su almacenamiento y conservación. Por tanto, conseguir todo este repertorio bibliográfico no ha supuesto casi ningún gasto.

—Debió de ser una librería con un fondo enorme. ¿Por qué quebró?

Sentí cierta consternación al imaginar los muchos problemas que habría debido de sufrir aquella librería arruinada, pero Makino no tardó en sacarme de mis pensamientos. Con aire resuelto, señaló dos estantes y me dijo:

—Los libros de Kaoru Shoji están ahí.

Y, al encaminarnos hacia la dirección indicada, nuestros pasos resonaron en el suelo de aquel andén al que nunca llegaría ningún tren.

Los libros de Kaoru Shoji ocupaban un espacio pequeño, en un extremo de una estantería descomunal. Tuve que agacharme para echar un vistazo y distinguirlos de los de otros muchos autores también allí guardados.

—No hay demasiados ejemplares —suspiré.

—Bueno, Kaoru Shoji es uno de esos autores que se prodigan poco, pero... —Se detuvo y se agachó junto a mí.

La tenía tan cerca que podía sentir su respiración. Nervioso, bajé la mirada. Sus ojos eran tan grandes y de un color tan puro y vivo, de tonalidades tan sutiles, que hasta me parecía que podían ver mi agitado corazón. Así era imposible mantener la calma.

—Mira. *¡Cuidado, Caperucita Roja!*, *El hombre de la capucha negra*, *Mi querido Barba Azul*... y el que buscas: *No se escucha el canto del cisne*. La tetralogía de Kaoru al completo. De tanto en tanto, las cuatro obras se reeditan en libro de bolsillo, bajo distinto sello editorial. Ya hace casi cincuenta años que se publicaron, pero no han perdido actualidad.

—¿Se han estado reeditando durante cincuenta años?

—Como lo oyes. La gente cambia, las ciudades cambian, y más en este país; pero cuatro de sus libros han aguantado el paso de medio siglo. ¿No es fantástico?

Había tres ejemplares de cada uno de los cuatro títulos. Makino acarició suavemente los lomos con sus dedos.

—¿Puedo? —pregunté antes de extraer los tres ejemplares de *No se escucha el canto del cisne*.

—En casa tengo todas las ediciones de bolsillo que han salido —dijo Makino—. De otro formato, no tengo ninguno.

Me quedé absorto, contemplando los tres ejemplares que sujetaba en mis manos. ¿Sabría distinguir el ejemplar de mi padre, en caso de que fuera uno de estos? Debía de ser una edición de bolsillo, de eso estaba bastante convencido, pues antes de perderlo lo llevaba conmigo a todas partes, y no me pesaba. Pero ¿podría diferenciarlo de los demás?

Mientras me concentraba en comparar los tres libros como quien busca el joker entre las cartas que le han tocado, Makino me preguntó con expresión seria:

—¿Qué edad tiene tu padre?

—¿Eh?

Me sorprendió su pregunta, y aunque al principio no supe qué contestar, en mi cabeza se materializó el recuerdo de mi padre, con su traje inglés a medida, rebosante de salud, viniendo a recogerme en su flamante coche híbrido. Nada que ver con el hombre de pijama azul claro y rostro enflaquecido y arrugado, en cuyo pelo, que había dejado de teñirse, asomaban las canas. Incluso bajo el pijama holgado se apreciaba lo flaco que se había quedado.

Hice lo posible por ocultar mi rostro detrás de uno de los ejemplares y hojeé sus páginas sin ningún propósito.

—Cincuenta y cinco o... cincuenta y seis —dije.

—Ah.

Makino asintió con la cabeza, con la expresión todavía seria, y de pronto señaló con el dedo índice el libro que yo había abierto para tratar de ocultarme tras él.

—En ese caso, este es de la misma edición que el que teníais en casa.

—¿Cómo lo sabes?

Ante mi sorpresa, Makino arrugó la nariz y alzó los hombros.

—Dijiste que lo había leído siendo estudiante en la universidad. Pues bien, podemos descartar esta edición de bolsillo de la editorial Shinchosha porque salió hace solo unos años. Los dos restantes son de la editorial Chuko, pero este con la cubierta verde es del 2002, así que también lo descartamos. Y el que queda es este de 1973, editado por primera vez en bolsillo.

Me arrebató dos de los tres ejemplares que tenía en las manos. Cerré el que todavía sostenía y volví a mirar la cubierta. Mostraba un dibujo sencillo de un cisne sobre un fondo azul claro, algo desteñido. El cisne parecía dirigirse a la esquina superior derecha, y hacia allí miraba, con aire melancólico pero confiado. Tuve la impresión de haberlo visto antes, pero tal vez fuera solo una impresión.

—¿Qué opinas?

En respuesta a la pregunta imprecisa de Makino, abrí el libro por las páginas centrales.

—Vamos a ver —balbuceé.

En las páginas, algo amarillentas, se apiñaban más líneas y palabras que en las ediciones modernas. Mi campo de visión se redujo. A quien no fuera un lector ferviente aquella letra le echaría para atrás. A mí, desde luego, me quitaba las ganas de leer. Desvié la mirada de las páginas del libro y pregunté a Makino:

—Perdona que te haga una pregunta un poco absurda, pero ¿los cisnes cantan?

—La leyenda dice que antes de morir entonan una canción muy bella.

Makino se detuvo de manera un tanto forzada. Entendí por qué. De nuevo, yo estaba llorando, condicionado por la asociación de ideas, como un perro de Pávlov. Me avergonzaba llorar, pero cuanto más intentaba contenerme más lágrimas corrían por mis mejillas.

—Eh, esto... no...

Makino reposó suavemente su pequeña mano sobre mi hombro tembloroso.

—Cálmate, chico —dijo con tranquilidad, y a continuación me miró y sonrió.

Aquellas palabras, tranquilas y sinceras, hicieron efecto. Una vez que dejé de llorar, subí y bajé los hombros y respiré hondo. La sensación de frío, todavía presente en el andén, me hizo temblar y por fin dije de un tirón:

—Mi padre está enfermo.

Durante los primeros días de su ingreso, mi padre se ponía las gafas de ver de cerca y leía y bromeaba de buena gana en la habitación del hospital, pero quedó muy debilitado al comenzar el tratamiento radiológico y la quimioterapia.

Abandonó la lectura y los chistes. Ya no podía incorporarse en la cama, su espalda fue encorvándose y su respiración se volvió dificultosa. Yo lo veía en ese estado y me sentía impotente. Pasarle la mano por la espalda me daba miedo; mejor dicho, me desagradaba. Aunque la suya no era una enfermedad contagiosa, y estaba ingresado en una habitación amplia, cómoda y de una extraña blancura, siempre que iba a visitarle sentía que una sombra oscura y pesada iba penetrando en mis pulmones con cada respiración. Sí, me desagradaba. Ver a mi padre enfermo me repugnaba.

Naturalmente, disimulaba aquellos sentimientos lo mejor que podía. Su tercera esposa, Saori, dedicaba la mayor parte de su tiempo a los cuidados de las hijas de ambos, dos gemelas de tres años, así que yo debía turnarme con ella para atender a mi padre. Por dentro, sentía repugnancia; por fuera, fingía una buena disposición. Traía muda para cambiarme y charlaba con los compañeros de trabajo que venían a visitarlo, representando mi papel de hijo atento. Pero solo era una fachada. Arreglaba las flores que le traían, le cortaba la fruta, pero enseguida llamaba a la enfermera para que lo lavase cuando vomitaba. ¿Con qué ojos me miraría mi padre?

«Fumiya, tú sacaste *No se escucha el canto del cisne* de mi estantería. ¿No va siendo hora de que me lo devuelvas?». Papá había vuelto a sacar el tema del libro, después de mucho tiempo sin hacerlo, y yo sentía cada vez más presión por devolvérselo. Era como si aquella novela representara su esperanza por seguir viviendo. Bueno, estaría bien que así fuera, pensé.

—Quizá sea mejor este —dijo Makino, devolviéndome el libro que tenía la cubierta con la ilustración de un niño y un cisne sobre un fondo verde.

—¿El de la editorial Shinchosha?

—Sí. Es una edición que gusta más a los jóvenes. Su tipografía es más fácil de leer. —Se había dado cuenta de mi agobio al tratar de leer la edición de Chuko.

Un poco confundido, me puse a leer el resumen de la contracubierta.

—No se ha hecho ninguna variación al contenido de la novela, que, además, incluye un epílogo nuevo —señaló Makino, con actitud de vendedor de teletienda. Y, para finalizar, como si se apuntara el tanto de la victoria, añadió—: Si este fuera el ejemplar que tú quisieras leer, también lo será el de tu padre.

—¿Qué quieres decir?

Makino no contestó de manera directa. Como un prestidigitador que revela un truco, extendió la palma de ambas manos y dijo:

—Has comprado todas las ediciones posibles en busca de una que le agradara a tu padre y, sin embargo... ¿has leído el libro?

—¿Yo? Me temo que... no.

Había puesto tanto empeño en encontrar el ejemplar en cuestión que a menudo se lo había entregado metido todavía en la bolsa de la librería.

—Entonces, léelo. Cuando lo leas, lo comprenderás.

—Pero, de lo que leo, siempre tengo opiniones diferentes a las del resto de las personas. Se ve que me quedo en la superficie del argumento. No soy capaz de llegar al fondo de lo que el escritor quiere contar.

Ya les había explicado a Waku y a Sugawa que carecía de aptitud para leer novela y manga. Makino rio con ganas, como restándole importancia al asunto.

—No hay personas *no aptas* para la lectura —aseveró.

Quise protestar, pero Makino se adelantó.

—Leer es una experiencia íntima y personal. A unos lectores les llamará la atención un fragmento, a otros lectores, otro. ¿No es lógico? El lector no tiene la obligación de esforzarse por desentrañar los significados y las intenciones que motivaron a un autor a escribir tal o cual relato. Cada uno lee a su manera. La impresión y las ideas que sacas de un libro no tienen por qué coincidir con las de otras personas.

«¿Por qué no pruebas a leerlo?». Las palabras de mi padre resonaron en mi mente.

Rememoré la escena: yo era estudiante de primaria, solo un niño. Movido por la curiosidad, a menudo extraía un libro de alguno de los estantes de madera de la biblioteca de casa, bajo la suave luz de la lámpara, y le preguntaba a papá: «¿De qué trata este libro?». Él, sonriente, sentado en su sofá de cuero negro, respondía: «¿Por qué no pruebas a leerlo?». Quizá me explicase el argumento un poco, por encima, pero nunca me ofreció su opinión personal del libro en cuestión. Ni una sola vez.

—Una experiencia íntima y personal... —repetí entre dientes.

Creí comprender que eso era precisamente lo que mi padre había querido decirme; y que su deseo era que yo saboreara por mi cuenta tal experiencia; yo, que solo había experimentado el mundo a través del punto de vista de otras personas; yo, que había organizado mi vida y mis aficiones para nutrir las redes sociales.

Volví a mirar con atención la cubierta del libro de bolsillo que tenía en mis manos. *No se escucha el canto del cisne*, de Kaoru Shoji.

Papá no había intentado imponerme su interpretación personal de ningún libro, como tampoco había insistido en recomendarme uno en concreto. Solo me decía: «Coge el que quieras».

También había dicho, sin rodeos: «Este no es».

Abrí el libro y lo hojeé. Las páginas, tanto tiempo cerradas, crujieron al rozarse con el aire del almacén.

—Vale, me quedo este —dije con voz queda antes de entregarle aquel ejemplar de bolsillo de *No se escucha el canto del cisne*, de la editorial Shinchosha.

—Bien. Volvamos arriba y te cobro.

Makino tomó respetuosamente el libro en sus manos y, dando media vuelta, emprendió el camino de regreso.

Después de pagar en caja, Waku, que no se había movido de su taburete ante el mostrador, se dirigió a mí:

—¡Cuánto habéis tardado! El tren a Tokio acaba de pasar.

—¿Qué?

Me volví a Makino y ella alzó la vista al reloj de pared, al fondo del rincón de la caja registradora.

—¡Ah! Lo siento —dijo despreocupadamente—. Nos hemos relajado demasiado, por lo que parece.

—Bueno, no me queda otro remedio que esperar el siguiente tren.

—Era el último —anunció Sugawa, que hasta ese momento se había mantenido ajeno a nuestro diálogo.

—¿Qué? —volví a exclamar sin poder evitarlo—. ¡Pero si todavía no son ni las once!

—Pero es que es viernes, así que ¡olvídate! —intervino Waku, con frialdad extrema.

—¿Cómo que me olvide? ¿Y dónde voy a pasar la noche?

—Ah, ese es tu problema —concluyó Waku, entornando los ojos malévolamente al tiempo que exhibía una risa hiriente. Aquel hombre era la maldad personificada...

Conmocionado, sujeté el libro contra mi pecho, y Makino, al observar mi gesto, me dijo con delicadeza:

—Puedes pasar la noche aquí.

—¿Eh? ¿Aquí..., dónde? —pregunté de manera mecánica.

La conmoción se transformó en pánico cuando, con la brevedad de una décima de segundo, pasó por mi mente todo un surtido de imágenes a color.

—¿Pues dónde va a ser? —bramó Waku—. Aquí, en la librería. ¿O qué habías pensado, mequetrefe?

Me aguijoneó con la mirada y me dejó sin respuesta. Makino aprovechó mi silencio y dijo pausadamente:

—Esta tarde estamos renovando las estanterías y creo que nos quedaremos aquí hasta bien tarde. Quizá te molestemos un poco, con el ajetreo, pero si no le ves inconveniente, puedes quedarte. Te traeré unas mantas. Podrás usar el sofá de la cafetería y, ah, dejaremos puesta la calefacción. Tendrás que renunciar a darte un baño... Pero, para compensar que te hemos hecho perder el tren, te invitaremos a cenar, ¿verdad, Sugawa?

Sugawa asintió con decisión, y el flequillo negro le cayó sobre los ojos azules. Sacudió la cabeza para apartárselo y, de inmediato, puso una cazuela sobre un fogón.

En aquel instante no supe qué decir. Bajé la vista al libro que sujetaba entre mis brazos y, de pronto, pensé que tal vez fuera una oportunidad de las que no se le presentan a uno muchas veces.

Pasar una noche en la librería, con aquellas tres personas tan peculiares, era la ocasión perfecta para leer aquel libro de un tirón, incluso para alguien como yo, que no acostumbraba a leer.

—De acuerdo. ¡Me quedo!

Al notar mi cambio de ánimo, Makino parpadeó repetidamente. Le brillaban los ojos.

Sugawa preparó una sopa de pasta de arroz en la cocina del mostrador. Al parecer, no podía faltar ninguno de los platos con los que tradicionalmente se recibe el Año Nuevo, ya fuera esta sopa o los pasteles de arroz envueltos en alga que había tomado antes. Me fijé en los ingredientes: muslo de pollo, pasta de arroz braseada, espinaca japonesa, pasta de pescado y caldo elaborado con piel de pomelo chino y bonito seco... Era tal y como se hacía en mi casa.

—Es como si estuviéramos celebrando el Año Nuevo —comenté.

Aunque lo dije en serio, mi comentario despertó las risas tanto en Makino como en Waku y en Sugawa, que había colocado un taburete detrás del mostrador y también se había sentado.

—Tenemos macedonia de frutas en la nevera —replicó Sugawa—. Si te quedas con hambre, puedes pedirla.

Cuando las palabras de Sugawa hicieron reír de nuevo a Makino y Waku, sentí una leve pesadumbre. No entendía qué podía hacerles tanta gracia.

Poco después, los tres se ausentaron para bajar al almacén subterráneo y continuar con el recambio de ejemplares expuestos en las estanterías. Una vez solo, comencé a leer el libro que acababa de comprar y entonces comprendí el motivo de su risa: la sopa de arroz y la macedonia de frutas formaban parte de la novela.

Eran los platos que Kaoru —el protagonista— y Yumi —su amiga de la infancia— acostumbraban a tomar en una humilde casa de comidas llamada Wakakusa desde que eran estudiantes de primaria. Yumi tomaba una macedonia de frutas y Kaoru dos cuencos de sopa tradicional de Año Nuevo y dos pasteles de arroz envueltos en alga. Pensé que Kaoru pedía demasiada cantidad de comida para él solo. En cualquier caso, se trataba de una combinación deliciosa, y se me pasó por la cabeza la idea de que nadie sabría preparar aquellos platos mejor que Sugawa.

Me puse en pie, dando la espalda al taburete; tomé asiento frente a la única mesa del rincón y, mientras acomodaba la espalda sobre el mullido respaldo del sofá azul, situé el libro bajo la intensidad adecuada de luz y seguí leyendo.

«A pesar de la alegría que experimento con la llegada de la primavera, no permito que mi contento se materialice ante los demás». Aquella sensibilidad de pretensiones tan masculinas se ubicaba en las antípodas de la mía. Me sentía más identificado con Yumi: a ella no le importaba mostrar su felicidad ante un nuevo renacer de la naturaleza, pasados los rigores del invierno. Kaoru, por su parte, asumía que todo despliegue de emociones era algo propio de chicas. Debía de ser cosa de la época, porque entre mis amigos ninguno compartía esa opinión. ¿Qué pensaría Kaoru de nuestra época si tuviera el don de ver el futuro? Le desagradaría, seguramente.

Al leer acerca de la masculinidad de Kaoru, que iba desarrollándose a medida que la historia avanzaba —o mejor dicho, que iba tirando de la propia historia—, yo enarcaba las cejas sorprendido, ladeaba la cabeza incrédulo y, en ocasiones, asentía con la cabeza. Pero esto solo al principio.

La narración tomó un curso distinto a partir de una escena en que Kaoru acompaña a una hermosa mujer llamada Ozawa a casa de su abuelo. Imaginar aquella escena hizo que un sudor frío me recorriera la espalda, y a medida que avanzaba en el relato, fui hundiéndome más y más en el sofá.

Traté de abandonar la lectura varias veces, pero continué leyendo a pesar del sudor, enganchado sin remedio a la profusa narración de Kaoru.

—¡Eh, qué rápido lees!

Aquellas palabras me devolvieron al mundo.

—¿Qué... qué haces aquí? —pregunté, con torpeza.

—Cambiar los libros expuestos en la librería, ¿qué voy a hacer?

—Ah, sí, disculpa. No es poca cosa, ¿verdad?

—Sobre todo porque hay que cargar con montones de libros y cómics. —Se dio unos golpecitos en los hombros, como escenificando la dureza de su trabajo, y continuó—: El equipo de baloncesto del instituto de aquí, de Nohara, juega un partido en casa, mañana; y el equipo rival tendrá que venir hasta aquí y pasar por delante de nuestra librería. Debemos estar preparados y colocar a la vista todas las publicaciones que tengan relación con el baloncesto.

Hizo un gesto con la mano para que la siguiera y así lo hice. Todas las novelas del premio Naoki expuestas habían sido sustituidas por series de mangas sobre baloncesto, como *Slam Dunk, Hi 5!* o *Dear Boys*, y novelas y ensayos que abordaban también este asunto, como *Nuestro alley oop*, *¡Corred, chicos del equipo T!*, *Five* o *Último lanzamiento*. Un simpático osito de peluche, con atuendo deportivo en consonancia y balón de baloncesto bajo el brazo, rubricaba con su presencia el universo temático imperante.

—¿Y toda esta cantidad de trabajo es solo para mañana? —pregunté.

—Así es. Solo hay un partido y es mañana —explicó Makino asintiendo con la cabeza, sin darle la mayor importancia.

—Asombroso —susurré sin poder ocultar mi admiración por la dedicación profesional de Makino.

Ella pareció creer que yo me había referido al osito de peluche.

—Sí, es genial, ¿verdad? —replicó señalando al osito—. Lo ha hecho Sugawa con sus propias manos. ¡Se le da bien todo!

—Ah, sí, el oso... Yo me refería a...

Pero Makino se alejó, entre risitas, y volvió a la mesa donde yo había estado leyendo unos instantes antes.

—En la librería en la que trabajaste... ¿no cambiaban mucho los libros expuestos? —preguntó.

Sus ojos grandes y llenos de brillo me desarmaron. Bajé la mirada y carraspeé.

—Lo siento. Te mentí.

—¿Cómo?

Se dejó caer sobre el sofá azul claro. Yo tomé asiento frente a ella y respiré hondo, antes de confesar:

—No tengo experiencia laboral en ninguna librería.

—¿Eh? Pero conoces la jerga...

—Sí. Por mi familia. Todos son libreros.

—¡No me digas!

—¿Te suena la librería Chikai, en el distrito de Jinbocho? Es la principal. Las otras están repartidas por el resto del país.

Me miró con los ojos como platos y me señaló con el dedo a la vez que abría y cerraba la boca, tratando de decir algo, sin conseguir pronunciar palabra.

—¡Claro que me suena! ¡Es la cadena de librerías más grande de Japón! —logró exclamar, por fin—. ¡No me digas que eres hijo del presidente de la empresa, el señor Kurai!

—Lo soy —respondí sin demasiado entusiasmo.

Más de cien años antes, mi bisabuelo había abierto en Jinbocho la primera librería. Ahora era mi padre quien llevaba las riendas del negocio, con sus más de treinta sucursales repartidas por todo el país. Makino tenía razón al afirmar que era una de las cadenas de librerías más grandes de Japón. Incluso a quienes no conocían el nombre de la empresa les resultaría familiar su logotipo: un yate sobre un fondo marino, impreso en el papel de envolver de nuestros establecimientos.

Durante casi toda su existencia, la empresa se limitó exclusivamente a ese modesto local de Jinbocho, pero desde hacía unos veinte años, bajo la dirección de mi padre, se había expandido y diversificado: libro electrónico, servicios de digitalización de documentos y libros descatalogados, gestión informática, etcétera.

Los espectaculares resultados de la empresa no habían sido fruto de operaciones agresivas, sino del trabajo sosegado y constante de mi padre. «La función de una librería no es ahogar al lector en cantidades ingentes de libros, sino la de proporcionarle un flotador para que salga a flote en el mar de la literatura», solía decir él (no sé si en serio o medio en broma) cuando me veía curiosear por la librería familiar.

Fui creciendo y, a partir de cierto momento, dejé de visitar la librería. ¿Por qué? Porque empezaron a llamarme la atención otras cosas. Tenía a mi disposición una variedad enorme de formas de entretenimiento.

—Sí, era el hijo del dueño de aquel gran negocio librero, pero no quería ir más por allí. Me sentía incómodo.

—Te viste abrumado, supongo. Demasiados libros, demasiados cómics y revistas... —dijo Makino, encogiéndose de hombros. Había adoptado una expresión seria, y antes de que pudiera añadir nada más, me adelanté.

—Lo curioso es que, durante el rato que hemos pasado abajo, en el almacén, no me he sentido incómodo en absoluto —dije—. Mi rechazo parece estar relacionado solo con la librería de mi padre; sobre todo desde que supe que él también se encargaba de decidir y administrar todo el inventario de adquisiciones.

—¿Ah, sí? ¿Por qué? —La pregunta de Makino llegó a mis oídos con tanta suavidad como la del roce de su pelo ondulado sobre sus hombros.

—Aquello implicaba leerse todas las novelas, todos los ensayos, los libros ilustrados, los cómics..., todo, todo. No le quedaba tiempo para nada más. Imagínatelo, leyendo y engullendo historias y más historias, tuviera o no interés en ellas. No sé si lo hacía por un exceso de orgullo, como gestor de la librería, o por una cuestión personal, pero sí sé que yo no podré ser nunca como él. Y desde que fui consciente de ello, no pude volver a acercarme a la librería.

»Hasta la escuela secundaria me esforcé cuanto pude por estar a la altura. Aunque no pudiera leer todos los libros de la librería, pensé que al menos sería capaz de leer los que había en casa, en las estanterías de mi padre.

»A mis veinte años, sin embargo, aún estoy lejos de cumplir tal propósito. El flotador que mi padre lanzaba a los lectores no llegó hasta mí. Por eso no me atreví a embarcarme en el mar de los libros, por temor a hundirme, y por ese motivo decidí quedarme en el desierto. Mi padre lo comprendió enseguida y no volvió a molestarse en lanzarme su dichoso flotador.

»Ni siquiera recuerdo cuándo fue la última vez que me habló de libros. Es una persona a la que le gusta conversar con entusiasmo sobre cualquier tema, pero ya no hablamos de libros. Su silencio me exaspera; me entristece. Fui alejándome de los libros, en parte para evitar la confrontación con él.

»Siempre noté una distancia insalvable entre ambos, a pesar de toda mi admiración. Pero cayó enfermo y las cosas cambiaron: me di cuenta de lo importante que es para mí.

Suspiré mientras manoseaba las patillas de mis gafas.

—Se casó tres veces y tuvo cuatro hijos con mujeres distintas —proseguí—. Yo soy el mayor y el único varón. Como primogénito, todas las esperanzas para heredar la presidencia de la empresa recaen sobre mí.

—¿Tu padre espera eso de ti?

—Mi padre no dice nada, pero... —Tenía las manos apoyadas sobre los vaqueros. Cerré los puños—. Creo que mi padre piensa más o menos igual que yo. Sabe que soy un inútil y que no valgo para asumir esa responsabilidad.

Makino guardó silencio. Por alguna razón, contemplaba mi barbilla con gran atención.

—Tendrás hambre... —murmuró de pronto. Sin más, se puso en pie y rodeó el mostrador. Extrajo de la nevera dos cuencos de macedonia de frutas y los colocó sobre una bandeja. A continuación, volvió a la mesa con la bandeja.

—Aquí tienes, Yumi —dijo, sirviéndome uno de los cuencos de cristal de estilo retro.

Me puse tenso. Estaba confundido. Ella hizo un leve gesto de desdén con los ojos e inclinó la cabeza. De pronto, recordé:

—Es Yumi quien pide macedonia en la casa de comidas Wakakusa, ¿verdad? —Y me metí en la boca un trozo de gelatina y otro de piña, que seguro venía de una lata.

Noté frío al masticar y me pregunté si no le había hablado de asuntos demasiado personales. Traté de cambiar el tema de conversación.

—Todos vosotros habéis leído *No se escucha el canto del cisne*, ¿verdad?

—Sí. Precisamente, fue una de las novelas que leímos en el Club de Lectura de los Viernes. —La sonrisa de siempre volvió a dibujarse en sus labios.

—¿Te refieres al club que mencionó Waku?

—Sí. Yo lo organicé cuando estábamos en el instituto. El viernes era el día en que nos reuníamos y de ahí su nombre: Club de Lectura de los Viernes.

—Entonces, ¿los tres erais compañeros de clase?

—Así es. Mis queridísimos compañeros de clase... —Jugueteó con su pelo, enroscándose un mechón entre los dedos, y me lanzó una mirada intensa, con aquellos ojos grandes y brillantes. La gradación de color del iris se acentuaba alrededor de la pupila. A continuación, preguntó—: ¿Hasta dónde has leído, Kurai?

Yo trataba de atrapar un pedazo de plátano con la cucharilla. Desistí, sin conseguirlo, y dejé la cucharilla en el cuenco de cristal. Cogí el libro que había dejado sobre la mesa y, volviéndolo hacia ella, le señalé una página. La miró con atención y dijo:

—Parece que no vas a tardar mucho en terminarlo. Esta misma noche, quizá.

—Quizá.

—Sí, esta noche. Seguro. Te gusta leer.

No supe si se estaba burlando de mí. Le sostuve la mirada, sin decir nada.

Ella ladeó la cabeza y añadió:

—He de volver al trabajo. Tú sigue leyendo. Tómate todo el tiempo que necesites.

Se levantó rápidamente, se alisó las arrugas del delantal y se fue. Entonces vi que sobre la mesita había dejado su cuenco. Estaba vacío: se lo había comido todo sin que yo me diera cuenta.

Volví a acomodarme en el sofá, y una vez que encontré la postura adecuada, la lectura fue absorbiéndome de nuevo.

Durante mi breve conversación con Makino, el tiempo de la novela se había congelado y sus personajes habían quedado inmóviles, con sus asuntos pendientes, mientras la vida del abuelo de Ozawa iba apagándose. La muerte de aquel hombre acaeció en el punto central de la novela y arrastró, como una gran ola, al resto de los personajes, del mismo modo que mi corazón naufragaba ante los envites de la grave enfermedad de mi padre.

Kaoru evitó con todas sus fuerzas la tentación de sacar partido de la vulnerabilidad emocional de Yumi y de Ozawa, en medio de aquella delicada tesitura en que se encontraban. Comprendí su heroica postura y deseé ser capaz de semejante firmeza de espíritu.

«Aquí tienes, Yumi», había dicho Makino.

Me estremecí como si una descarga eléctrica acabara de atravesarme el cuerpo y, sin querer, cerré el libro.

—¡Claro!

Hojeé frenéticamente las páginas leídas.

¿Así que yo era Yumi?

Desde la primera página, me había empeñado en interpretar todo aquello como una señal de que mi padre me alentaba a seguir la conducta de Kaoru; es decir, a tomarlo como modelo.

Tal vez así fuese, pero de lo que, en realidad, mi padre trataba de advertirme primordialmente era de que, si yo me parecía a algún personaje de *No se escucha el canto del cisne*, era precisamente a Yumi.

Al contemplar, en los ojos de él, el abismo que la muerte abre entre nosotros y quienes se lleva, aquella joven de espíritu magnánimo —aquel «tocar la flauta, mirando al sol de poniente...» con que la novela describía su vitalidad— se derrumbó: le había fallado a él, su mejor amigo, la persona más cercana y de mayor confianza.

Con independencia de que ella fuera una mujer y yo un hombre, ambas actitudes —la suya y la mía— se me antojaban comparables.

—Uf... —resoplé, revolviéndome en el asiento y tapándome el rostro con el libro. Decidí entonces apurar la macedonia de frutas que todavía tenía ante mí.

Piña, mandarina, melocotón, guisantes rojos, cubitos de gelatina, bolitas de pasta de arroz..., todos ellos eran alimentos de los que Yumi, en el transcurso de la novela, se vio obligada a prescindir, a pesar de lo mucho que, al principio, le gustaba pedir macedonia en la casa de comidas Wakakusa. Así pues, al menos en una cosa, yo podía hacer lo contrario que ella.

Al terminar, me limpié los labios con una servilleta.

Kaoru, en su afán de proteger a Yumi, le había dicho: «No quisiera que pasaras tanto tiempo junto a una persona a la que solo le espera la muerte. No sabría explicar con exactitud por qué, pero así es». Quizá también a mí me habría dicho algo parecido. Mi padre tenía aproximadamente la misma edad que el abuelo de Ozawa y..., en fin, por doloroso que fuese, tal vez no me quedase más opción que escuchar a Kaoru.

Seguí preguntándome si lo que quería transmitirme mi padre era que yo me estaba equivocando al desatender mis estudios universitarios por acudir al hospital; que era un error emplear todas mis energías en cuidar de él, y que a nada me llevaría aquella culpa que sentía por verme incapacitado para asumir las riendas del negocio familiar.

Comprendí que aquello, más que una advertencia, era una reprimenda por falta de seguridad en mí mismo; más que una recomendación, era una orden con la que me empujaba a cambiar de actitud. Por eso quiso que leyera *No se escucha el canto del cisne;* porque a partir de la historia ahí narrada, yo debía dilucidar sus preocupaciones y comprender su intención de animarme a seguir con mi vida. Me empleé con todas mis fuerzas a entender aquello.

«Si solo la enfermedad hace que vuelvas tu atención hacia mí, más me valdría estar muerto. Si solo la proximidad de mi muerte hace que me quieras, más me valdría morir sin que nadie se enterara». Aquellos pensamientos un tanto extremos pertenecían al joven Kaoru de diecinueve años; y mi padre, a sus cincuenta y tantos años, coincidía con ellos.

Terminé la macedonia de frutas, dejé la cucharilla de madera en el cuenco de cristal y me recosté sobre el respaldo del sofá. Aunque seguía sin poder apartar los ojos del libro, era ahora el rostro de mi padre lo que veía con mayor claridad en mi cabeza. Poco después, otro rostro, el de mi padre cuando era joven, se superpuso a aquella imagen. Naturalmente, yo solo lo había visto así en fotografía. Poco a poco, aquel rostro joven fue transformándose en mi propio rostro.

Dejé el libro, ya terminado, sobre la mesa, y justo entonces —como si hubiera estado esperando el momento adecuado—, apareció Makino desde el fondo de la trastienda.

—Acabo de terminarlo —anuncié.

Me miró con atención y, sonriente, dijo:

—Me alegro. Por fin, has encontrado el libro que buscaba tu padre.

—Sí —asentí mientras acariciaba la cubierta del libro. Ahora sí estaba seguro de que mi padre aceptaría el ejemplar que sujetaba entre mis manos.

—El primer tren pasa a las cinco y cincuenta y nueve de la mañana. Todavía queda un rato. Voy a prepararte un café.

Makino colocó los dos cuencos de cristal sobre la bandeja y la llevó al mostrador.

—Y Sugawa y Waku, ¿dónde están?

—Terminaron su trabajo de reponer libros y ya están durmiendo.

—¿Abajo, en el andén?

—Sí, en el almacén subterráneo. Tenemos camas plegables para días como este —dijo Makino, con un leve gesto de orgullo.

Asentí con la cabeza y, de pronto, se me ocurrió algo:

—La serie de Kaoru tiene cuatro volúmenes, ¿no? Estoy pensando en leer los otros tres.

—Como quieras. Pero tendrá que ser bajo la condición de que no vuelvas a decir que no se te da bien leer, ni tampoco que en cierta librería te sientes incómodo —dijo Makino, sin desviar la mirada de la cafetera de sifón y con la seriedad de un científico en mitad de un experimento. Los ojos se le juntaban como a un niño con estrabismo.

—Minami, te estoy muy agradecido por lo que has hecho por mí. —Incliné la cabeza.

Makino me devolvió la reverencia sin dejar de agitar el fondo del embudo con una espátula de madera de bambú. La fragancia del café se extendió por el espacio de la librería y noté un cosquilleo en la nariz.

—¡Qué bien huele!

—Sí, pero... —Makino se detuvo. Parecía repentinamente cohibida, y con cierta actitud tímida, continuó—: A mí nadie me ha preparado un café cuyo sabor haga justicia al aroma de estos granos.

Por internet circulaba el rumor de que en aquella librería ubicada en cierta pequeña y remota estación de tren de la región de Kitakanto uno podía encontrar cualquier libro que buscase. Pues bien, mi padre y yo no albergábamos ya ninguna duda al respecto: aquel rumor era cierto.

A finales de marzo, yo había dejado el hogar familiar en el distrito de Hiroo y había salido de Tokio, la ciudad en la que había nacido y que me había visto crecer, para mudarme solo a un piso a poca distancia del campus de la universidad en la que estudiaría durante los siguientes tres años.

Cuando al día siguiente lo visité y le entregué *No se escucha el canto del cisne* y le dije que no volvería a faltar a las clases de la universidad, mi padre sonrió. Era la edición de Shinchosha que había adquirido en La Librería de los Viernes, debidamente envuelta en el papel con el emblema y el nombre de la librería impresos. La aceptó y dijo:

—Gracias, hijo. Era esta la que quería leer.

—Me alegro. ¿Sabes?, ahora estoy leyendo *¡Cuidado, Caperucita Roja!*

—¿No me digas? Yo he dejado por la mitad *El zoo de papel*, de Ken Lyu. En cuanto me recupere, lo continuaré.

A pesar de mi falta de seguridad y de la escasa visión de futuro que tenía, la perspectiva de volver a mantener conversaciones sobre libros con mi padre a partir de entonces me alivió enormemente.

El primer viernes de tranquilidad, pasados los agobios del traslado al nuevo piso, decidí tomar el tren en la estación de Kamado, que era la más cercana, y recorrer la línea Chorin. Saqué un libro de mi mochila y me puse a leer.

Ya había terminado de leer los volúmenes restantes de la serie de Kaoru, que empecé en el tren de vuelta de La Librería de los Viernes, y en aquel momento leía *La botella azul*, de Masatomo Tamaru.

Me ajusté las gafas y miré a través de la ventanilla del tren. La luz de la puesta de sol se proyectaba sobre la mitad superior del cristal.

Por fin, el tren fue acercándose a la estación de Nohara. Una vez allí, me dio la impresión de que el tercero de sus andenes no estaba en uso. En cuanto se abrieron las puertas, me apeé y corrí por el andén y escaleras arriba. Continué por el pasaje y llegué a La Librería de los Viernes, que, tal y como esperaba, estaba abierta. Aunque solo habían transcurrido unas semanas desde mi primera visita al lugar, era como si hubiera pasado mucho tiempo.

Me arreglé el pelo, corregí la posición de mis gafas y traté de controlar mi respiración mientras atravesaba el tramo de la pared de cristal y me dirigía a la puerta automática. Antes de entrar, me aseguré de que todavía estuviera el anuncio de solicitud de personal allí pegado.

Makino se encontraba ocupada, cambiando las revistas cuatrimestrales en las estanterías, mientras Sugawa, tras el mostrador, introducía entre las páginas de cada una de las revistas su correspondiente suplemento y las ataba con un cordel. Waku, frente al mostrador, sostenía una taza de café y leía un libro forrado con el papel distintivo de la librería, como si él no tuviera nada que ver con el trabajo de sus compañeros. No había clientes, quizá debido a que era viernes.

—¡Minami! —llamé a Makino, que se encontraba de espaldas a mí. Me recordó enseguida.

—Ah, el cliente que compró *No se escucha el canto del cisne*, de Kaoru Shoji.

Tal vez hubiera olvidado mi nombre.

—Sí, soy Fumiya Kurai —le recordé—. También me llevé *¡Cuidado, Caperucita Roja!*, *El hombre de la capucha negra* y *Mi querido Barba Azul*.

—Muy bien, ¿y qué se te ha antojado hoy? —Fue Waku quien intervino abruptamente. Sugawa, por su parte, había detenido su tarea y me miraba con sus ojos azules.

—Eh..., hoy he venido por lo de la oferta de empleo...

—¿Por lo del empleo? —Makino juntó sus manos y abrió aún más sus grandes ojos.

Asentí con la cabeza y le entregué un currículum. Sin mirarlo, se lo guardó en el bolsillo del delantal y, caminando casi a saltitos, se dirigió a la trastienda. De allí regresó con un delantal verde musgo entre los brazos, envuelto en una bolsa de plástico de una tintorería.

—Póntelo.

—¿Ahora?

—¡No te quejes, mequetrefe! —bramó Waku.

—No, no me... Pero es que ni siquiera hay clientes ahora.

—¿Es que te crees que lo único que hay que hacer aquí es atender a los clientes?

Guardé silencio, mirando desafiante a Waku.

—¿Qué pasa? ¿Has olvidado que soy el dueño de esta librería? Permanecer en guardia es también un trabajo. Debemos estar vigilantes para prevenir los robos, que pueden, ellos solos, tumbarnos el negocio. ¡Usa tu mirada para eso, mequetrefe!

—Mira que eres torpe, Yasu —terció Makino—. No sabes ni empaquetar libros ni envolverlos en plástico transparente. Lo único que se te da bien es desempaquetarlos.

El caso es que Makino dijo aquello sin un ápice de reproche, como una simple y neutra descripción de la realidad. Sugawa asintió decididamente con la cabeza al escucharla.

Y como para sacudirse de encima aquella acusación velada, Waku recurrió a otro más de sus habituales bramidos:

—¡Menos charla y más trabajar, mequetrefe!

Di un paso hacia Makino.

—¿En qué puedo ayudar? —pregunté.

—Pues... —Echó un vistazo por todo el interior del local y me miró fijamente. Para mi sorpresa, se ruborizó.

¿Tanta vergüenza le daba encontrarse frente a mí? Entonces, mi mirada se dirigió a aquellos ojos tan redondos, a su nariz pequeña como un botón, al brillo de sus labios... No, no podía dejar de mirarla.

—Kurai, ejem... ¿puedo decirte algo? —Había cruzado los brazos, casi a modo de abrazo a sí misma.

¿Eh? ¿A qué venía aquello? ¿Es que iba a declarárseme? ¿Allí mismo? ¿Delante de todos?

Y, de pronto, mientras yo me temía lo peor, ella abrió los brazos y, envuelta en un suave aroma a libros y a primavera, dijo:

—¡Bienvenido a La Librería de los Viernes!

2

Demasiado pronto para Marlow

Alguien llamó con los nudillos a la puerta de la trastienda. Antes de que pudiera responder, la puerta se entreabrió y por el resquicio se asomó Makino.

—Kurai, ¿has escrito las notas de los artículos devueltos?

—No he terminado. Perdona. Solo necesito un poco más de tiempo.

Hice una reverencia a modo de disculpa, casi dejando caer el bolígrafo que sostenía entre los dedos.

Había transcurrido casi un mes desde que empecé a trabajar en aquella librería ubicada en aquella remota estación de ferrocarril, y podría afirmarse que solo era un novato que aún no había aprendido a desenvolverse con soltura en las tareas asignadas. Mi padre era el dueño de una de las mayores cadenas de librerías del país, y yo había correteado de niño por la librería Chikai como por mi casa; de modo que conocía mejor que nadie los detalles del oficio y las funciones de los empleados. Sin embargo, una cosa era la teoría y otra la práctica, y si algo me estaba quedando claro aquellos días es que no es lo mismo ser un cliente que librero.

Los artículos devueltos eran, como su propio nombre indica, los libros y las revistas que debían enviarse de vuelta a las editoriales de las que procedían. Dicha gestión se hacía por ordenador en la mayoría de las librerías. Resultaba mucho más sencillo y efectivo.

No obstante, en La Librería de los Viernes se aferraban al método tradicional de escritura a mano. «Saben que todavía hacemos los papeleos a mano y ello nos ahorra muchos pedidos absurdos», había dicho Makino. Pero para mí era un suplicio, un desafío a mi paciencia. Cierto era que yo apenas acababa de empezar a trabajar allí y que, con toda seguridad, a Makino o a Sugawa, libreros veteranos, les llevaría mucho menos tiempo terminar el proceso; pero también era verdad que en una librería con una clientela relativamente baja, como era La Librería de los Viernes, resultaba especialmente descorazonador tener que dedicar semejante cantidad de tiempo a esa única tarea, la de administrar las devoluciones.

Makino miró con expresión atónita el taco de tarjetas de devolución todavía en blanco y, a continuación, me miró a mí.

—Bien, deja esto de momento y atiende la caja, ¿de acuerdo? —dijo.

—¿Eh?

—Hoy tengo que decidir el número de nuevas publicaciones que vamos a adquirir. Sugawa está atendiendo a los clientes y Yasu ya se ha ido; de manera que solo quedas tú para ocuparte de la caja.

Juntó las manos como si se dispusiera a rezar y, seguidamente, se encogió de hombros.

En cuanto encargada jefe de La Librería de los Viernes, Makino no podía desperdiciar tiempo ni esfuerzos. Por sus manos pasaban todos los aspectos comerciales de la empresa y de ella dependía qué libros pedir para la venta y cuántos ejemplares en concreto de entre los muchos propuestos por las agencias de distribución.

Para mí, sin embargo, todo era nuevo. Ya fueran las adquisiciones, ya las devoluciones, todo aquel trabajo me exigía una dedicación a la que no estaba acostumbrado.

Makino se había referido a La Librería de los Viernes como una librería pequeña, pero eso conllevaba sus propios desafíos. Todo aquello a lo que mi padre había tenido que renunciar para transformar la librería Chikai en una gran cadena de alcance nacional, capaz de gestionar un volumen inmenso de novedades, seguía presente en La Librería de los Viernes. Eso me alegraba y me daba esperanzas.

Ambas librerías eran en cierto modo lo opuesto, y conocer de primera mano cómo funcionaba me ayudó a ir recreando en mi mente la librería ideal.

—De acuerdo —respondí, asintiendo con la cabeza y empujando el puente de mis gafas con el dedo índice.

Así pues, Makino se quedó en la trastienda y yo me ocupé de la caja registradora. A aquellas horas de un domingo por la tarde, había más clientes en el rincón de la cafetería que oteando libros por las estanterías.

Sugawa se mantenía, como era habitual, de pie, parapetado detrás de aquel mostrador, que, podría decirse, también era un poco barra de bar. Nuestras miradas se cruzaron. Sus características físicas, tan puramente japonesas —el brillo intenso de su pelo negro, la nariz recta y los ojos rasgados—, sumadas al particular brillo azul de sus ojos, hacían de él un joven especialmente agraciado. Aunque llevaba puesto el mismo delantal verde musgo que cualquier otro empleado de la librería, pasaba la mayor parte del tiempo detrás del mostrador, preparando platos y bebidas.

Un hombre de mediana edad, visiblemente cansado, sorbía café bajo la luz anaranjada de la lámpara retro. Sentado frente al mostrador, garabateaba algo con un bolígrafo en una agenda.

De espaldas a él, a la mesa, un colegial de primaria había dejado su mochila apoyada sobre una silla vacía y comía un pilaf con toda parsimonia.

Me había acostumbrado a ver a Waku —o Yasu, según se prefiera— apostado frente al mostrador, pero aquel día se había ausentado pronto, cuando aún no había anochecido. «Tengo que llevar al veterinario el conejo que tengo por mascota. No se encuentra bien», había dicho antes de irse. Nadie diría, a juzgar por el tipo de traje ligero y de vivos colores que siempre vestía, y por su pelo teñido de rubio y rasurado en las sienes, que pudiera tratarse de un ciudadano ejemplar ni que de su boca pudiera salir una frase como la que acababa de pronunciar.

Al escuchar por megafonía la llegada del siguiente tren (solo paraban allí dos o tres cada hora), el niño sentado a la mesa del rincón de la cafetería se puso en pie, y tras cargar con su mochila a la espalda atravesó corriendo la pasarela y bajó al andén. En el plato dejó la mitad del arroz pilaf.

Algunos pasajeros se apearon del tren que acababa de llegar y se dirigieron, a través de la pasarela, hacia los torniquetes de salida, pero algo les llamó la atención a mitad de camino. Se detuvieron para leer con detenimiento un anuncio, escrito a mano por la propia Makino, en el que se informaba de las nuevas adquisiciones de La Librería de los Viernes, y para echar un vistazo a todos aquellos libros y revistas que todavía permanecían amontonados frente a la librería. Aunque la mayoría de los pasajeros, apremiados por el tiempo, siguió su camino, hubo una mujer que se decidió a atravesar la puerta automática de la entrada.

—Buenas tardes —saludé, optando por el clásico tono neutro con que suele recibirse a los clientes, y evitando la excesiva efusividad de Makino, más propia de camarera de *maid café*.

La clienta no solo no sonrió, sino que ni siquiera se molestó en mirarme. Con expresión severa y sin titubeos, se dirigió a las estanterías de la pared.

La seguí distraídamente con la mirada.

—¡Ah...! —Se me escapó una leve exclamación al ver que con uno de los bordes de su bolso rozaba uno de los montones de libros de bolsillo que yo acababa de colocar y hacía caer algunos de ellos.

Pese al estruendo originado por los libros al caer al suelo, ella parecía decidida a no dejar que nada la distrajera y ni siquiera se volvió para mirar lo ocurrido.

«Todo aquel que entra en una librería es un cliente y debe ser tratado con el debido respeto».

En mi cabeza se reprodujeron las palabras que mi padre solía decirme, muchos años atrás. La enfermedad lo había obligado a guardar cama, pero no cabía duda de que todo lo que él decía era fruto de una larga experiencia al frente de la empresa.

«Estoy de acuerdo, papá, pero...». Al presenciar semejante actitud desde mi puesto tras la caja registradora, cerré los puños de rabia en un acto casi reflejo. «... Pero el cliente no siempre tiene la razón. ¿No crees, papá?».

Me quedé inmóvil, dudando entre si debía recoger los libros como si nada hubiera pasado o llamarle primero la atención. Si bien mi acostumbrada timidez me impulsaba a decantarme por la primera opción, algo me decía que debía afrontar mi responsabilidad como empleado de la librería y hacer algo al respecto.

En primer lugar, miré a Sugawa en busca de auxilio, pero él se encontraba atendiendo a un nuevo cliente, llegado quizá entre los pasajeros del tren anterior.

El hombre, de estatura considerable, flexionó ágilmente sus largas piernas al tomar asiento en uno de los taburetes frente al mostrador y, con gesto serio, clavó la mirada en la cafetera de sifón. Sin embargo, no pareció pedir un café, porque Sugawa, después de asentir suavemente con la cabeza, se volvió hacia la nevera.

Me rendí y recogí los libros haciendo adrede más ruido del necesario. Ni siquiera esto le hizo volver la cabeza a la mujer.

Debía de tener la misma edad que Makino, quizá algún año más. Era difícil de adivinar. Ancha de hombros y de complexión atlética —tal vez practicaba deporte con regularidad—, llevaba un vestido largo de rayas verdes. El cabello, negro y pesado, le colgaba hasta los hombros, y sus ojos levemente rasgados, bajo unas gruesas cejas, dejaban entrever un carácter firme y obstinado.

Dejé escapar un suspiro de desencanto mientras volvía a mi puesto tras la caja registradora. Ella hojeaba un libro con indisimulada brusquedad, haciendo sonar las páginas.

Esa vez, no pude contenerme y, como impulsado por un resorte, abandoné mi puesto en la caja y me dirigí a ella. Aquella actitud era inaceptable: los artículos para la venta deben ser tratados con el debido cuidado. Hasta un niño de guardería lo sabe. ¿Es que no se daba cuenta de que otras personas querrían leer ese libro y encontrárselo impecable?

Como era de esperar, también ignoró el sonido de

mis pasos cuando me acerqué. Abría el libro cuanto podía y lo sujetaba a la altura de sus ojos.

—Disculpe... —Siguió ignorándome. Me ajusté las gafas y repetí, elevando el tono—: ¡Disculpe! ¡Los artículos expuestos para la venta no deben...!

Cerró el libro de golpe y lo introdujo en su bolso. Me quedé sin palabras, absolutamente perplejo. ¿Es que pretendía robarlo ante mis propias narices?

A continuación, se alejó hacia la puerta mientras yo, sin poder dar crédito a lo que veía, me sujetaba las patillas de las gafas incapaz de parpadear. ¿Qué debía hacer en una situación así? Precisamente cuando se estaba produciendo un hurto, Waku no estaba por allí. Decidí que tenía que hacer algo y, sin pensármelo más, la sujeté por un brazo.

—¡Ay! —se quejó.

—¡Perdón! —La solté de inmediato, completamente aturdido. Sacudí la cabeza y recuperé la noción de lo que estaba ocurriendo—. Eh... Disculpe, señora, pero ¿me permite echar un vistazo a su bolso?

—¿Cómo? —Enarcó las cejas como si no comprendiera qué estaba pasando y clavó sus ojos en mí.

No me dejé intimidar. Me situé entre ella y la puerta automática, y al tiempo que empujaba el puente de mis gafas con el dedo índice le devolví la mirada desafiante.

—Ha metido un libro en el bolso, ¿o me equivoco? —interpelé.

Frunció el ceño y, sin más, me dio la espalda. Asintió con la cabeza, todavía de espaldas a mí.

—¿Y qué?

—¿Cómo que y qué? ¿Se da cuenta de cuánto daño puede hacer una acción como la suya a las librerías de todo el país?

—Pues no... No tengo ni idea. ¿Y bien? ¿Me dejas pasar? —Se volvió y me atravesó con la mirada. Pese a su fiereza, la voz le temblaba.

—¡De ninguna manera! —Extendí los brazos para bloquearle el paso—. Si todo el mundo hiciera lo mismo, ya no habría librerías. Para usted es solo un libro, pero esa acción aparentemente inofensiva nos llevaría a la ruina si a cientos y cientos de personas les diera por seguir su ejemplo.

Por mi mente fueron pasando, como en un carrusel, los rostros de Makino y mi padre, Sugawa y Makino otra vez, Waku y Makino de nuevo... Tuve la impresión de que el rostro de Makino se me apareció más veces que el de los demás. Yo conocía de sobra el afecto que le tenían a los libros y la buena disposición que mostraban hacia los clientes que buscaban una edición en particular, de manera que no podía consentir lo que estaba haciendo aquella mujer... ni podía entender a quienes trataran de justificar aquello.

Pero ella no solo no dio su brazo a torcer, sino que, con todo descaro, me lanzó:

—¡No tengo tiempo para jugar a las adivinanzas con lunáticos como tú!

Noté cómo la sangre me subía a la cabeza y no pude contenerme más.

—¡Tú y la gente como tú sois la ruina de las librerías!

—Un momento, un momento, ¿de qué estás hablando? —Se encogió de hombros y se me encaró con una expresión aterradora.

Aparté el rostro tan rápido como pude. Ella se percató de la existencia de otra puerta automática cercana al rincón que servía de cafetería y abrió mucho los ojos; pero, pronto, el brillo que había surgido en ellos se apagó y bajó la cabeza.

Sin embargo, no se dio por vencida. Alzó el rostro de nuevo y adoptó una actitud de mayor fiereza que antes. Con un movimiento brusco, abrió el bolso y extrajo el libro.

El largo adiós.

Aunque el título fue lo primero que me llamó la atención, enseguida reparé en algo extremadamente extraño: entre las páginas asomaban numerosos papelitos para señalar frases.

Ella debió captar mi estupor porque, sin titubear, dijo:

—Adelante. Échale un vistazo.

Notas y subrayados efectuados con bolígrafos de diversos colores llenaban las páginas, y solo por la forma de abrirse no tuve ninguna duda de que el libro había sido leído.

Tragué saliva.

—¿Y bien? ¿Vas a explicarme cómo mi afición a la lectura podría acabar con las librerías? —preguntó fríamente.

—Eh..., disculpe. Es que creí que...

—¿Qué creíste?

Me puse pálido y sentí un sudor frío empaparme todo el cuerpo. Acababa de meter la pata hasta el fondo. Solo porque me había causado una mala impresión al principio, había emitido un juicio negativo —y equivocado— sobre ella.

Consciente de que una falta de respeto como aquella podría valerme el despido, estuve a punto de ponerme de rodillas ante la mujer. No obstante, me lo pensé dos veces: temí que alguien lo grabara con el móvil y lo colgara luego en internet. Y lo temí no solo por mí, sino también por la mala imagen que un vídeo así proyectaría sobre esta librería de reputación casi mítica, de la que se rumoreaba que uno podría encontrar cualquier libro que buscara. Yo, desde luego, me expondría a la burla en las redes sociales.

Me quedé paralizado pensando en los aspectos más negativos de esta sociedad digitalizada en la que vivimos. Y justo en ese momento se abrió con suavidad la puerta al fondo de la caja registradora.

—¿En qué podemos ayudarla?

La templanza y la amabilidad que aquella voz transmitía estuvieron a punto de hacerme llorar (y, de hecho, se me humedecieron los ojos). Me volví hacia ella.

—Señorita Minami... —susurré.

—Me temo que no hay nada que pueda hacerse —dijo la mujer, y añadió, señalando la placa que Makino llevaba prendida en el delantal—: Minami, ¿verdad? Usted es la encargada, ¿no es así? —A continuación, su tono de voz se elevó casi hasta el alarido—.

¿Es que aquí acostumbran a tratar a los clientes como si fueran ladrones?

Makino abrió sus grandes ojos y nos miró alternativamente a la mujer y a mí. Después, cerró la puerta de la trastienda sin dejar de mirarnos.

—Estimada clienta, tranquilícese, por favor. Podría contarme qué le ha sucedido —dijo.

También Sugawa nos miraba alarmado desde detrás del mostrador, mientras el único cliente que quedaba se marchaba, alertado quizá por el alboroto que habíamos formado.

La mujer se percató enseguida de Sugawa y le devolvió la mirada. Al momento, se volvió una vez más hacia nosotros, para finalmente centrarse en Makino y repasarla con la vista, de arriba abajo, desde la coronilla hasta la punta de los pies. De pronto, lanzó una risita sofocada.

Entramos en la trastienda. Toshiko Inohara —que era el nombre de la mujer— ignoró a Makino cuando esta le ofreció asiento en su silla de trabajo, y pasó a relatarle, con exagerado aire de dignidad, lo que había sucedido y lo irrespetuosamente que yo me había comportado con ella.

Mientras la escuchaba, Makino asentía con la cabeza de tanto en tanto e intercalaba algún que otro «Lo siento muchísimo». Yo me apresuré a hacer lo mismo.

—¿Así que este tal Fumiya Kurai trabaja aquí a tiempo parcial? Me imagino que lleva poco tiempo...

—Elevó el mentón con la vista clavada en la placa con mi nombre.

Asentí con la cabeza, adelantándome a Makino.

—Prometo no volver a cometer el mismo error.

—La encargada, Makino, será quien tendrá que decidir si concederte o no la oportunidad de cometer nuevos errores —sentenció secamente mientras se dirigía ya a la puerta.

Antes de que le diera tiempo a salir, Makino la interpeló:

—Veo que ha leído con profundidad *El largo adiós*.

Toshiko Inohara ignoró una vez más las palabras de Makino, que, sin dejarse amedrentar, preguntó:

—¿Le gusta la novela negra, en general, o es usted una entusiasta lectora de Raymond Chandler en particular? ¿Sabe?, tengo planeado organizar un encuentro de lectura de novela negra y de misterio. Quizá deba limitar la temática a la novela negra. Todavía tengo que decidirlo.

Toshiko Inohara, empuñando el pomo de la puerta, se volvió hacia Makino.

—¿Le interesa la novela negra o Raymond Chandler? —preguntó.

—Ambos. También me gustan Dashiell Hammett, Ross Macdonald, Sara Paretsky y Arimasa Osawa, y debo admitir que la serie del detective *Jun Mikage*, de Etsuko Niki, me encanta.

Aunque Inohara escuchaba con gesto de total indiferencia, un breve comentario se le escapó entre los labios:

—Una buena aficionada a la lectura...

Makino sonrió de inmediato.

—Por supuesto —afirmó, visiblemente satisfecha—. Hay, sin embargo, una novela por la que siento auténtica debilidad: *El largo adiós*.

Por fin, la actitud displicente de Inohara pareció difuminarse. Sus labios fruncidos se relajaron y dejaron a la vista unos dientes blancos. Sin embargo, en aquel preciso instante, se anunció por megafonía la llegada del siguiente tren e Inohara recuperó el gesto adusto y, sin más, abrió la puerta y salió.

Makino volvió a su trabajo como si nada hubiera ocurrido. Antes de que le diera tiempo a sentarse a la mesa para continuar con el inventario de libros me apresuré a dirigirle una reverencia de sincera disculpa, acompañada de un ruego:

—¡Estoy consternado por lo sucedido! Pero, por favor, ¡no me despidas del trabajo!

Makino rio moviendo los hombros arriba y abajo, y me miró. Yo mantuve la reverencia.

—¿Qué motivos tendría? —preguntó—. ¿Haber creído que se estaba produciendo un robo te parece motivo suficiente para despedir a alguien? Tendrías tus razones para creerlo.

—Mi... Minami...

—Vamos, no me digas que vas a llorar...

—¡De ninguna manera! —aseguré a la vez que me sorbía la nariz. Aunque era mi jefe, me trataba de la manera más comprensiva y atenta posible. ¿Cómo podía agradecerle todo lo que él estaba haciendo por mí?

Makino sonrió y pestañeó repetidamente.

—Si quieres, después hablamos, pero ahora es mejor volver al trabajo. La lista de devoluciones es larga.

—Ah, sí, sí. Perdón por esta interrupción.

Además de comprensiva y atenta, no podía negarse que era exigente.

Mientras caminaba por la avenida universitaria del campus de Kamado me enteré de que la clase a la que me dirigía había sido suspendida. Habían puesto un aviso en la página web de la universidad. Qué rabia. Antes de salir no había tomado la precaución de echarle un vistazo a la web y me había desplazado hasta allí para nada.

El día anterior, tras la pertinente visita a mi padre al hospital, puse rumbo a la librería Chikai, en Jinbocho, con el propósito de comprar un libro.

Allí seguía, inalterable pese a la ausencia de mi padre, su presidente. Nada había cambiado: persistía el habitual ajetreo y la tensión que conlleva mantener un negocio de tal envergadura. Los empleados, al verme, acudieron a mí con gesto de preocupación, ofreciéndome palabras de ánimo y buenos deseos para mi padre.

Me pasé por el piso familiar en Hiroo con la intención de hacer una breve visita y volver a la universidad esa misma tarde, pero la buena disposición de Saori, tercera esposa de mi padre, y la cálida bienvenida de mis hermanastras, las dos gemelas de tres años, que seguían llamándome hermanito mayor, me hicieron reconsiderar mi plan y acabé pasando la noche.

Para no perderme aquella clase que finalmente fue cancelada, me había levantado muy temprano y había hecho un viaje de tres horas en tren. De haberlo sabido, podría haber disfrutado de un sosegado desayuno con las gemelas y, después, podría haberles leído un cuento.

Continué caminando, avenida adelante, hasta el tablón de anuncios. Como era de esperar, allí también se avisaba de la suspensión de la clase.

—¿Y ahora qué hago yo hasta la hora del trabajo?

Tenía compañeros con los que no me llevaba mal, pero nadie a quien considerar amigo. Era lógico: no formaba parte de ningún club universitario y trataba de pasar desapercibido en las clases y los seminarios a los que asistía. Podría aprovechar el tiempo como quisiera, pero así, de sopetón, no se me ocurría qué hacer.

Con un bostezo, di media vuelta para deshacer el camino recorrido y, entonces, reparé en un letrero que decía PAN RECIÉN HECHO prendido de la pared del edificio de una cooperativa, y recordé que desde que me había mudado al campus de Kamado había deseado hacer una cosa.

Durante unos instantes permanecí absorto en la

contemplación de los árboles que se extendían por el campus y tan intenso verdor le proporcionaban. Comprobé la hora en el móvil.

—Allá vamos —me dije, asintiendo con la cabeza, y como si un imán tirara de mí entré en el edificio de la cooperativa.

Tras pedir un café con leche y tres panecillos, puse rumbo a la plaza central del campus.

Eso que había querido hacer desde mi ingreso en la universidad era disfrutar de un refrigerio al aire libre, en el campus. Mis primeros dos años de universidad los había pasado en el campus de Tokio, que era una jungla de hormigón, conformada por edificios altos y grises, lo opuesto a los montes y los campos de cultivo que rodeaban el perímetro del campus de Kamado, con su tranquilidad y su aire puro. Allí había árboles y crecían las flores por todas partes, y uno hasta podría afirmar sentirse como en un parque que albergara una universidad. Además, aquella era la estación del año perfecta para hacer un improvisado pícnic. Había decidido sentarme en la plaza, el lugar con las mejores vistas, pero había un detalle con el que no había contado.

«Vaya, por aquí no hay más que parejas...». Efectivamente, había pasado por alto el gran número de parejas que habían tenido la misma idea que yo.

La luz del sol se reflejaba en mil destellos al atravesar los surtidores de la fuente que ocupaba el centro de la plaza. De los ocho bancos instalados alrededor de esta, siete se encontraban ya ocupados por parejas.

Una pregunta acudió entonces a mi mente: ¿podría relajarme y disfrutar de mi pícnic particular, sentado allí solo, entre tantas parejas? Solo encontré una respuesta posible: no.

Justo cuando iba a irme de allí, una mujer pasó a mi lado, en dirección a aquel único banco libre, haciendo resonar los tacones de sus zapatos con un agradable golpeteo. Sus andares me llamaron la atención: transmitían una gran seguridad.

Llegó hasta el banco (que debía tener capacidad de sobra para tres personas) y, sin vacilación alguna, tomó asiento en pleno centro. Al sentarse, hizo ondear el bajo de la falda plisada azul marino, por más que la tela no fuera tan ligera como para que el viento la levantase a capricho.

—¿Eh? —exclamé, involuntariamente, por admiración hacia su actitud resuelta y también porque creí haberla visto antes.

La observé tratando de recordarla. Ella tampoco pareció reconocerme en un primer instante porque, al verme allí quieto, ante ella, frunció el ceño. Por fin, debió de recordar algo y se le marcó aún más la arruga de la frente. Todavía no había transcurrido una semana desde aquello...

—¿Así que estudias en esta universidad?

—¿No me diga que usted es profesora aquí?

Ambos hablamos al mismo tiempo. Era Inohara.

—¿Ibas a sentarte en este banco? —preguntó, bajando la vista hacia la bolsa de pan que sostenía en la mano.

Hice un rápido recorrido con la mirada por las siete parejas sentadas en los bancos que rodeaban la fuente. Había notado que algunas me miraban y temí que me tomaran por un merodeador.

—Sí —admití, y me apresuré a sentarme a su izquierda.

Inohara se encogió de hombros y se desplazó levemente para dejarme espacio.

Aquel banco se encontraba a buen resguardo del sol, bajo la sombra de un frondoso *Zelkova serrata*. Lejos, al fondo, se divisaban las verdes montañas. En el campus, como en las montañas colindantes, abundaba la vegetación.

Como me había imaginado, aquel era el lugar ideal para comer algo al aire libre, y todavía hubiera sido mejor en compañía de buenos amigos o de mi pareja, en caso de tenerla, porque, como era de esperar, entre Inohara y yo cayó un tupido velo de silencio (o, más que un velo, una roca enorme). Sentí el roce frío del viento a través de mi chaqueta y traté de convencerme de que debía actuar con naturalidad, así que eché mano de uno de los panecillos que había comprado. Lamentablemente, estaba insípido. Saqué un libro de mi mochila; estaba forrado con el papel de la librería Chikai. Traté de concentrarme para leer, pero me resultó imposible. Mientras tanto, apareció alguna nube en el cielo y el agradable ambiente de pícnic se echó a perder. Transcurridos tres minutos, no pude más.

—Siento mucho lo del otro día... —dije.

Pero Inohara mantuvo la vista fija en el libro que tenía abierto sobre sus manos, sin prestarme la más mínima atención. Miré de refilón y observé que estaba lleno de papelitos, igual que el ejemplar de *El largo adiós* que llevaba consigo aquella tarde en La Librería de los Viernes.

—Esto... —Me incliné levemente hacia ella.

Inohara alzó la mirada de inmediato.

—¿Sí? —Sus ojos, acusadores, se clavaron en los míos, y su cuerpo se tensó como si se pusiera a la defensiva.

Enderecé la espalda y recompuse mi postura.

—¡No, no se equivoque! —exclamé al tiempo que agitaba ambas manos en señal de negación—. Que... quería decirle que lo del otro día... eh... —Cuanto más me esforzaba por disculparme, más se me trababa la lengua.

Ella se había colocado el libro delante del pecho, a modo de escudo. Era, en efecto, *El largo adiós*.

—¿Decías? —preguntó.

—Eh...

Giró el rostro y se señaló la oreja izquierda.

—Verás, es que, debido a un accidente, perdí la audición del oído izquierdo por completo. Fue hace mucho tiempo. Por eso... —volvió su lado derecho hacia mí—, si no te importa, háblame al oído derecho.

El pelo negro le cubría la oreja.

—Ah, sí, claro. Perdón —insistí.

—Vale, vale, no te disculpes tanto. ¿Por qué tendrías que disculparte por mi sordera?

La miré en silencio. ¿Cómo no iba a ignorarme cuando me dirigí a ella en La Librería de los Viernes? Lo más probable es que no me hubiera oído.

—En fin, siento haberme comportado de aquella manera en la librería —insistí, casi mecánicamente.

Inohara hizo un gesto de desagrado y cerró el libro.

—¿Sigues trabajando allí? —preguntó.

—Sí.

—Tienes una jefa muy considerada. —Lo dijo como si me abofeteara.

Guardé en la bolsa el panecillo sin acabar y bajé la cabeza.

—Siento mucho haber... —Maldita sea, otra vez. Me cubrí la boca con las manos.

Al verme hacerlo, Inohara lanzó una risita sofocada.

—«Eres de las personas que siempre se disculpan...» —dijo.

Levanté la mirada. Aquello había sonado como una frase recitada, tomada quizá de alguna película o de algún libro. Posiblemente, la había leído en el tren, justo antes de llegar a la estación de Kamado. Probé a continuar la frase:

—«... pero tus disculpas siempre llegan tarde».

Ella echó mano al bolso y sacó una botella de té verde. Bebió, haciendo ruido al tragar, con la determinación de un pirata que alza su jarra para brindar con vino tinto.

Tomé en mis manos el libro, que había dejado sobre el banco, y se lo mostré después de quitarle la cubierta de papel de la librería Chikai.

—*El largo adiós*, de Raymond Chandler, en traducción de Shunji Shimizu. Acabo de empezarlo. En La Librería de los Viernes solo quedaba la traducción de Haruki Murakami, así que, aprovechando una visita a Tokio, he comprado la de Shimizu en una librería grande.

«Hay una novela por la que siento auténtica debilidad: *El largo adiós*», había dicho Makino, y al escucharla decir aquello me había picado la curiosidad; y era la traducción de Shimizu la que ella había leído.

Cuando sostuve el libro entre las manos por primera vez y tomé conciencia de su grosor se me partió el corazón. Si me hubiera topado con semejante volumen antes de conseguir mi empleo en La Librería de los Viernes lo habría devuelto a su estante sin pensármelo dos veces, pero las cosas habían cambiado y me decidí a pasar por caja para que me lo cobraran.

Leerlo me permitiría tener más temas de conversación con Makino; y no solo con ella, también con mi padre. Podía decirse que eso era uno de los beneficios de leer, además de la satisfacción personal que me proporcionaba. Atrás quedaba mi desgana por la lectura.

Inohara me miró fijamente y enarcó sus gruesas cejas.

—¿Y qué te parece, de momento? —preguntó.

—En principio, su grosor me echó para atrás. Para ser un libro de bolsillo, pesa bastante. Me costó bastante decidirme a empezarlo; pero una vez dado el primer paso, la verdad es que me está gustando mucho. Las frases son muy precisas y te permiten imaginarlo todo con nitidez. Uno no se pierde ni se agobia. Y los personajes..., ¿qué puedo decir de los personajes? No puedo más que sentir admiración por Marlowe.

Al escuchar mi respuesta, el rostro de Inohara se relajó. Por primera vez, su expresión reflejaba tranquilidad.

—Yo también lo admiro —confesó—. Es más, me gustaría llevar el mismo tipo de vida que él.

—¿Ah, sí? ¿También una mujer puede llegar a admirarlo?

Aquella pregunta formulada desde la más absoluta ingenuidad devolvió al rostro de Inohara su expresión irónica y le arrancó una nueva risa sofocada.

—Precisamente, por ser mujer... —dijo—. En el mundo en que vivimos, una mujer no podría salir adelante, con autonomía e independencia, si no hiciera gala de un carácter duro, al estilo de Marlowe.

Lancé una mirada involuntaria a mi alrededor, hacia las parejas que ocupaban los bancos adyacentes.

—¿Ocurre algo? —preguntó.

—Estaba pensando que solo alguien con la fuerza y la determinación de Marlowe se atrevería a sentarse solo entre tantas parejas —comenté.

Inohara se volvió para mirar a su alrededor, como si no se hubiera percatado de ello hasta ese mismo instante. A continuación, me miró de manera penetrante.

—Ahora lo entiendo. O sea que ibas a sentarte aquí antes que yo, pero no te atreviste.

—Eh..., sí..., un comportamiento de lo más estúpido; inadmisible para cualquiera que tome a Marlowe como modelo.

Supuse que volvería a dejar escapar una de sus risitas ahogadas, pero para mi sorpresa, mantuvo el gesto serio.

—Si te preocupas tanto de la mirada de los otros, terminarás perdiendo la tuya propia —dijo—. Cada persona es diferente. Así que ¿por qué no te relajas y te sueltas un poco? No tienes por qué estar tan pendiente de los demás.

—Eso es algo que está al alcance de personas como usted...

Inohara se tocó la oreja izquierda con aquellos dedos bien torneados.

—No me quedó otra opción más que espabilar. Para mí, fue una cuestión de vida o muerte.

Torcí el gesto y opté por no comentar nada. Sin embargo, ella pareció animarse y, seguidamente, añadió:

—Precisamente, quienes van por la vida con la cabeza baja, como tú, son quienes de verdad necesitan espabilar.

—Eh...

Inohara acababa de definirme como alguien que va por la vida con la cabeza baja, y lo cierto es que tenía razón. Pero ¿era ella consciente de la impresión que sus palabras acababan de causarme? Consciente o no, se quedó meditando durante unos instantes, con el mentón apoyado en el pulgar, y luego volvió a hablar con determinación:

—Dices que sigues trabajando en aquella librería, ¿verdad? Si es así, me gustaría pedirte un favor.

—¿Un favor?

Inohara sacó el móvil y me mostró una fotografía. Se trataba de un hombre de hombros anchos, amplia sonrisa de blancos dientes y rasgos marcados de modelo un poco pasado de moda; un hombre agraciado, en cualquier caso.

—¿Quién es? —pregunté.

A Inohara se le empañó la mirada.

—Si lo ves aparecer por La Librería de los Viernes, me gustaría que lo vigilases —dijo sin responder a mi pregunta—, que te fijases en si va acompañado o si habla por teléfono; que me informaras de cada detalle.

—Pero ¿cómo voy a vigilar a nadie mientras trabajo? Es imposible.

Tuve un mal presentimiento. Inohara, ante mi negativa, acercó su rostro al mío.

—Hazlo —ordenó—. A cambio, yo haré como que no me di cuenta de lo que pasó el otro día en la librería.

—Pero...

—Me refiero a que estás enamorado de la encargada de la librería, ¿o no?

Cruzó los brazos, satisfecha, y yo me mordí la lengua, atónito, al escuchar algo tan inesperado... y tan acertado.

—He dado en el blanco, ¿eh? —prosiguió ella—. Además del carácter de Marlowe, admiro su agudeza para la observación.

—Pues si tan observadora es usted, podría haberse ahorrado eso de «estás enamorado».

Cerré los puños. Me había ruborizado. Era verdad que Makino había despertado algo en mí. Su actitud, su esmero en todo lo que hacía... habían llegado a provocarme una ternura especial desde que empecé a trabajar con ella. ¿Hacia dónde se dirigían esos sentimientos? Eso no lo podía saber. Pero sí sabía que no quería que me tomaran el pelo; al menos, no todavía. No quería que aquella buena atmósfera en la librería se echara a perder bajo ningún concepto.

Inohara me lanzó una mirada de soslayo y volvió a dejar escapar su risita sofocada.

—Haz lo que te he dicho y no le diré nada a la encargada sobre tus sentimientos hacia ella.

—¿Eh? ¿Me está chantajeando?

—Estoy negociando, que no es lo mismo. Marlowe es un gran negociador. —Sonrió radiante. Era la primera vez que me dirigía una sonrisa tan divertida y luminosa.

Llegué a la librería mucho antes de empezar mi horario laboral y me encontré con Waku apostado frente al mostrador. Leía un libro y, al verme entrar, dirigió hacia mí sus ojos pequeños y hundidos, abriéndolos mucho.

—¿Cómo tan pronto por aquí? ¿Es que hoy no tienes clase en la universidad?

—Pues no, hoy no. Se han cancelado las clases y he decidido venir antes de la hora —expliqué, con una sonrisa forzada y tratando de sonar lo más natural posible—. Aprovecharé para terminar algunas tareas pendientes en la trastienda.

Habían traído el nuevo número de la revista *Mook*, que teníamos que poner a la venta al día siguiente. El problema era que el suplemento de la revista había llegado por separado y éramos nosotros, los empleados de la librería, quienes debíamos encargarnos de atarlo a la revista: un trabajo bastante pesado. De hecho, últimamente era yo, en exclusiva, quien se ocupaba de estas cosas; la idea era que me familiarizara con cualquier tipo de tarea que pudiera surgir allí.

—Ya veo —replicó Waku, volviendo, sin más, a su lectura—. Bueno, es hora de volver a casa.

—¿Ya?

—No me queda otra. He de llevar al conejo al veterinario.

Abandonó su taburete y levantó una caja de plástico que descansaba a sus pies. Me asomé a la tapa transparente y vi a un animalillo acurrucado, de suave pelaje anaranjado.

—Es muy listo —dijo Waku—. Se toma la medicina sin protestar. Ya se encuentra bien, pero tenemos que ir a que el veterinario lo confirme.

—No me parece que tenga buen aspecto. Mira cómo le cuelgan las orejas...

—¡Estúpido mequetrefe! ¡Los conejos Holland Lop tienen las orejas caídas!

Sujetó la caja entre sus brazos, impidiéndome seguir contemplando al animal.

—¿Eh? ¿Conejito, conejito? —dijo con voz mimosa.

—Esto..., ¿es que no tiene nombre? —me atreví a preguntar.

—¿Por qué no iba a tenerlo? Lo que pasa es que a mí me gusta llamarlo por su apodo.

—Entonces, ¿cuál es su nombre auténtico?

Waku me miró fijamente y alzó los hombros como indicando que no estaba dispuesto a revelarme el nombre auténtico del conejo.

Sugawa, que se había mantenido de espaldas a nosotros, preparando algún plato y ajeno a nuestra conversación —pero escuchándola seguramente—, se volvió de pronto y alargó el brazo, enarbolando una zanahoria.

—¿Y eso, Sugawa? Ah, un regalo para el conejo. Gracias, tío.

Waku me flanqueó y, caminando con los pies hacia fuera, salió mientras seguía hablando solo.

Dejé la librería a cargo de Sugawa y entré en la trastienda. Me concentré en atar cada revista con su suplemento con rapidez y lo tuve todo listo antes de la hora a la que Makino me había pedido estar disponible en la sala de la librería para atender a los clientes.

Eché un vistazo al rincón de la cafetería para asegurarme que no hubiese clientes allí y extraje mi móvil. Comprobé la conexión a internet, abrí una aplicación de mensajería y escribí:

Nada a la vista.

Naturalmente, el mensaje iba dirigido a Inohara, a la que había añadido a mi lista de contactos.

En aquel preciso instante, se abrió la puerta automática y tras ella apareció Makino.

—¡Hola! —saludó.

Volvía de su pausa para el almuerzo. Me guardé a toda prisa el teléfono en el bolsillo del delantal y me volví hacia ella.

—Hola, Makino.

—¡Kurai, qué pronto has venido hoy!

—Es que las clases se han cancelado... Lo siento. —Toqueteé una de las patillas de mis gafas. Me sentí mal.

Makino rio despreocupadamente.

—Pero ¿por qué te disculpas? Al contrario, te agradezco que tengas ganas de venir antes de tu horario de trabajo.

Sus palabras resonaron en mi mente, repitiéndose una y otra vez. Sí, me sabía fatal ocultarle algo a Makino y deseé contarle lo que Inohara me había encargado. Pero antes de que me diera tiempo a desvelárselo, le solté tan rápido como pude la frase que me había aprendido de memoria para la ocasión:

—He terminado de atar las revistas *Mook*. ¿Puedo encargarme hoy de la caja?

—Sí, claro.

Su complacencia solo logró acrecentar mi dolor.

Cuatro horas y media después, apareció aquel hombre. Ya había anochecido. Era un hombre alto y fornido —el traje le sentaba de maravilla— y de rasgos aún más marcados de lo que sugería su fotografía.

Después de dejar un maletín de considerable tamaño sobre un taburete, se sentó en el contiguo, cruzó sus largas piernas y pidió algo a Sugawa. Deduje que se trataba de un cliente habitual, porque Sugawa ya se había puesto en movimiento antes de que el hombre abriera la boca.

Mientras esperaba su bebida, abrió el maletín, sacó un libro forrado con papel de La Librería de los Viernes y se concentró en la lectura. Por fin, Sugawa colocó un grueso posavasos sobre el mostrador y, sobre este, un vaso de cristal lleno de un líquido de suave color entre verde y amarillo, que debía de ser té.

El hombre se lo llevó a los labios y bebió despacio mientras continuaba inmerso en la lectura. Al terminar la bebida, cerró el libro y recorrió con la mirada el interior de la librería, recreándose aún en el buen sabor de boca que le había dejado el té. Yo lo observaba desde detrás de la caja registradora e, inevitablemente, nuestras miradas se cruzaron. Las equilibradas proporciones de su rostro le servían de tarjeta de presentación. Me sonrió y sentí un escalofrío.

Su nombre era Kento Semi. Trabajaba en la administración de una agencia de seguros de vida y tenía bajo su supervisión toda el área que rodeaba la estación de Nohara. También sabía que aquellos minutos de descanso en el rincón de La Librería de los Viernes eran su único respiro fuera del trabajo. Si sabía todo aquello no era porque él me lo hubiera contado, obviamente, sino gracias a Inohara. Ambos salían juntos y, antes de cumplirse medio año de relación, Semi le había pedido a ella matrimonio.

Cuando me lo comentó, la felicité. Fue una reacción natural. Sin embargo... «¿Felicidades por qué?», resopló ella. «¿Qué ha visto en mí para que se decida a pedirme matrimonio tan rápido? Es guapo y, en general, me gusta su carácter. Pero yo...».

No acababa de comprenderla. ¿Estaba tratando de alardear de novio, si bien de una manera un tanto retorcida? No tardó en sacarme de dudas:

«Es muy sospechoso», aseveró con rotundidad. «Mira, soy muy consciente de que no tengo ningún encanto como mujer. Nunca lo he tenido, ni siquiera cuando estudiaba en la universidad. Tampoco sé qué hacer para solventar eso. Es de nacimiento. En cuanto a físico y a inteligencia, estoy por debajo de la media. No soy sexi ni sociable; carezco de sensibilidad para la moda y los asuntos de belleza; estoy llena de prejuicios y no tengo talento para el trabajo, pero tampoco interés en llevar una vida hogareña ni formar una familia... Digamos que las posibilidades de que alguien pudiera querer casarse conmigo están por debajo de cero. Y no solo como mujer: tampoco como persona tengo nada que aportar. El que alguien esté dispuesto a salir conmigo e incluso a casarse me parece altamente sospechoso. Más aún cuando el hombre en cuestión es, digamos, un buen partido. Algo debe de ocultar... Seguro que anda metido en algún asunto turbio,... ¡seguro!».

O bien leer demasiado a Chandler le estaba afectando la cabeza o bien era una de esas personas a las que les gusta sacar las cosas de quicio. En cualquiera caso, me sentí incómodo y estuve a punto de decir: «Nada de eso» o «Creo que está llevando las cosas demasiado lejos», pero no me pareció apropiado hacerlo. Inohara no estaba de humor ni para escuchar palabras consoladoras.

«Vigílalo. Llega a conocerlo mejor de lo que yo misma lo conozco y, después, cuéntamelo todo. ¿Lo harás? Seguro que oculta algo».

Me sentí tan presionado que no supe cómo negarme, y allí estaba yo en aquel momento, sin quitarle un ojo de encima a ese tal Semi y con la abrumadora sensación de estar cometiendo un acto ilegal. El hombre, sin sospechar lo que me traía entre manos, se puso en pie tranquilamente, guardó el libro en su maletín y salió de la librería.

Respiré aliviado y abrí la aplicación de mensajería del móvil.

Semi acaba de pasar treinta
minutos en La Librería de los
Viernes. Ha venido solo y ha
pasado la media hora sentado,
leyendo y tomándose un té o
algo así. Nada que destacar.
¡Nada!

Minutos después de enviarle el mensaje, recibí un «Ok» de Inohara, junto al emoticón de un oso con un círculo sobre la cabeza y un sencillo agradecimiento, y las palabras «Sigue atento». Intuí que mi labor de vigilante no iba a limitarse a dos o tres ocasiones...

«Vaya fastidio», pensé mientras dejaba escapar un suspiro justo en el momento en que Makino salía de la trastienda. Llevaba entre los brazos un montón de cómics *Haikyu!!* y se detuvo en seco al verme suspirar.

—¿Eh? ¿Estás cansado? —preguntó.

—No, no, qué va.

Empujé el puente de las gafas con el dedo índice y acudí raudo a ayudar a Makino con el montón de cómics.

—¿Hay que colocarlos en las estanterías? Yo me encargo —me ofrecí.

—Muchas gracias. Vendemos tantos de estos que siempre andamos escasos. No veas qué manera de comprar, los chicos del instituto Nohara...

Además de quedar cerca de la estación de tren, el instituto Nohara había sido donde tanto Makino como Sugawa y Waku habían cursado sus estudios. Al parecer, el instituto contaba con más de tres mil alumnos y se decía que, en caso de estar ubicado en otro lugar, la estación de Nohara perdería al menos un tercio de su tránsito diario de pasajeros. Era importante tener listos y a la vista las novelas y los cómics favoritos de los estudiantes del instituto, sobre todo a las horas en que entraban y salían de clase.

A aquella hora, todos habían vuelto ya a sus casas —incluidos quienes se demoraban debido a sus actividades extraescolares—, apenas había clientes en la librería y era, por tanto, un buen momento para reponer y reordenar novedades.

Transporté el montón de cómics —no sin tambalearme levemente— hasta la zona donde los apilábamos, junto a la puerta de entrada, y los ubiqué en un pequeño espacio libre, al fondo. Makino colocó al lado de los cómics varios ejemplares de un libro sobre voleibol y unos cuantos números de distintas revistas especializadas en dicho deporte.

—¡¡¡El voleibol sale mucho en *Haikyu!!*!!! A menudo, el desarrollo de los partidos se relata de una manera tan emocionante que te anima a ver uno de verdad y saber más sobre ese deporte —señaló Makino.

—Es verdad. La técnica de saque es todo un arte y a uno le entran ganas de verlo con sus propios ojos.

—Pues..., ¡tachán!, todo esto es para los clientes que piensen así —dijo Makino abriendo con satisfacción sus pequeñas manos hacia la oferta de publicaciones sobre el tema, allí desplegada—. Aquí están los libros sobre el reglamento del voleibol y aquí estas revistas con suplemento con consejos y detalles para disfrutar como público de un partido.

—¡Genial!

Se me ocurrió aplaudir y Makino hizo un guiño de aprobación y levantó el pulgar.

—Los libros no se venden solos, Kurai.

Saqué el móvil para apuntar aquella frase.

Puesto que La Librería de los Viernes disponía de poco espacio, era de vital importancia aprovecharlo bien, situando cada tipo de libro en el lugar adecuado. Mientras que los libros y los cómics favoritos de los estudiantes se colocaban junto a la puerta —al lado de los autores de moda—, el espacio interior estaba pensado como lugar de recreo y disfrute del lector fiel, sin desatender, por ello, el aspecto comercial. Equilibrar ambos objetivos era lo más difícil y lo que requería mayor ingenio por parte del librero. Prueba de que La Librería de los Viernes se tomaba muy seriamente este asunto era el hecho de que las estanterías se reorganizaban constantemente. A menudo, una zona de libros pulcramente ordenada a primera hora de la mañana se desmantelaba a última hora de la tarde. Aunque no lo hacía, a veces me entraban ganas de acercarme a los clientes que hojeaban los libros e informarles acerca de la gran dedicación que Makino le ponía a su trabajo.

Makino, que ya se había situado tras la caja registradora, me miró y me sonrió.

—Por cierto, Kurai, ¿encontraste *El largo adiós*, en traducción de Shimizu? —preguntó.

—Sí, lo encontré en Chikai. Aún no lo he terminado, pero de momento me está gustando. Un tipo duro, ese Marlowe, ¿eh?

—¿Verdad? —replicó ella alegremente—. Y bastante torpe en su vida diaria. Es curioso, porque la idea que me había quedado de él cuando lo leí en el instituto era la de un personaje refinado y dotado para la réplica ingeniosa, pero al leerlo ahora, después de estos años, me he dado cuenta de su torpeza. Pero eso no es malo; al contrario...

—Minami, ¿es que leíste *El largo adiós* en el instituto? ¿Fue en el Club de Lectura de los Viernes?

Minami había fundado aquel club cuando estudiaba en el instituto Nohara, y Waku y Sugawa también formaban parte de él. Sin duda, el nombre de la librería provenía del de aquel club. Sentí una leve aflicción al darme cuenta de que era el único empleado allí que no podía participar con los demás de los recuerdos del Club de Lectura de los Viernes.

Makino me miró extrañada y, lentamente, se retiró el pelo hacia atrás.

—En el club leímos a Raymond Chandler, pero otro de sus libros: *El sueño eterno*, en traducción de Juzaburo Futaba. A partir de entonces, todos los del club nos hicimos admiradores de Chandler y cada uno fue leyéndolo por iniciativa propia, sin esperar a que nadie propusiera otro de sus libros como nueva lectura del club.

—Qué bien lo pasabais.

No solo me hubiese gustado participar de aquellas lecturas, sino también de aquel ambiente de instituto, junto a Makino. Me habría gustado verla vistiendo el uniforme...

Makino volvió a posar su mirada límpida sobre mí y, riendo, dijo:

—Sí, claro que lo pasábamos muy bien. Pero *El largo adiós* se convirtió en motivo de controversia.

—¿En qué sentido?

Makino frunció el ceño sin saber qué responder, y cuando por fin se disponía a abrir la boca, alguien se le adelantó:

—¡En la decisión final! —dijo Sugawa desde detrás del mostrador.

Como no había ningún cliente en la cafetería, Sugawa debía de haber estado escuchando nuestra conversación con todo detalle.

—Unos estaban de acuerdo con la decisión tomada al final por Marlowe mientras que a otros les parecía cuestionable —explicó Sugawa.

Makino se quedó mirando a Sugawa, que no se había movido de detrás del mostrador, pero al poco bajó la cabeza.

—Sí, eso era —dijo en apenas un hilo de voz a la vez que ordenaba los catálogos de las editoriales, amontonados delante de la caja registradora—. Sugawa y yo estábamos de acuerdo. Los demás, no —agregó, sin mirarme.

—¿Incluyendo a Waku?

—¿A Yasu? Ah, sí, él no estuvo de acuerdo.

La inseguridad de la respuesta hizo que Sugawa clavara sus ojos azules en Makino. Seguidamente, desvió la mirada hacia mí y sus finos labios se curvaron en una sucinta sonrisa.

—¿Y tú, Kurai, de qué lado estás? —preguntó.

—Cuando termine de leerlo, os lo cuento.

Empujé el puente de las gafas con el dedo índice. Aunque fuese con unos años de retraso, me entusiasmaba la idea de formar parte de aquella discusión y, en cierta manera, de los recuerdos de la vida estudiantil de Makino y los demás, en su Club de Lectura de los Viernes.

A lo largo de una semana, seguí el encargo de Inohara y vigilé a Semi en las cuatro ocasiones que se presentó en la librería para tomar la misma bebida de suave color entre verde y amarillo, y descansar en el rincón de la cafetería con un libro entre las manos.

Me pregunté si esto seguiría así por mucho tiempo. Tal vez, aunque yo no descubriera nada sospechoso en él, la relación entre Inohara y Semi de todas maneras estaba abocada al fracaso. Pero algo inesperado sucedió. Un jueves, durante mi pausa de descanso, visitó la librería una cantidad inusitada de clientes. Al parecer, había llegado el final de las clases en el instituto Nohara, antes de dar comienzo la época de exámenes.

Para agilizar la venta y aminorar el tiempo de espera de los clientes, que ya formaban una larga cola ante la caja, me acerqué a echar una mano a Makino, que era quien se encargaba de cobrar. Por su parte, mientras Sugawa se mantenía ocupado tras el mostrador, sirviendo té negro y porciones de tarta a unas adolescentes que parecían coladas por él, Waku se paseaba vigilante por el espacio de la librería, con las manos en los bolsillos de su traje informal, lanzando miradas amenazadoras a los chicos que trataban con descuido las revistas y los libros.

Durante el intervalo de tiempo entre la salida de un tren y la llegada de otro, La Librería de los Viernes se llenaba de estudiantes. Afortunadamente, los empleados nos coordinábamos bien para mantener todo en orden, y cuando por fin llegó la calma, los libros y las revistas que los estudiantes habían extraído de las estanterías y diseminado por las mesas de exposición volvían a ocupar pulcramente su lugar en la librería.

Aliviado tras tanto alboroto, saqué el móvil del bolsillo de mis vaqueros. Echar un vistazo al móvil se había convertido en un hábito en los momentos de descanso. Tenía varias llamadas perdidas y mensajes de Inohara, así que me metí en la trastienda para leerlos.

¿Por qué no respondes al teléfono?

Por favor, coge el teléfono.

¡Coge el teléfono de una vez!

Teléfono...

Telé...

Se acabó la vigilancia. Muchas gracias por todo.

¿Qué mosca le había picado? Tuve un mal presentimiento. Guardé el móvil en el bolsillo del delantal y volví a la librería. Tras pedirle permiso a Makino para ausentarme un momento de mi puesto, me dirigí al servicio.

Al estar ubicada en una estación de tren, La Librería de los Viernes no disponía de servicio, de modo que me dirigí al de la estación. El servicio del andén no tenía buena cobertura, pero sí solía haber en el que estaba frente a las taquillas.

Me aposté al fondo del servicio, en aquel aire difícilmente respirable, y mientras vigilaba con el rabillo del ojo si entraba alguien, llamé a Inohara. Por fortuna, respondió enseguida.

—Soy Kurai. Disculpa, me pillaste trabajando y...

—Vale, vale, está bien. Ya no importa —me interrumpió con su característico tono grave de voz.

—Pero ¿qué ha ocurrido para que quiera que abandone la vigilancia?

—He visto a Semi pasear con una joven. Así que no hay más que hablar.

—¿Y no podía ser una compañera de trabajo, por ejemplo, de camino a la oficina?

—¿Irían cogidos del brazo, en tal caso?

—Bueno, podía tratarse de alguien de confianza...

—Sí, de mucha confianza, sin duda. Se parecía mucho, por cierto, a la encargada de la librería en la que trabajas.

—¿Maki...? ¿Minami? Pero ella ha estado todo el tiempo en la librería.

—Lo sé, lo sé. Solo he dicho que se parecía, no que fuera ella.

Pensé que no podía haber muchas mujeres que se le parecieran.

—Vestía con un estampado de cuadros y lunares —agregó Inohara, esta vez hablando pausadamente—. ¿Lo entiendes? Solo una mujer de carácter se atrevería a vestir de una manera tan llamativa...

—Pero usted, en lo que a eso se refiere..., no tiene nada que envidiar a esa mujer. Un estampado de cuadros también le quedaría de maravilla.

Pese a que fui completamente sincero, Inohara reaccionó con incredulidad. Lo sé porque la escuché resoplar al otro lado del teléfono. O tal vez fue una de sus risitas sofocadas. Imaginé su expresión reflexiva y la tensión en sus gruesas cejas.

—De todas maneras, algo ocultaba, ¿eh? —continuó—. Había otra mujer. Me alegro de haberlo sabido antes de casarme.

—Un momento, un momento. ¿Cómo puede estar tan segura de que Semi tiene algo con esa mujer? ¿Le ha preguntado a él directamente? —insistí.

—Hoy mismo le he sugerido la posibilidad de poner fin a nuestra relación y él lo ha aceptado sin objeción. —Su voz había vuelto a alterarse—. ¿No es eso prueba suficiente de que hay otra? ¿Qué más necesito preguntarle?

—Recuerde que fue él quien le pidió matrimonio. Si es necesario aclarar algo entre ambos, es mejor que le pregunte sin rodeos.

Hasta yo mismo me sorprendí de lo razonables que habían sonado mis palabras. Inohara debió de pensar lo mismo, porque se quedó en silencio durante unos segundos. Temí que fuera a colgarme de un momento a otro. Justo cuando iba a decir algo para romper el silencio, ella se me adelantó.

—Tengo miedo de seguir adelante con nuestra relación..., así que qué más da ya...

Su voz sonó tan apagada y desolada que dudé si, de hecho, había dicho algo.

—He acabado convenciéndome a mí misma de no tener ningún encanto y siempre ando a la defensiva. Que alguien como Semi muestre interés en mí rompe todos mis esquemas y, sobre todo, me asusta. Me asusta porque me pregunto qué ha podido ver en mí y no hallo respuesta; me da miedo precisamente porque me parece un buen hombre. Si no me lo pareciera, no le haría caso. Pero no es solo un buen hombre: es un hombre excepcional. Siento tanto desasosiego y tanto miedo a sufrir una decepción... Sobre todo, si la decepción llegara después de casarnos. Ya ves, soy la primera en reconocer que no tengo nada extraordinario que ofrecerle.

Una pausa.

—Lo único que me queda es el anhelo por llegar a ser una persona tan segura de sí misma como Marlowe —añadió.

Aunque se adivinaba cierto aire burlón en aquella expresión, yo no le encontré ninguna gracia.

La entendía perfectamente porque yo también sentía algo parecido; en mi caso, por Makino. No me atrevía a mostrarle mis sentimientos porque estaba convencido de que se hallaba fuera de mi alcance. También yo sabía que no tenía nada extraordinario que ofrecerle.

Guardé silencio. Cuando Inohara volvió a hablar, su voz había recuperado el tono decidido y resuelto, habitual en ella.

—Sea como sea, hace un rato llamé a Semi para decirle que no voy a casarme con él. Por eso, ya no tiene sentido que sigas vigilándolo. Te agradezco lo que has hecho por mí.

—¡Espere...!

Pero ya había cortado la llamada.

Aturdido, mantuve el teléfono apoyado en la oreja durante unos instantes que parecieron una eternidad.

—¿Se puede saber qué haces ahí?

Era el jefe de estación, que acababa de entrar al servicio. Me devolvió a la realidad.

Al día siguiente, viernes, preocupado por Inohara, traté de localizarla sin éxito por la facultad. Como se acercaba la hora de comienzo del trabajo, me vi obligado a abandonar su búsqueda para poner rumbo a La Librería de los Viernes.

En cuanto llegué, volví a verme abrumado por la

multitud de estudiantes del instituto Nohara, que habían terminado las clases poco antes. No me importó. Estaba seguro de que, después de la experiencia del día anterior, sabría desenvolverme mejor entre aquel maremágnum de jóvenes clientes.

Cuando todos abandonaron la librería simultáneamente al escuchar el aviso de llegada del siguiente tren, Waku aprovechó para tomarse un descanso y salir. Me fijé en que Makino se encontraba poniendo en orden los estantes. Nuestras miradas se cruzaron —supongo que siempre la buscaba con la mirada, aun de manera inconsciente— y sentí una vergüenza enorme. Empujé el puente de las gafas con el dedo índice, a pesar de que no hacía falta, mientras buscaba un tema interesante con el que justificarme de algún modo. Lo encontré:

—¡He terminado de leer *El largo adiós*!

—Ah, ¿sí?

Unió sus manos y se acercó corriendo a la caja registradora, tras la que yo me encontraba. Sus grandes ojos me miraban con tal intensidad... Y al parpadear, sus pestañas se movían de un modo tan grácil... Retrocedí sin dejar de mirarla. Llevaba una blusa de cuadros. «Solo una mujer de carácter se atrevería a vestir de una manera tan llamativa», había dicho Inohara. Su voz resonó como un susurro en mi cabeza.

—Bien, Kurai, cuéntame. ¿De qué lado estás al final? —Makino mantenía las manos juntas, al parecer sin percatarse de mi repentino recelo—. ¿Estás o no de acuerdo con Marlowe?

—Pues...

Me disponía a contestar cuando mi atención se desvió de ella y se dirigió al rincón de la cafetería. La persona cuya vigilancia me había tenido en vilo durante una semana estaba allí.

—¡Semi! —exclamé sin proponérmelo.

—¿Semi?

Acababa de sentarse en el lugar habitual, frente al mostrador, y tras pedir lo de siempre, abrió un libro y comenzó a leer. Sugawa ya le preparaba la bebida. Cada acción era un calco de las anteriores ocasiones; por alguna razón, eso no me gustó.

«¿Cómo puede estar tan tranquilo mientras Inohara está hecha un manojo de nervios?».

Le puse una excusa a Makino y salí en dirección al servicio. Desde allí, pensaba volver a llamar a Inohara. Lo cierto es que me vi sorprendido por mi propia determinación: una vez cancelada la vigilancia, podía haberme desentendido de aquella tarea, y sin embargo, seguía tomándomela en serio. ¿Por qué? Entrometerse en asuntos tan personales no podía traer nada bueno.

«Déjalo, olvídate», gritaba para mis adentros. Eso es lo que habría hecho el Kurai de siempre: olvidarse de aquella historia. Pero otra voz menos familiar, aunque mía también, me susurraba que debía continuar, que no podía ponerle fin así.

Me decidí a llamar a Inohara. Atendió la llamada de inmediato.

—¿Ha terminado el trabajo? —pregunté adelantándome a ella.

—Sí. ¿Por qué?

—Bien. Le pido que venga ahora mismo a La Librería de los Viernes.

Noté su respiración profunda y me apresuré a añadir:

—Semi está aquí.

—No me incumbe... —Sonó tan imponente que me hizo sentir irrelevante.

—¡Aunque no le incumba, tiene que venir! —dije, superponiéndome a su tono de voz, para mi más completa sorpresa. Empujé el puente de las gafas con el dedo índice—. Se lo ruego. Piense que es un momento crucial, como el de la llegada de la carta de Terry en *El largo adiós*. Esa novela es muy larga, y terminarla ha sido todo un desafío para mí, que tan poco acostumbrado estoy a leer. Los nombres extranjeros que aparecen en la novela y las costumbres de aquella época y aquel país se me hicieron muy cuesta arriba al principio. Pero a partir del momento, alrededor de la página cien, cuando Marlowe recibe esa carta, la historia se anima. Marlowe no se rinde ni da por acabado el asunto, y por eso el relato se pone tan interesante; y por eso yo también seguí los pasos de Marlowe a través de aquel laberinto de pistas, hasta alcanzar una explicación satisfactoria de lo que había pasado.

—Es distinto. Esa situación lo merecía... Además, yo no soy Marlowe.

—No lo eres, pero lo admiras, ¿no? Dijiste que querías ser como él.

Inohara suspiró.

—Eres un romántico —dijo.

«Lo soy», pensé, y a continuación recordé mi párrafo favorito de *El largo adiós*. Un párrafo que me gustaba tanto que había llegado a memorizar.

—«Sí, Bernie, soy un romántico. Cuando escucho el llanto en la noche oscura, me asomo a ver qué ocurre. Naturalmente, no gano nada con ello. Si fuera yo una persona práctica, mantendría la ventana cerrada y subiría el volumen del televisor. Aceleraría y me largaría tan rápido como pudiese. No volvería la cabeza ante el sufrimiento ajeno. Volverse solo sirve para que lo acusen a uno de este».

Era toda una declaración de intenciones por parte de Marlowe, no solo como detective, sino también como hombre, como ser humano. Aquellas palabras me dejaron una profunda impresión.

—La espero aquí, Inohara —dije.

Inohara guardó silencio y, sin añadir nada, colgó.

Traté de darme ánimos. Inohara y yo éramos completamente diferentes, pero ambos teníamos en común cierta torpeza a la hora de afrontar asuntos importantes de la vida.

Guardé el móvil en el bolsillo y me apresuré a volver al trabajo.

Waku había regresado y sustituido a Makino, que, a su vez, se había tomado un descanso y estaba fuera.

El sol se puso y un tren de la línea Chorin paró en la estación, pero ni rastro de Inohara. Algunos de los pasajeros que se apearon se pasaron por la librería, y mientras les cobraba yo iba lanzando miradas hacia la pared de cristal que daba al pasaje, en busca de Inohara. Temía que Semi se marchara de un momento a otro.

Después de que el último cliente abandonara la librería, cierta pereza se apoderó de nosotros, los empleados.

Cabizbajo, en mi puesto tras la caja registradora, me dedicaba a plegar papel de forrar con el emblema de la librería cuando noté la presencia de alguien ante mí.

—¡Inohara!

Levanté la cabeza, pero a quien hallé fue a Makino. Me sonreía.

—Creo que Kurai la estaba esperando a usted —dijo, volviéndose hacia Inohara, que se encontraba tres pasos detrás de ella, con una cara de perros. Makino prosiguió—: Me la he encontrado por casualidad en Cunit, durante mi descanso. Me acordé de ella y la saludé.

Cunit era una panadería situada frente a la estación de tren, al final de la rotonda. Lo regentaba un matrimonio joven, que desde primera hora de la mañana preparaba una amplia y deliciosa variedad de panes. El local se llenaba de estudiantes del instituto Nohara antes de empezar las clases, y después era frecuentado por los vecinos de la zona. Junto a la ventana, había una barra que los clientes podían utilizar para comer y beber los productos que adquirían allí.

—Lo que se dice esperar... —empecé a decir, pero noté la sonrisa forzada de Makino y decidí ir al grano—: ¿Cómo lo has adivinado?

—Has estado muy raro toda esta semana, como en las nubes... —explicó Makino, que, con los ojos muy abiertos, nos miraba a Inohara y a mí, alternativamente. Luego se llevó la mano a la boca y dejó escapar una risita.

Incapaz de sostenerle la mirada, mis ojos se encontraron con los de Inohara, que resopló al sentirse aludida; un gesto ambiguo que no era, en todo caso, ni de reproche ni de simpatía hacia mí.

Makino señaló con la mirada a Semi, todavía sentado en el rincón de la cafetería.

—¿Le aviso? —preguntó.

Inohara dio un respingo hacia atrás. Yo también me llevé una buena sorpresa: ¿por qué sabía Makino que Inohara y Semi se conocían?

—Aquel día... —empezó a decir Makino, que se había dado cuenta de nuestro estupor—. El día en que Kurai creyó por equivocación que usted estaba robando un libro —prosiguió, levantando el dedo índice—, hubo algo que me extrañó. ¿Por qué leía usted en nuestra librería un libro que no era de aquí?

Tenía razón. Nadie va a una librería con un libro propio y se pone a leerlo allí. Llegué a preguntarme si no había sido un truco para ser tomada como una ladrona. Si ese fuera el caso, ¿qué se proponía con ello?

—Pues bien, llegué a una conclusión —anunció

Makino, dirigiéndole una sonrisa a Inohara, que se había quedado inmóvil y rehuía nuestra mirada.

—¿Cuál?

—Usted no trajo su libro para leerlo, sino para usarlo. —Makino extrajo un libro del bolsillo de su delantal y lo alzó hasta situarlo delante de su rostro—. Así.

—¿Para ocultarse tras él? —pregunté.

—¡Exacto! Como una máscara, ¿verdad, Inohara? Una máscara para esconderse de alguien.

Al notar nuestra mirada sobre ella, Inohara hizo un gesto airado. Makino sonrió de nuevo y desvió la vista hacia el rincón de la cafetería, en concreto hacia Semi.

—Después, le pregunté a Sugawa y me contestó que él era quien había estado en nuestra cafetería. Además, noté que los días en que Kurai se comportaba de manera un poco rara, se daba la casualidad de que Semi estaba también.

Inohara nos daba la espalda, pero yo supe que lo hacía para dirigir su oído derecho hacia nosotros y no perderse una palabra de lo que dijéramos.

Makino guardó el libro en el bolsillo de su delantal y prosiguió:

—Si no me equivoco, Semi también está a punto de terminar *El largo adiós*.

—Ah, ¿sí? ¿Resulta que también él está leyendo *El largo adiós*? —pregunté.

—Así es —se encargó de contestar Makino—. En traducción de Shunji Shimizu. Lo compró en nuestra librería.

—¡Por eso no quedaba ningún ejemplar cuando quise comprarlo! —comenté, atando cabos y alzando un poco la voz, cosa que hizo que Semi y Sugawa me miraran extrañados.

Me alejé de Makino con la cabeza gacha e, inclinándome levemente hacia Inohara, susurré de manera que solo ella pudiera escucharme:

—Si leí *El largo adiós* fue porque alguien a quien aprecio me dijo que era un libro que le había gustado especialmente. Y yo quería saber más sobre esa persona.

Inohara miró de soslayo a Makino y, sacudiendo la cabeza, me contestó:

—Semi no es una persona con tan buenas intenciones como tú.

—Pero Semi sabe que usted estaba leyendo *El largo adiós*, con tanto interés como para llenarlo de papelitos, y que admira a Marlowe.

Inohara asintió de mala gana con la cabeza, cosa que yo aproveché para rematar:

—Hable con él. Pongan sus sentimientos sobre la mesa.

Hablé todo lo serio que puede hablarse y ella se limitó a reír expulsando aire por la nariz. Pero al instante, adoptó una expresión contenida y empezó a caminar hacia Semi.

—Toshiko, ¿cómo es que estás aquí? —Semi se puso en pie, impulsado por la sorpresa de ver a Inohara aproximarse.

Ella, cual detective que acaba de presentarse en

la escena de un crimen, dijo con un tono de voz afilado:

—No te muevas. Por favor, toma asiento de nuevo.

—¿Eh? ¿A qué viene ese humor? ¿Qué te ocurre? —bramó Waku, incorporándose como un resorte en su taburete. Sugawa lo apaciguó sujetándolo por los hombros desde el otro lado del mostrador.

Inohara se plantó delante de Semi, que había vuelto a sentarse. Un silencio absoluto envolvió el lugar. A Inohara le temblaron sus gruesas cejas y un escalofrío le recorrió los anchos hombros antes de que abriera la boca para dejar escapar un suspiro al que se unieron las siguientes palabras:

—Te he visto con... con una mujer... Ayer..., te vi.

No dijo más. No pudo decir más porque Semi se llevó la mano al bolsillo frontal de la chaqueta y extrajo un pedazo rectangular de cartulina —una tarjeta, quizá— que, a continuación, mostró a Inohara.

Lleno de curiosidad por saber qué habría escrito en aquella tarjeta, me dirigí al espacio de cafetería, donde, liberado del abrazo de Sugawa, Waku había clavado la vista en aquel papel:

—¿Y esa tarjeta? Es de una agencia de modelos... ¿Es que te han visto por la calle y te han querido contratar?

—Pues sí. Por lo visto, buscaban modelos que no fueran muy jóvenes para una revista dirigida a los hombres de alrededor de cuarenta años.

—¡Vaya, vaya! ¡Uno puede convertirse en modelo incluso en una ciudad como esta!

—Eh... ¿Convertirse en modelo? No, ni siquiera he contestado.

—¿Que no has contestado? ¡Vamos, hombre! Sugawa, a nosotros no nos ofrecen trabajo como modelo de camino al *pachinko*. Solo pensar en ello me altera, ja, ja, ja.

—Muy bien, Yasu —terció Makino desde una de las estanterías de libros—, pero ¿qué tiene que ver eso con el tema que estamos tratando aquí?

Ante la leve regañina, Waku sacó la punta de la lengua y guardó silencio.

Semi respiró aliviado y volvió a dirigirse a Inohara.

—Supongo que me viste justo en el momento en que la mujer de la agencia charlaba conmigo.

—Entonces, ¿te parece normal caminar del brazo de una persona a la que acabas de conocer? —Inohara mantenía el tono seco de voz.

—Rechacé la propuesta y ella me tomó del brazo e insistió hasta que le presté atención. Lo que digo es cierto. Debes creerme.

Semi apoyó ambas manos sobre el mostrador, sin dejar de mirar fijamente a Inohara, que mantenía el lado derecho de su rostro dirigido hacia él. Entonces, lo miró de frente y dijo con renovada calma:

—Te creo. ¿Y ahora...?

—Y ahora... ¿qué?

—Nada, que sigo pensando que lo mejor es que dejemos lo nuestro. Mira, siempre estamos discutiendo, siempre nos mantenemos distanciados, aunque estemos juntos. Nunca hemos hablado en serio de nada; nunca he podido mostrarte cómo soy realmente. ¿Cómo vamos a pensar que pueda haber amor entre nosotros? ¿Cómo vamos siquiera a plantearnos la posibilidad de casarnos?

Su voz sonaba serena, pero se quebraba al final de algunas palabras. Desde luego, parecía estar a punto de explotar. Comenzó a temblar, y aunque trató de evitar que los demás se dieran cuenta, parecía a la vez intentar que Semi sí lo captara.

Semi, sin embargo, no se inmutó: ni se movió un ápice ni contestó.

Para intentar relajar el ambiente, que iba volviéndose más y más tenso, Makino recurrió a un tono desenfadado cuando dijo:

—¡Qué hambre!, ¿eh? Claro, a estas horas... Vamos, Inohara, siéntese, por favor, que Sugawa va a prepararle algo delicioso, ya lo verá.

Sugawa miró de soslayo a Makino y asintió casi imperceptiblemente, mientras Waku, desde el extremo del mostrador y con la curiosidad dibujada en el rostro, miraba alternativamente a Inohara y a Semi.

—Dejad que eche una mano —dijo antes de ponerse en pie, rodear el mostrador e introducirse en el área interna, con la resolución de quien no quiere que lo dejen a un lado.

Con gran rapidez, Sugawa preparó unas tortitas con huevos revueltos y crujiente beicon para Inohara y Semi.

Gracias a que durante largo rato ningún tren hizo parada en la estación —y, por tanto, apenas llegaron clientes a la librería—, Makino y yo pudimos permitirnos el lujo de sentarnos en una de las mesas del espacio de la cafetería y tomarnos un respiro. El delicioso aroma del beicon me hizo temer que en cualquier momento el estómago pudiera empezar a sonarme.

La rígida expresión de Inohara se ablandó en cuanto tuvo el plato delante.

—Pero... ¿no es este el mismo plato que Marlowe le preparó a Terry Lennox, después de llevarlo a casa con una borrachera monumental? —preguntó—. La única diferencia es que, en la novela, en vez de tortitas Marlowe prepara unas tostadas.

Sugawa asintió lentamente con la cabeza.

—Efectivamente. Es que se nos ha acabado el pan de molde —explicó al tiempo que limpiaba el aceite de la sartén con papel de cocina y en su rostro, normalmente inexpresivo, se adivinaba una lacónica sonrisa.

—Muchas gracias —dijo Semi, uniendo las palmas de las manos, dispuesto a empezar a comer. Pero antes lanzó una mirada furtiva a Inohara, sentada a su lado izquierdo, y añadió—: Me pregunto si Terry pudo disfrutar de la generosidad de su amigo.

—Supongo que sí —contestó Inohara—. ¿Cómo rechazar la invitación de un amigo que cocina expresamente para uno?

Pinchó el tenedor en los huevos revueltos y agregó:

—Semi, has leído *El largo adiós*, ¿verdad? Aunque me habías dicho que no eras demasiado buen lector...

—Y es verdad. No soy un buen lector, por eso me ha llevado mucho tiempo terminarlo...

—Pero lo has terminado.

—Si lo he podido terminar es porque me dijiste que este libro forma parte de ti misma. Por eso quise leerlo —confesó, llevándose a la boca un pedazo de tortita pulcramente cortado, a la vez que esbozaba una leve sonrisa.

Sin dejar de masticar a dos carrillos los huevos revueltos, Inohara frunció el ceño, temiendo verse atrapada en un callejón sin salida.

—Y, dime —dijo—, ¿te has decidido a convertirte en modelo? —Con aquel brusco viraje en la conversación, Inohara solo podía tratar de desarmar a Semi. En cuanto lo comprendí, bajé la vista al suelo.

—Pues...

—Has dicho que la mujer de la agencia se puso muy pesada.

—Sí, pero no va a insistir más, porque le dejé claras un par de cosas.

—¿Le dejé claras un par de cosas? ¿Y esa manera tan pomposa de hablar? —Inohara lanzó una carcajada y abandonó el tema.

Desde donde yo estaba sentado no podía ver el rostro de Semi, pero seguramente se habría puesto serio. Lo escuché respirar hondo antes de volver a abrir la boca.

—Mi aspecto es todo falso —dijo—. La cirugía facial y la liposucción me costaron ocho millones de yenes.

La confesión cayó como un jarro de agua fría.

—¡¡Hip!!

—¿Eh? ¿Qué ha sido eso? —Inohara se volvió, extrañada.

—¡Lo siento! ¡He sido yo! —exclamó de repente Makino, uniendo sus manos a modo de disculpa—. Con la sorpresa, ¡hip!, me ha entrado hipo, ¡hip!

—¿Nos estás tomando el pelo?

—Os juro ¡hip! que no, ¡hip!

—Por supuesto que nos estás tomando el pelo.

—No os lo está tomando. Desde siempre, a la señorita Minami le entra hipo cuando recibe una gran sorpresa. ¿No es cierto, Sugawa? —intervino Waku, tratando de echar un cable a Makino.

Sugawa se apremió a asentir, sin lograr borrar la expresión suspicaz que se había instalado en el rostro de Inohara (no podía ser tan fácil, naturalmente).

Para lo que sí funcionó aquella pequeña distracción de Makino fue para que Semi se relajara, y así, la conversación pudo volver a encauzarse, pero de manera algo más distendida.

—De pequeño, los otros niños se burlaban de mí —prosiguió Semi—, me tomaban por tonto y me apartaban de sus juegos. No me resigné, y al terminar mis estudios decidí hacer algo, y hasta llegué a endeudarme para reunir el dinero que costaba la cirugía estética.

Cuando Inohara y Semi hubieron terminado sus

respectivos platos, Sugawa se dispuso a prepararles sendos cafés con la cafetera de sifón.

—Mi nuevo aspecto me devolvió la confianza en mí mismo, me hice más extrovertido y puedo asegurar que la cirugía me devolvió la vida. Pero era solo una fachada. Por dentro, seguía siendo el mismo niño vulnerable que había sido antaño. La cirugía solo había sido un barniz.

Suspiró con la vista fija en un punto del infinito. Mantenía la vista fija en la llama de la lámpara de alcohol que calentaba el matraz de la cafetera de sifón.

—Esto lo descubrí cuando te conocí, Toshiko.

—¿Cuando me conociste? —Sorprendida, Inohara parpadeó repetidamente mientras se retiraba el pelo hacia el lado derecho.

Al contemplar aquel gesto, Semi sonrió, nervioso.

—Sí. Me di cuenta de que has plantado cara a tus vulnerabilidades, las has afrontado sin rodeos y eso te ha hecho más fuerte.

—¿Yo...?

—Sin embargo, yo solo me he dejado llevar por lo que los demás piensan de mí... Toshiko, tú me dijiste que cada persona es diferente y que me relajara, que no estuviera tan pendiente de lo que los demás pensaran. —Eran palabras similares a las que me había dicho a mí en nuestro encuentro en el campus.

Semi rio dolorosamente ante Inohara, que había bajado la cabeza y mantenía alejado el oído izquierdo.

—Dijiste que no buscabas a un hombre como Marlowe para cuidar de ti, sino que aspirabas a convertirte en alguien como él —prosiguió Semi—, y yo te admiro por eso, por esa fortaleza que tienes. Pero me avergoncé de mí mismo. Soy un cobarde: solo me otorgo el valor que los demás ven en mí, así que me fue imposible confesarte mi cirugía estética y llegué a convencerme de que no te merecía, de manera que...

—¿De manera que... qué? —replicó Inohara, sin ocultar su recelo y sin recibir respuesta por parte de Semi.

—¡¡Hip!!

Una vez más, el hipido de Makino resonó por toda la sala, justo en el momento en que el agua hirviendo de la cafetera de sifón iniciaba su recorrido a través del embudo. Como hipnotizado por el movimiento del agua, Semi estiró los brazos, desperezándose, y al bajarlos, señaló a Sugawa y a Waku, que se encontraban de pie al otro lado del mostrador.

—Por cierto, antes he estado hablando con los empleados de La Librería de los Viernes sobre la última decisión de Marlowe en *El largo adiós*. ¿Cuál es tu opinión al respecto, Toshiko?

A pesar de que la velocidad que Semi imprimió a sus palabras hizo que la pregunta sonara algo artificiosa, Inohara se esforzó por mantener la compostura y contestarla en serio.

—¿La última decisión de Marlowe? ¿Te refieres a la última escena?

—A esa me refiero. ¿Qué pensaste de lo que decidió al encontrarse frente a aquella persona? ¿Estuviste de acuerdo o no?

Hasta aquel momento, Inohara había mantenido el

ceño fruncido, pero entonces los ojos empezaron a brillarle con intensidad, de un modo que solo podía ser reflejo de una fuerte determinación.

—Estuve de acuerdo —contestó—, y creo que es una decisión que se adecua perfectamente a su ética personal.

—Ah, ¿sí? —exclamó Waku, parapetado tras el mostrador y estimulado por el tono firme y categórico de Inohara—. Pues yo creo que no se debe rechazar a una persona de manera tan contundente. Todos cometemos errores y hay veces en que la necesidad puede llevarle a uno a tomar el camino que no esperaba. Un amigo debería ser comprensivo en situaciones así y tener la gentileza de hacer la vista gorda de vez en cuando.

—Cierto. Y Marlowe no te llevaría la contraria en eso, pero si por algo es conocido es por ser un detective solitario que no hace concesiones: la mentira es incompatible con sus principios y esto es lo que hace de él un tipo duro.

Inohara le hablaba a Waku con la mayor confianza, sin dejarse intimidar por el amenazante aspecto que exhibía, de pelo cortado a cepillo y teñido de rubio, y sus bruscos ademanes.

A continuación, dirigió su lado derecho hacia Semi y preguntó:

—Dime, Semi, ¿y tú? ¿Estuviste de acuerdo o no?

Sugawa tomó el matraz de la cafetera de sifón y comenzó a servir el café con movimientos ágiles y económicos, en los que no sobraba el más leve gesto. Aquella destreza sirviendo en la cafetería siempre me hacía olvidar que, de hecho, formaba parte del equipo de empleados de una librería.

En cuanto probó el café recién servido, Semi esbozó una sonrisa melancólica.

—Yo también estuve de acuerdo —admitió—. Fuera cual fuese el problema de aquella persona, nunca tuvo que haber acudido a Marlowe en busca de ayuda. En verdad, debía estar preparada desde el principio para la despedida.

—Pues, a mí, la despedida no me sirve como premisa —terció Inohara.

—¡¡Hip!! —Nuevo hipido de Makino.

—¡Eh! ¡Ya basta con el hipo! —estalló Semi—. ¡Estamos manteniendo una conversación importante!

—Perdón, ¡hip! No puedo... ¡hip! controlarlo.

Inohara se llevó las manos a la cabeza y suspiró mientras Semi rodeaba su taza con ambas manos y sentenciaba:

—¡Si no lo digo ahora, reviento! Mi apellido antes de divorciarme y mudarme de casa era Tanaka.

—¡¡Hip!!

Inohara abrió los ojos como platos y nos dirigió una mirada acusadora a nosotros, los empleados de la librería.

—¿Tanaka...? ¿Kento Tanaka? —preguntó Inohara, pensativa y llena de asombro.

—¿Qué pasa? ¿Es que te suena de algo ese nombre? —preguntó Waku.

Sugawa le lanzó un trapo como indicándole que cerrara la boca y le ayudara a secar platos.

Semi miró a Waku y asintió con la cabeza.

—Por fuerza le tiene que sonar, porque Inohara y yo fuimos compañeros de clase en la escuela primaria. Y fui yo el culpable de que perdiera la audición del oído izquierdo, por una broma absurda mía. La acción tuvo consecuencias involuntarias, pero fui yo quien la inicié.

Se volvió hacia Inohara, que se había quedado muda, y se puso en pie. Seguidamente, inclinó la cabeza hacia delante.

—Lo siento mucho —dijo.

El encuentro de la pareja había sido, por tanto, un reencuentro fortuito. Al parecer, Semi había sido consciente desde el principio de que aquella mujer con la que había empezado a salir era la misma niña a la que había causado sordera de un oído. Eso le removió la conciencia. No paraba de preguntarse qué repercusiones habría tenido aquello para ella, hasta qué punto le habría afectado en su vida diaria, cómo habría influido en la mujer en que se había convertido.

—Quise ayudarte en lo posible sin abordar directamente el tema, pero he comprobado que eres una mujer mucho más fuerte que yo. En realidad, tú eres quien me ha ayudado a mí.

Por fin, Semi volvió a elevar el rostro.

—Me sentí, entonces, enormemente atraído por tu fortaleza. Te admiraba y quería estar a tu lado..., todo el tiempo que fuera posible. No tuve paciencia y te pedí que te casaras conmigo, pero nuestra relación se fue complicando a medida que pasábamos más días juntos. Me sentía un fraude, un engaño; traté de estar a tu altura y tuve miedo, porque tendría que mantener aquella fachada falsa en la que me había convertido... o tendría que confesarte quién era en realidad. Lo único que me impulsaba a seguir era el anhelo de poder convertir aquel sufrimiento en una expiación de todo lo que había hecho mal.

»Pero el amor que sentía por ti estaba tan entremezclado con culpa que... cuando ayer me dijiste que querías romper conmigo, fue como si me quitaran un gran peso de encima.

Volvió a bajar la cabeza.

—Lo siento muchísimo.

Inohara lo miró y resopló por la nariz. Una multitud de pensamientos corrieron por su cabeza hasta que, finalmente, soltó una risa ahogada y se llevó una mano a la oreja izquierda.

—Tú no me has hecho ningún daño. La sordera de mi oído izquierdo y todos los demás defectos que tengo forman parte de quien soy, y es verdad que aquella broma tuvo consecuencias imprevisibles, pero no culpo a nadie por ello ni guardo ningún rencor. Así que, Semi, no debes sentirte responsable, en absoluto, por lo que ocurrió aquel día. Fue un accidente...

Se interrumpió. La voz empezaba a temblarle. Aquel carácter tan firme que exhibía ante quien no la conociese, aquel gesto severo en sus labios apretados eran tan solo una máscara, un muro de defensa tras el que salvaguardar su fragilidad.

—Puedes liberarte de la culpa —dijo en un hilo de

voz que trataba de mantener a raya el torrente de emociones que pugnaba por desbordársele, y con el que expresaba justo lo contrario de lo que sentía dentro de sí.

Marlowe nunca lloraba. Marlowe no tenía pareja. Pero su fortaleza no debía de consistir en eso. Apreté los puños con fuerza sobre mis rodillas y escuché a Makino susurrar:

—Hay cosas que solo atañen a las personas involucradas...

Semi hizo el gesto de caminar hacia la puerta de salida, pero no se movió. Su mirada se había posado sobre los anchos hombros de Inohara. Seguramente había percibido en ellos un sutil estremecimiento que expresaba aún más tristeza que las lágrimas. A continuación, se arrodilló sobre el suelo e hizo una profunda reverencia. Era la primera vez que yo veía a alguien postrarse ante otra persona.

—Toshiko, sé que no tengo derecho a pedirte esto, pero... —dijo con voz sofocada, con el rostro entre las manos— quisiera pedirte una nueva oportunidad. Intentémoslo de nuevo. Hay muchas cosas de las que quisiera hablar contigo, ahora que ya sabes que soy Kento Tanaka y que me he hecho la cirugía estética; y hablemos tanto como quieras de *El largo adiós*, ahora que yo también lo he leído. Hablemos de lo que sea. Quisiera saber qué cosas te gustan, pasar el tiempo contigo y que nos conozcamos mejor.

—Muy bien. Seamos amigos —replicó Inohara, desde el taburete en el que permanecía sentada.

Semi, todavía postrado, arqueó aún más la espalda, y asintiendo levemente con la cabeza, dijo:

—Con eso me basta. No pido más que seamos amigos y te agradezco enormemente que consientas a ello.

Con gesto impasible, Inohara tomó en sus manos *El largo adiós*, que Semi había dejado sobre el mostrador, lo abrió por las últimas páginas y posó sus ojos sobre estas. Imaginé que estaba releyendo la última escena.

Marlowe no podía congraciarse con aquella persona cobarde y taimada que tenía ante sí. Y era con ese Marlowe con principios y fiel a sí mismo a quien Inohara admiraba. ¿Con qué ojos estaría Inohara contemplando, en aquel preciso momento, la patética imagen postrada de Semi?

—Yo también tengo algo que confesarte, Semi.

—¿Sí?

—Bueno..., supongo que sí. —Ladeó la cabeza, se inclinó hacia delante y tiró de los brazos de Semi para ayudarlo a ponerse en pie. Con ese gesto, parecía transigir con la debilidad y cobardía de Semi, al menos de momento.

Era un gesto de generosidad hacia una persona caída y, en tal sentido, lo vi como un gesto de mayor valentía aún que el de Marlowe.

Makino, que se encontraba junto a mí, también se puso en pie y se encaminó hacia el mostrador. Entonces, se ubicó junto a Semi e Inohara, que habían vuelto a ocupar sus taburetes, y preguntó ceremoniosamente:

—¿«Es demasiado pronto para un cóctel gimlet»? —A continuación, y pese a haber retomado la compostura, volvió a hipar.

Aunque el nerviosismo aún se palpaba entre Semi e Inohara, se miraron por un instante y, seguidamente, sonrieron a Makino y negaron con la cabeza.

—No, no es demasiado pronto. De hecho, es el momento perfecto para un *gimlet* —afirmó Inohara.

—Yo también me apunto —respaldó Semi.

Y ante una sucinta seña de Makino, Sugawa se puso manos a la obra: en sendos vasos anchos que ya tenía preparados, vertió los ingredientes del cóctel que en *El largo adiós* simbolizaba la amistad.

—¡Ah! —exclamé en voz alta, sin poder evitarlo, al ver cómo Sugawa vertía un líquido amarillo verdoso, porque reconocí en dicho color la bebida que Semi tomaba cada vez que visitaba La Librería de los Viernes. Sugawa me miró de reojo y se encogió de hombros.

—No nos quedan vasos de cóctel disponibles y no me ha quedado más remedio que utilizar estos que son, más bien, para zumo. Les pido disculpas por ello —dijo Sugawa dirigiéndose a Semi, que ya daba unos primeros sorbos a su *gimlet*, y a Inohara, que permanecía concentrada en la lectura de las últimas páginas de *El largo adiós*.

Si se las arreglaban para mantener sus particulares conflictos bajo control, quizá su retomada amistad acabase derivando en una relación de pareja, quién sabe. Ojalá fuera así, pensé al tiempo que miraba a Makino, que captó mi gesto y me sonrió asintiendo con la cabeza, sin conseguir todavía apaciguar su hipo.

Al parecer, Makino había intuido que la bebida que le servían a Semi cuando pedía «lo de siempre» era un *gimlet*.

Después de que Semi e Inohara se marcharan de La Librería de los Viernes, Makino y yo bajamos al sótano, es decir, a la estación de tren subterránea, mientras Sugawa hacía diversos preparativos para el día siguiente y Waku permanecía leyendo ante el mostrador, supuestamente disponible para ayudar a Sugawa con lo que fuera necesario.

Makino agarró la manilla de la trampilla del suelo de linóleo y tiró de ella, dejando al descubierto un hueco sumido en la más completa oscuridad. Tomó la linterna ubicada en la estantería contigua y alumbró hacia abajo, haciendo visible la escalera descendente. Resultaba extraño pensar que, desde el pasaje en que nos encontrábamos, aquella sinuosa escalera cuyos requiebros y zigzagueos la convertían en un laberinto pudiera conducirnos al enorme espacio de la estación subterránea.

La primera vez que descendí esos escalones, poco después de conseguir el trabajo, sentí una gran aprensión, pero una vez que me acostumbré pasé a experimentar emoción en vez de miedo.

Por fin, al terminar de descender el último tramo de escalera, Makino pulsó el interruptor de la pared y una lámpara fluorescente se encendió, ahuyentando la oscuridad circundante.

Ante nuestros ojos surgió el inmenso espacio constituido por los andenes y aquellas vías desnudas por las que no circulaba ningún tren. El proyecto de unir por ferrocarril subterráneo aquella área con Tokio se vio frustrado por la guerra, pero al menos se le había dado al espacio una nueva vida al convertirse en almacén de libros de La Librería de los Viernes.

Los raíles seguían allí instalados, prolongándose túnel adelante, paulatinamente devorados por la herrumbre, mientras el andén acogía estanterías y más estanterías abarrotadas de libros hasta el techo, y parecía una biblioteca más propia de un mundo mitológico que un lugar real. Un gran conducto de ventilación mantenía la calidad del aire en su punto justo. Esta y todas las demás obras de renovación y acondicionamiento de la estación habían corrido a cargo de Waku, y los fondos, por lo visto, salieron de la empresa que regentaban su padre y su abuelo: Industrias Waku. También se aprovechó para implementar medidas contra seísmos, de manera que las obras fueron providenciales para la compañía ferroviaria Yamato Kita, que no sabía qué hacer con aquel túnel que había construido tanto tiempo atrás y dejado en el más completo abandono. Se comprende que Waku recibiera los permisos de obras sin apenas objeción.

Yo cargaba en mis brazos con una pequeña caja de cartón que Makino me había pedido que trajera. Al llegar al almacén y abrir la caja, contemplé su contenido: algunas novelas y varios ejemplares de mangas; también algunos libros que debían ser devueltos.

—Al devolver los libros, nos devuelven el dinero y ahí queda todo. Pero como la devolución puede conllevar algunos gastos, a veces simplemente es más práctico dejarlos aquí, ¿no crees?

Makino buscaba mi aprobación con una voz más cantarina que nunca. Yo me limité a asentir con la cabeza y a extraer algunos ejemplares de la caja de cartón.

—Kurai, ponlos en las estanterías por orden de autor —solicitó.

—De acuerdo.

—Pero, cuidado, unas estanterías son para las ediciones nuevas, otras para los libros de tapa blanda, otras para las ediciones de bolsillo...

—Entendido. —Recorrí con la vista la larga sucesión de estanterías que poblaban el andén de la estación.

La mayor parte de los ejemplares allí almacenados se componía de existencias sobrantes procedentes de librerías de los alrededores que habían cerrado. Aun así, las imponentes estanterías seguían acogiendo nuevos volúmenes que, a pesar de no haberse vendido, tampoco eran devueltos por las más diversas razones. De hecho, si mucha gente se refería a La Librería de los Viernes como «la librería donde uno podía encontrar cualquier libro» era, más que nada, por la gran cantidad de volúmenes que albergaba.

Me detuve frente a las estanterías dedicadas a los libros de bolsillo y, entre presurosos desplazamientos a izquierda y derecha para ubicar el lugar correspondiente a cada uno, y reiterados estiramientos de brazo para alcanzar la balda oportuna, di por finalizado el trabajo de colocar cada volumen en su sitio. Fui registrando discretamente en mi teléfono móvil el título de aquellos libros de los que Makino tenía una buena opinión.

Y ya me dirigía hacia las estanterías de los volúmenes de tapa blanda para proseguir con mi trabajo cuando vi algo con el rabillo del ojo. Eran dos palabras: Raymond Chandler, impresas en una de las placas de los estantes. Me frené en seco y busqué *El sueño eterno*, el libro que Makino había leído durante su época de estudiante de secundaria, junto a los demás miembros del Club de Lectura de los Viernes, y encontré dos ediciones. Una de la Colección de Maestros del Crimen y el Misterio de la editorial Sogen, en traducción de Juzaburo Futaba; y la otra de la Biblioteca de Misterio Hayakawa, en traducción de Haruki Murakami.

«Me están entrando ganas de comprar uno de los dos...», pensé mientras mis dedos acariciaban el lomo de la edición traducida por Futaba, aquella misma que había leído Makino.

Me sorprendió descubrir a Makino a mi lado, mirándome con atención. Tanto me sorprendió que di un respingo en dirección opuesta a ella. Makino prorrumpió en una carcajada.

—Eh..., ¿qué ocurre? —pregunté.

—Kurai, las gafas se te han resbalado hasta la punta de la nariz —dijo entrecortadamente, hasta que no pudo aguantar la risa.

A pesar de ser el objeto de su burla, yo me sentí feliz. Pensé que el hecho de que ella estuviera disfrutando debía ser bueno de por sí. Me coloqué las gafas y me rasqué la cabeza y dejé escapar una tímida risita. Aguardé a que Makino recuperara la tranquilidad y volví a preguntar:

—¿Qué ocurre?

—Nada, nada. No te preocupes —respondió mientras se estiraba peligrosamente con la intención de colocar un libro en el último estante.

Sujeté el libro, arrebatándoselo de su mano, y lo coloqué yo mismo.

—Gracias —dijo, alzando el rostro para mirarme. Me vi reflejado en aquellos grandes ojos de largas y onduladas pestañas—. Dime, Kurai, ¿cuál es tu opinión acerca de la decisión tomada por Marlowe al final de *El largo adiós*?

—Pues...

Pensé en la dramática separación de los dos amigos, al final de la novela, y recordé que justo en el momento en que iba a explicarle a Makino cuál era mi posición al respecto —si estaba de acuerdo o no con la tajante decisión tomada por Marlowe— había aparecido Semi y nos habíamos visto arrastrados a su consabido conflicto amoroso con Inohara.

Me humedecí los labios y dirigí la vista al techo bajo, repleto de conductos. A continuación, volví mis ojos a ella, que seguía mirándome con la misma expectación que un instante antes.

—No estoy de acuerdo —aseveré.

Makino parpadeó reiteradamente, como si me aplaudiera con los párpados e inclinó la cabeza de un modo encantador, apremiándome a continuar.

Saqué el móvil del bolsillo y leí un párrafo de un libro que había anotado.

> Eras una persona agradable y de numerosas virtudes, pero con un defecto: vivías bajo el yugo de tus fuertes convicciones, sin ser del todo consciente de que esas convicciones te las habías creado tú mismo, a tu medida, y eran solo tuyas. No albergo dudas acerca de tus buenas intenciones, pero tu inclinación a juntarte tanto con personas honradas como con gente de mala calaña era indicativa de tu falta de rumbo y de criterio moral.

Yo no había tenido amistades tan intensas como las de Marlowe; así que la única persona que me vino a la cabeza al leer aquellas líneas fue mi padre. Llevó con una destreza admirable las riendas de su negocio de libros, pero como marido de mi madre —y, después, de sus siguientes esposas— dejó mucho que desear. Desde luego, no se había portado bien con ninguna de ellas, incluida Saori, su actual esposa, a la que tantos años sacaba. El recuerdo de haberlas visto llorar a todas ellas seguía doliéndome aún hoy. A veces, me hervía la sangre y me moría de ganas de reprochárselo, de echárselo en cara, pero nunca se me había pasado por la cabeza cortar relaciones con él.

Me humedecí los labios con la lengua y dije, entre dientes:

—Por muchas contradicciones que tenga un amigo o un ser querido..., ante la pregunta de si yo le daría la espalda, mi respuesta sería que no.

—¿Incluso si te ha traicionado?

—Sí. Lo perdonaría. Le daría una nueva oportunidad, porque sé apreciar las virtudes de esa persona.

De pronto, enmudecí. Me quité las gafas y limpié los cristales mecánicamente mientras me preguntaba qué diablos estaba diciendo.

—Creo que esto que digo suena demasiado idealista, ¿no? —añadí.

Volví a ponerme las gafas, y al mirar a Makino, se me cortó la respiración: las lágrimas se acumulaban en sus grandes ojos. Un solo parpadeo bastaría para que se le desbordaran por las mejillas. Aun así, sonrió.

—Un poco, quizá —opinó ella, a la vez que se giraba y me daba la espalda, haciendo ondear el delantal verde.

Desvié la mirada de ella y la dirigí a lo largo de aquellas vías de tren que no llevaban a ninguna parte.

—Pero sé de alguien que contestó lo mismo que tú —dijo Makino, todavía de espaldas a mí.

—¿Alguien del Club de Lectura de los Viernes?

—Sí.

Se volvió hacia mí. Su pelo dibujó una suave curva en el aire. Ya no había lágrimas en sus ojos.

«¿Tal vez, tú, Makino?», quise preguntar, pero no pude.

Makino, como si no hubiera pasado nada, volvió su atención a la caja de cartón. No quedaba ningún volumen en su interior.

—¡Enhorabuena, Kurai! ¡Trabajo terminado!

—Ah, gracias.

Iniciamos el camino de vuelta. Yo caminaba con los hombros algo caídos, atravesando la corriente de aire que corría por la estación, y con una idea en la cabeza: tomarme algo a la salud de Marlowe en un bar, sin compañía, cuando, de pronto, escuchamos la voz de Waku desde el final de la escalera.

—¡Eh! ¿Qué os parece salir todos a cenar? El jefe de la estación me acaba de entregar unos bonos de descuento para un restaurante de carne a la plancha. ¡Hay barra libre de bebidas!

—¡Buena idea! —exclamó Makino al instante, sin pensárselo dos veces. A continuación, me miró y me preguntó—: ¿Vienes?

—Pues...

—¿Vienes? —insistió.

—Eh, sí, sí.

—¡Bien! ¡Nos merecemos una buena cena a base de carne a la plancha!

Apagué la luz del almacén y seguí a Makino escaleras arriba. Apenas iniciada la subida, estuve a punto de resbalar en uno de los escalones y caer. Makino lo notó y me ofreció su mano.

—¿Estás bien, Kurai?

—Sí, gracias. —Y seguí subiendo los escalones, sintiendo en mi mano el calor de la mano de ella.

Fue entonces cuando me percaté de que se le había quitado el hipo.

3

Momo

—Makino, ¿lo despego ya? —le pregunté desde lo alto de la escalera plegable.

Makino, que sujetaba mis pies firmemente, miró hacia arriba, parpadeó deslumbrada por la luz y asintió con la cabeza.

Una agradable brisa nos acompañó aquella tarde de finales del mes de mayo. Acababa de finalizar la feria de la novela negra, y de crimen y misterio, celebrada durante el periodo vacacional de la Golden Week,* y Makino había sido la encargada de pronunciar el discurso de clausura.

«Así pues, coincidiendo con la finalización de la fe-

* La Golden Week es un periodo vacacional establecido en Japón que se celebra entre finales de abril y principios de mayo, y reúne varios días festivos nacionales consecutivos (el 29 de abril y el 3, 4 y 5 de mayo), justo después del inicio del curso escolar. Algunas personas experimentan síntomas de tristeza e incluso depresión (astenia primaveral) al reincorporarse al trabajo o a las clases, después de disfrutar de dicho periodo de vacaciones. *(N. del t.).*

ria, espero que todos los nuevos estudiantes del instituto Nohara estén recuperándose y poniendo también fin al tan habitual como temido síndrome de astenia primaveral...». Yo recordaba las palabras de Makino mientras despegaba de la pared un gran panel escrito a mano —obra de Sugawa, por cierto—, en el que se leía: UN MES DE MAYO LLENO DE TIPOS DUROS. Bajo dicho panel, descansaban, pulcramente expuestas, las obras de algunos de los autores característicos del género detectivesco: Dashiell Hammett, Raymond Chandler, Kenzo Kitakata, Arimasa Osawa, Ryo Hara, Toshihiko Yahagi..., eminentes representantes, todos ellos, de la novela negra en Oriente y Occidente. También había obras de autoras tan relevantes como Sara Paretsky, Natsuo Kirino, Etsuko Niki, Kimiko Koizumi, Asa Nonami..., y de autores de literatura no tan de género, como Haruki Murakami o Kobo Abe.

No se equivocaban quienes insinuaban que, si no fuera por el instituto Nohara —de más de tres mil alumnos—, no habría allí ninguna estación de tren; ni tampoco quienes aseguraban que, si no fuera por los alumnos de dicho instituto, no existiría La Librería de los Viernes, esa misma en la que yo llevaba trabajando desde finales de marzo.

No era de extrañar que tanto la feria misma como las novelas expuestas respondieran en gran medida a los gustos literarios de dichos alumnos, y aunque tampoco estaba muy claro cuántos de aquellos nuevos estudiantes recién incorporados al instituto adolecían de fatiga primaveral, pronto resultó obvio que la feria había sido un éxito y que las ventas de novelas de crimen y misterio habían sido más que satisfactorias. Una de las últimas adquisiciones la había hecho una chica que cargaba al hombro una enorme funda de un instrumento de viento metal de considerable tamaño, una tuba seguramente. Se llevó *El lobo hambriento*, de Tatsuo Shimizu.

Me ajusté las gafas, cargué con el panel, y empecé a bajar con cuidado la escalera plegable mientras echaba un vistazo alrededor. Me percaté entonces de que toda una multitud de alumnas del instituto abarrotaba el espacio de la librería. Parecían haberse apeado todas del mismo tren en dirección norte —apenas unos minutos después de que todos los chicos salieran disparados para tomar el tren anterior, en dirección contraria— y se habían concitado primordialmente en el rincón de la cafetería, frente al mostrador con su lámpara retro de luz anaranjada, y entre las pocas mesas y su sofá azul.

Tras el mostrador, Sugawa dominaba la situación con el porte digno y elegante de todo un maestro de ceremonias, luciendo una impecable camisa blanca, una pajarita anudada al cuello y el delantal de la librería. En aquel momento, se afanaba en secar unos vasos con un paño y yo no pude evitar mirarlo embelesado, tratando de que se consolidara en mi cabeza la idea de que Sugawa no era el jefe del local ni un camarero en toda regla, sino un empleado más, como yo u otro cualquiera, de La Librería de los Viernes. ¿Cómo era posible? De hecho, me hacía aquella pregunta a diario, sin excepción, pese a las muchas semanas que llevaba ya trabajando allí.

Y, entre aquellos pensamientos, apoyé el pie en el último escalón y resbalé.

—¡Cuidado! —gritó Makino.

Su advertencia no sirvió de nada: caí de culo con el panel entre los brazos. Lo primero que hice fue volver a ponerme las gafas, y lo que vi a continuación fue a un niño de primaria, frente a mí, entre los brazos de Makino.

La advertencia de Makino había ido dirigida al pequeño, y no a mí. Era a él a quien había protegido de un posible accidente. Era obvio que así debía hacerlo, y, sin embargo, presenciar aquel acto suyo me causó una gran impresión; no porque me hubiera gustado ser yo el receptor de su abrazo, sino por alguna otra razón.

—¡Perdona! ¿Estás bien? —me disculpé ante el pequeño, sintiendo un pellizco de envidia, no puedo negarlo.

De pronto, tuve sensación de reconocerlo. Al ver la gran mochila que llevaba a la espalda, pensé que quizá fuera el niño que venía a menudo al rincón de la cafetería y pedía un arroz pilaf.

Tenía el rostro menudo, los rasgos suaves, casi femeninos, y largos brazos y piernas, como una suerte de niño protagonista de *El Principito*, la novela de Saint-Exupéry.

—No me he hecho nada —dijo, entornando los ojos, al tiempo que se desembarazaba, con gesto molesto, del abrazo de Makino—. Lo que me fastidia es que hoy la cafetería no esté abierta. ¿Se puede saber por qué? ¿Habéis avisado antes o no?

Sus finos labios desentonaban con el seco raudal de palabras que brotó de su boca.

—Ah, eh..., pues...

—Esta tarde se celebra aquí un encuentro de lectura —explicó con la mayor tranquilidad Makino, acudiendo a mi rescate—. Aprovechamos el espacio de la cafetería para usos varios. —Y añadió—: ¡Ah, pero, de todos modos, la cafetería no está cerrada! Pide lo que quieras. Adelante.

—Con ese jaleo, no podré estar a gusto —reprochó, cambiando el tono chillón por uno abiertamente de censura.

Makino sonrió y asintió con la cabeza, sin alterarse lo más mínimo.

—Es una buena oportunidad para disfrutar de nuestra cafetería de una manera un poco diferente a la habitual —sugirió, con el ademán de acompañar al niño al rincón de la cafetería.

Este se mostró receloso en un primer instante, pero...

—Te prepararemos un arroz pilaf, como de costumbre —aseguró Makino.

Aquella promesa surtió un efecto calmante en el niño, que, dócil, siguió a Makino hasta la cafetería. Sin duda, Makino también se había fijado en él con anterioridad.

Sentado ante el mostrador, el niño pudo disfrutar de su anhelado arroz pilaf mientras yo ocupaba mi puesto tras la caja registradora. Durante ese tiempo, Makino había estado yendo y viniendo de la trastienda a la cafetería, una y otra vez, charlando de tanto en tanto con el niño, tratando en lo posible de que se sintiera cómodo.

Con la proximidad del verano, los días se alargaban interminablemente, y al atardecer tuvo lugar el encuentro de lectura del club Bizcocho de la ciudad de Nohara.

Algunos de los presentes habían sido invitados por los miembros del club, pero otros eran simplemente clientes de la librería, que estaban allí por casualidad. No hubo sillas suficientes para albergarlos a todos en el reducido espacio dedicado a las reuniones.

—No me imaginaba que vendría tanta gente —comenté.

Makino asintió con la cabeza, dirigiéndome una sonrisa.

—Esto demuestra el poder de convocatoria de Naraoka, la organizadora —aclaró—. El nombre del club proviene del bizcocho que los protagonistas del cuento ilustrado, Guri y Gura, se esfuerzan en preparar.

—¿No eran unas tortitas lo del cuento? —preguntó Waku.

—Qué va, Yasu. Era un bizcocho... esponjoso, con mucho huevo.

Sorprendido, Waku sacudió la cabeza, con el pelo rasurado en los lados y teñido de un color tan amarillo como el de un bizcocho bien provisto de huevo.

Makino me miró y me sonrió, mostrando sus preciosos y blancos dientes.

—Los animales del bosque acudían atraídos por el aroma del bizcocho elaborado por Guri y Gura, y el club, que también quería atraer al público a sus encuentros con los libros, se puso ese nombre. Y, por lo que veo, han conseguido lo que se proponían. Es genial.

Yo pensé que lo que era verdaderamente genial era su sonrisa, pero me limité a asentir con la cabeza.

Toda el área de estanterías fue vaciándose a medida que los presentes se agrupaban en el espacio de celebración del encuentro. También nosotros, los empleados de la librería, dejamos desatendida la zona de librería propiamente dicha —donde apenas quedaba nadie— para centrar nuestra atención en el evento que estaba a punto de comenzar.

Naraoka, la organizadora, se situó ceremoniosamente en medio de la concurrencia. Vestía con colores vistosos y buen gusto, y tenía el pelo gris.

—La obra que hoy nos reúne aquí es *Momo*, de Michael Ende, novela que se suele clasificar dentro del género de la literatura infantil. Yo la compré para mis hijos, cuando eran pequeños, pero pasaron treinta años y mis niños se independizaron, y ahora el libro ocupa un lugar en mi estantería de libros. Es más, ocupa un lugar prominente, un lugar que se merece, como la gran novela que es.

Y después de la breve introducción a *Momo* a cargo de Naraoka, en la que destacó las virtudes de la novela, los miembros del club fueron, uno a uno, tomando el turno para leer sus fragmentos favoritos. Lo que leían no estaba sujeto a un orden dentro de la novela. A veces, a la lectura de un párrafo le seguía la de otro ubicado algunas páginas antes, para luego saltar a la lectura de otro mucho más posterior. A mí, que hasta ese momento nunca había asistido a un encuentro de lectura, aquello me produjo cierta confusión.

—¿Cómo es que no leen los fragmentos siguiendo un orden, de principio a fin?

—Sobre todo, por una cuestión de falta de tiempo. Lo importante es que estimule a la lectura. Al escuchar estos fragmentos, ¿no te dan ganas de releer la novela, prestando renovada atención a determinadas partes? Desde luego, no puedo menos que dar las gracias al club Bizcocho, en nombre de nuestra librería.

Sonrió y, con un ágil gesto, se retiró el pelo de los hombros, aquel pelo levemente ondulado. Al percibir la tenue fragancia de su champú, desvié, azorado, la mirada de ella.

Al mirar hacia otro lado, mis ojos se posaron en una persona que se movía con dificultad o, más bien, con notable incomodidad. Aquella persona no era otra que el niño que Makino había protegido de mi caída, y a quien, con su insistencia, prácticamente había obligado a permanecer allí durante el encuentro de lectura.

Estaba pagando a Sugawa cuando lo vi. A continuación, sacudió la cabeza y abandonó su taburete frente al mostrador.

—«Toda la infelicidad del mundo nace de la mentira. No solo de la mentira consciente, sino también de la que surge de las prisas y de la falta de atención, del descuido». Nagisa Tsumori, ¿te vas? —preguntó Naraoka, levantando la vista del grueso volumen que sostenía entre las manos.

La transición de la lectura del párrafo de *Momo* a aquel «Nagisa Tsumori, ¿te vas?» se produjo con tal naturalidad que, por un instante, llegué a creer que Nagisa Tsumori era un personaje de la novela.

—No me llames por el nombre completo, por favor —protestó el niño.

—Pero ¿no eres Nagisa Tsumori?

Las miradas de los presentes se centraron en el niño, que se había detenido. Algunos también intercambiaron murmullos: «A ese lo he visto en la tele», «¿Y quién es?», «Hacía de niño de ese actor que se casó hace poco», «Hacía del personaje de ese actor en su época infantil, quiero decir», «¿Ese niño? ¿Tan famoso es?», «Ah, sí, me suena haberlo visto el año pasado en aquella serie de televisión de...», «Y en algunos anuncios, como aquel de la cámara de fotos, y el del parque de atracciones», «¿Sííí? Mira que desde el primer momento he pensado que me sonaba de algo...».

El ambiente del encuentro de lectura se había echado a perder por completo.

Con un saltito, el niño se ajustó la mochila a la espalda, y después de resoplar, dijo en tono claro como el agua:

—Sí, soy Nagisa Tsumori. A los tres años, empecé a trabajar como modelo de revistas, y a los cinco, como actor de televisión. El año pasado participé en una serie muy popular e hice un anuncio de un refresco y otro de un coche. Y, ahora, si me lo permiten, me voy.

Nagisa dirigió una reverencia a la estupefacta concurrencia y reemprendió la marcha. Por su parte, Naraoka, con un resolutivo guiño dirigido a los presentes, se plantó súbitamente ante el niño, impidiéndole el paso.

—¿Qué ocurre?

—Nagisa Tsumori, ¿nos brindarías el honor de participar en este encuentro y leer un párrafo para todos nosotros?

—Lo siento, pero no.

—Vamos, te va a encantar.

—No es una cuestión de que me encante o no, sino de cuánto me pagaríais por ello. El trabajo es el trabajo.

Aquellas palabras, un tanto agresivas y que no encajaban en absoluto con la carita de ángel del niño, terminaron por enfriar el ambiente.

Noté el leve roce de una corriente de aire. Makino había hecho el ademán de ponerse en movimiento, pero se detuvo ante la voz que resonó con firmeza desde detrás del mostrador.

—¡Un bono de cinco platos de arroz pilaf!

Se trataba de la elegante voz de Sugawa, que tan poco solía prodigarse en palabras. Es posible que el propio Nagisa Tsumori nunca hubiera oído hablar a Sugawa. Este seguramente se habría limitado a atender el pedido del niño y a prepararle el susodicho arroz pilaf, sin pronunciar una sola palabra, cada vez que este había visitado el rincón de la cafetería.

—¡Ha hablado! —susurró el niño, abriendo mucho los ojos.

Naraoka aprovechó la oferta de Sugawa para insistir en su propuesta.

—Venga, no será mucho tiempo; solo hasta la llegada del siguiente tren. Por favor. Nos gustaría escuchar un párrafo de la novela de boca de todo un profesional.

Después de echar un vistazo a su alrededor y mirar con el rabillo del ojo a Sugawa, el pequeño Nagisa elevó el rostro hacia Naraoka y le arrebató el libro que esta le tendía.

La organizadora le señaló la página por la que comenzar y el niño se puso a leer sin demora.

«Quienes se esforzaban por economizar su tiempo vestían mejor que aquellas gentes que vivían de espaldas al anfiteatro. Disfrutaban de generosos ingresos y no escatimaban en gastos. A pesar de ello, se mostraban siempre disgustados y cansados, con el semblante agrio. Por supuesto, desconocían aquel consejo que decía: "¡Haz una visita a Momo!". Entre ellos, ninguno había que proporcionara serenidad, alivio o sabiduría al prójimo».

Con su voz cristalina y el ritmo impreso en las palabras, Nagisa había otorgado a aquel relato una atmósfera etérea propia de los cuentos de hadas, sin dejar de transmitir, a la vez, su doloroso realismo. Sin duda, había hecho justicia a la calidad del texto recitado.

Finalmente, Nagisa se quedó.

El turno de lectura fue pasando por cada uno de los miembros del club Bizcocho de lectura y volvió a quienes ya habían leído una vez. Nagisa, sin embargo, no solo no dio ninguna muestra de aburrimiento, sino que leyó obediente los fragmentos que Naraoka le señalaba cada vez que le volvía el turno a él.

Terminado el encuentro dedicado a *Momo* se formó un corro alrededor de Nagisa, motivado por una sincera y cálida cordialidad hacia el pequeño y no por la admiración televisiva que este había despertado al inicio.

—Gracias por tan magnífica participación —agradeció Naraoka, tendiéndole la mano a Nagisa.

El gesto fue recibido por el niño con simple indiferencia.

—No ha sido más que un trabajo por un bono de platos de arroz pilaf —se limitó a decir con notoria frialdad.

—Por favor, vuelve cuando quieras. Será un honor para nosotros —agregó Naraoka, poniendo un folleto del club Bizcocho en la mano de Nagisa, sin dejarse intimidar lo más mínimo por su actitud despectiva. A continuación, se volvió hacia el resto de los presentes para dar por concluida la reunión—:

Muchas gracias a todos por vuestra asistencia y colaboración.

Cabizbajo y con aire cansado, Nagisa volvió a tomar asiento frente a la barra, ya completamente vacía.

—Tu bono de cinco platos de arroz pilaf —dijo Sugawa, entregándole un taco de tarjetas de colores.

Nagisa alzó el rostro con renovadas energías y esbozó una sonrisa radiante. Parecía un niño diferente al de unos instantes antes. Si hubiese habido allí cien personas, las cien habrían estado de acuerdo en que aquel niño de sonrisa limpia les recordaba a *El Principito*.

—Muchas gracias —dijo, ruborizándose y aceptando el manojo de tarjetas de colores con exquisitos modales. Tras un instante de duda, preguntó—: ¿Ese libro de *Momo*... lo tenéis en esta librería?

—Sí. En tapa blanda y en edición de bolsillo de la editorial Iwanami —respondió de inmediato y sin la más leve vacilación Makino.

No obstante, Nagisa no le hizo el menor caso y continuó atento a Sugawa.

—¿Puedo tomar uno prestado? —le preguntó.

Al escuchar a Nagisa hacer una petición tan extravagante casi perdí el equilibrio y las manos se me resbalaron de la caja registradora, donde las tenía apoyadas. «¿Tomar prestado un libro? ¿En una librería?».

—Querrás decir comprar, ¿no? —terció Waku, que no era el tipo de persona que se mordiera la lengua, como su estridente aspecto ya advertía.

Nagisa no se acobardó.

—Solo tengo curiosidad por saber qué pasa al final. Como he leído un trozo por aquí, un trozo por allá... Pero no es que tenga interés en leerlo, ni tampoco quiero conservar el libro en casa cuando lo haya terminado. No me gusta leer ni tener libros en casa.

—¿Y eso por qué? —pregunté, desde mi puesto.

Sin duda, mi pregunta llegó a oídos de Nagisa, porque se volvió hacia mí y, enderezándose sobre su taburete, replicó con voz firme:

—Créeme, sé lo que es leer historias y personajes hechos por adultos a la medida de los adultos. Me ha tocado leer muchos guiones.

Nos dejó sin palabras, desde luego, y aprovechando aquel instante de estupefacción, Nagisa colocó una mano sobre el mostrador y, con la otra, señaló algo de espaldas a Sugawa. Allí, junto a la nevera y el armario de cocina, una estantería de madera albergaba unos cuantos libros. Todos ellos eran restos de ediciones, de diversos géneros.

—Ahí hay un ejemplar de *Momo*. ¿Me lo podéis prestar?

Perplejos ante la insistente petición, tanto Sugawa como Makino se encogieron de hombros.

—No —decretó Waku tras un breve silencio—. Estos libros son para disfrute de los clientes de nuestra cafetería. Así que no pueden salir de aquí. —Y le acarició la cabeza a Nagisa, que se había vuelto para mirarlo.

Sugawa salió de detrás del mostrador.

—Espera un momento —dijo.

Sin más, desapareció tras la puerta de la trastienda y volvió a aparecer de inmediato. Efectivamente, había sido solo un momento de espera, como había asegurado. Llevaba un libro en una mano.

—Aquí tienes —dijo, ofreciéndole a Nagisa el libro: una edición en tapa blanda de *Momo*, idéntica a la que descansaba en el estante, a espaldas de Sugawa, y a la de algunos ejemplares de los miembros del club de lectura Bizcocho.

—Pero...

—Es mío. Te lo presto. —La voz de Sugawa resonaba apacible y profunda, como un buen vino.

A Nagisa le brillaron los ojos. Aceptó el libro sin vacilación.

—Muchas gracias.

Lo introdujo cuidadosamente en su mochila y, tras una leve inclinación de cabeza, Nagisa se encaminó hacia la puerta de salida.

Suspiré al verlo marcharse.

—Así que no tiene ningún interés en leer... Pues me da que una librería no es el mejor lugar para decir eso —critiqué.

—¿Pero no fuiste tú quien salió despavorido de esta librería hace solo unos meses, alegando que no se te daba bien leer ni novelas ni mangas? —se burló Waku, mirándome con aquellos ojos de cuencas profundas.

Era cierto. Yo, que acababa de despertar al mundo de los libros y la lectura, no era quién para juzgar a nadie que todavía no lo hubiese hecho. Por otro lado, precisamente porque me reconocía en él —en aquella actitud de indiferencia e incluso de desprecio que había exhibido hacia los libros—, me exasperaba tanto.

—Yasu, tampoco creo que se trate de juzgar quién es mejor o peor lector; más que nada porque no hay lectores malos ni buenos; hay simplemente lectores —intervino Makino en tono conciliador para, a continuación, añadir, volviéndose hacia mí—: Incluso me atrevo a decir que las palabras y la actitud de Nagisa pueden interpretarse de manera totalmente contraria; es decir, como las de alguien que les guarda un aprecio muy especial a los libros. Un niño con una sensibilidad como la suya es una prueba de fuego para todo librero.

Hizo el gesto de remangarse para acometer una tarea complicada y, seguidamente, soltó una risita y dijo:

—Estoy bromeando.

No transcurrió mucho tiempo antes de que Nagisa volviera a dejarse ver por La Librería de los Viernes: precisamente, el viernes de la semana siguiente, poco después del mediodía.

—¿Qué tal, muchacho? ¿Cómo llevas el colegio? —preguntó Waku con toda naturalidad, levantando la vista del libro que se encontraba leyendo, frente al mostrador del rincón de la cafetería.

—Vamos rodando —replicó secamente el niño, y frunció el ceño, molesto.

—¿Vamos rodando? Pero ¿de dónde has sacado una respuesta como esa? —se burló Waku—. ¿De un humorista? ¿De algún cantante de moda?

—Ja, ja, ja. Qué gracioso es este dueño de La Librería de los Viernes. —Nagisa soltó una risa encantadora para, de manera abrupta, volver a adoptar un semblante serio—. Es la expresión que se usa en la jerga del cine cuando se acude al lugar de rodaje con un día de antelación.

—Ah, te referías a eso. Sí, me sonaba.

Obviamente, la expresión no le sonaba de nada. Era solo que a Waku le costaba reconocer la derrota. Bajó la vista al libro mientras Nagisa, sin desprenderse de su enorme mochila, se plantaba frente a la caja registradora, tras la cual yo me encontraba.

—¿Dónde está Sugawa? —me preguntó.

—Ha salido de compras y, de paso, a entregar unos libros a domicilio, con la señorita Minami.

Una librería ubicada en una estación de tren no podía permitirse entregar pedidos a domicilio —menos aún una tan humilde como La Librería de los Viernes—, pero con los clientes habituales cuya vivienda se encontrase a poca distancia se hacía una pequeña excepción, siempre y cuando la entrega coincidiera con algún recado o asunto que obligase a alguno de sus empleados a acercarse a Nohara.

—Uhm... ¿Los dos... juntos? —Nagisa me miró como poniéndome a prueba.

Me coloqué las gafas, que se me habían resbalado por el tabique nasal y me esforcé por sonreír.

—Por trabajo, naturalmente. No es que hayan salido a dar un paseo. Los libros pesan mucho y hay que estar bastante fuerte para cargar con ellos. Ahí es donde entra en juego Sugawa. Es lógico... Vamos, digo yo.

¿Por qué rayos me estaba esforzando en dar tantas explicaciones? Me sentí tonto y, tratando de recuperar la compostura, extraje del bolsillo de mi delantal un ejemplar de *Momo*, en la edición de Iwanami.

—Yo también he empezado a leerlo. Me picó la curiosidad después del encuentro de lectura de la semana pasada —expliqué—. ¿En qué página estás?

Sin siquiera lanzar una mirada de soslayo al volumen que yo sostenía en mis manos, Nagisa se limitó a contestar:

—Ya lo he terminado.

—¿Ya? ¿Hasta la última página?

—Sí. No es más que un libro para niños, fácil de leer. Lo terminé entre rodaje y rodaje.

Me quedé de piedra. Escuché, entonces, la risa de Waku desde el mostrador, que, sin duda, iba dedicada a mí.

—Kurai, un lector novato como tú lleva todas las de perder contra este muchacho acostumbrado a aprenderse textos enteros de memoria.

En aquel instante, se abrió la puerta automática de entrada y, tras ella, aparecieron Sugawa, cargado con sendas bolsas de tela en cada mano, y Makino, con una cesta repleta de espárragos y una bolsa al hombro.

—¡Cuánto habéis comprado! —exclamó Waku.

—Casi todo esto nos lo han dado —dijo Makino, mostrando la cesta con una sonrisa radiante que me devolvió todo el ánimo que se me había caído por los suelos a partir de la respuesta de Nagisa.

—Qué buena pinta tienen los espárragos —me atreví a decir.

—Y también hemos traído varios tipos de pan. Nos los han dado en la panadería Cunit al llevarles unos cuantos libros ilustrados para niños de la editorial Kodomo No Tomo. Mirad, *baguettes* de nueces y queso ahumado, y pan de centeno con higos.

Makino parecía una niña, feliz de mostrar el contenido de la bolsa de tela que llevaba colgada al hombro.

Tanto éxito tenía la panadería Cunit —ubicada frente a la estación, una vez superada la rotonda— que al matrimonio joven que la regentaba apenas le quedaba tiempo para acudir a la librería. Así pues, Makino se había ofrecido a llevarles cualquier libro o revista que le pidiesen, cada vez que tuviera que pasarse a comprar pan, cosa que sucedía a menudo. *Unas veces por ti, otras por mí* era el lema.

—¡Jo, qué buena pinta! ¡Cómo me voy a poner a la hora de la cena! ¿Cómo lo ves, Sugawa? —exclamó Waku, palmeando fuertemente la espalda de Sugawa.

A pesar de que aquellos golpes debían doler, Sugawa asintió con toda parsimonia. Sin duda, estaba acostumbrado a aquella agresividad por parte de su jefe.

Makino dejó la bolsa y la cesta y entró en la trastienda. Entonces, Nagisa, que había permanecido en silencio, dio unos suaves tirones a mi delantal.

—¿Qué ha querido decir con eso de «la hora de la cena»? —me preguntó.

—Ah, la cena... Hoy toca revisar el inventario de libros. Tenemos un día fijo en que comprobamos la cantidad y la calidad de los ejemplares almacenados, y ese día es hoy. Siempre nos acaban dando las tantas de la noche, así que Sugawa tiene la gentileza de prepararnos la cena.

Le hablé con plena confianza. Por un momento, debí de olvidar que allí él no era más que un cliente como otro cualquiera.

Nagisa me miró, pensativo. Por fin, se volvió hacia Sugawa, lo miró y se aproximó a él al trote. Este había rodeado el mostrador y ya estaba guardando la compra en el frigorífico. Al escuchar la proximidad de los pasos de Nagisa, se dio la vuelta.

Nagisa apoyó su gran mochila sobre uno de los taburetes y extrajo de esta el ejemplar de *Momo*. Sugawa entornó sus ojos azules y, a continuación, exhibió su característica sonrisa de dientes blancos, perfectamente alineados.

—¿Lo has leído?

—Sí.

La voz de Nagisa reverberó con una pureza ausente cuando hablaba con Waku o conmigo. Ni Sugawa le preguntó qué le había parecido ni Nagisa le contó su opinión acerca de la novela. Y, así, transcurrieron unos segundos hasta que por fin Nagisa rompió el silencio:

—He decidido comprarlo —afirmó.

Un nuevo intervalo de silencio se abrió entre ambos. Makino salió de la trastienda, tomó unas tarjetas de venta de la caja registradora y volvió a desaparecer tras la puerta. Sugawa se encogió de hombros.

—¿Y...?

—Que me estaba preguntando si puedo devolverte el ejemplar nuevo que compre.

—¿Qué quieres decir? —Su voz sonaba apacible y tan atractiva como siempre. Nagisa, por su parte, se había ruborizado hasta las orejas.

—Quiero decir que me gustaría quedarme con tu libro —respondió.

—Lo siento, pero ni hablar —dijo impasible, con una leve sacudida de cabeza.

—¿Eh? —Fui yo quien replicó sorprendido, llamando la atención de Waku, que chascó la lengua y me lanzó una mirada acusadora.

Sin alterar un ápice su expresión cándida, Sugawa procedió a ofrecer una explicación:

—Me lo dio una persona a la que aprecio y significa mucho para mí. Por eso no puedo desprenderme de él. Lo siento de veras.

—¿Alguien a quien aprecias?

—Así es.

Nagisa frunció el ceño, desbaratando la armonía

de sus rasgos, y se volvió lentamente hacia mí, pero su mirada no se detuvo en la caja registradora, tras la cual yo me encontraba; después de pasarme por alto, continuó deslizándose hasta llegar a la puerta de la trastienda.

—Una persona... —repitió entre dientes, y luego, en voz alta—: ¿a la que aprecias?

—Sí.

Aquella afirmación fue para Nagisa como la gota que colma el vaso.

—Comprendo —dijo, y acompañándose de una reverencia, añadió—: Pido disculpas por meter las narices donde no me llaman. —Al enderezarse de nuevo, su delicado rostro mostraba una perfecta y adorable sonrisa—. Ahora... debo irme.

Y se volvió hacia el mostrador, depositó allí el ejemplar de *Momo* que Sugawa le había prestado, se echó su voluminosa mochila a los hombros y se encaminó a la puerta de salida de la librería.

Las acciones de Nagisa irradiaban el dramatismo propio del cine o de la televisión sin por ello dejar de ser espontáneas y naturales. Al verlo así, se me hizo un nudo en la garganta porque comprendía su dolor; yo también había experimentado aquella misma envidia dirigida hacia quien podía permitirse el lujo de hablar de amistad y de afirmar, simple y llanamente, sin un atisbo de duda: «Tengo un amigo»; mezclada con el dolor de saber que uno no era ese amigo. Había sentido tantas veces aquella pesadumbre... y me había esforzado tan a menudo por olvidarla...

Waku miró a Sugawa y se disponía a decir algo cuando se abrió la puerta de la trastienda y por el resquicio asomó el rostro de Makino, cubierto por una extraña máscara.

—¡Tachán! ¡He encontrado una primera edición de *Momo*! —anunció, enarbolando con ambas manos un libro. Al reparar en el ambiente apagado que reinaba en la librería, se retiró la máscara del rostro y ladeó la cabeza, haciendo oscilar las suaves ondas de su pelo—. ¿Eh? ¿Ha ocurrido algo? ¿Dónde está Nagisa?

—Se ha ido.

—Pero ¿no había dicho que quería llevarse un ejemplar de *Momo*? —preguntó intrigada.

Waku dejó escapar un suspiro, preámbulo de la inevitable reprimenda:

—¡¿Cómo va a querer comprar nada en una librería donde a la jefa de personal le da por presentarse de improviso con una máscara puesta?!

—Perdona, Yasu, pero es una máscara de tortuga. ¿Es que no sabes que, en la novela, Momo recibe la ayuda de la tortuga Casiopea? La he hecho yo misma.

—Más que una tortuga parece una judía verde —expuso Sugawa, sin ningún ánimo de burla.

Su apreciación, tan flemática, hizo que Waku y yo nos retorciéramos de risa. Makino mantuvo la seriedad.

—Sí, ya lo he pensado yo también —admitió—. Creo que habría mejorado mucho si le hubiera añadido un caparazón.

Pensé que, con el nivel de destreza exhibido en la

elaboración de la máscara, aquello no tenía remedio: ni añadiéndole un caparazón habría parecido una tortuga. Pero, naturalmente, me guardé para mí esa opinión.

Mientras los demás volvían al trabajo, fingiendo no haber oído a Makino, esta permaneció inmóvil, desanimada y con la mirada clavada en la puerta de salida.

—Qué lástima que se haya ido —susurró.

Con la llegada de cada tren a la estación, una nueva remesa de clientes visitaba la librería. Entre unas cosas y otras —atenderlos, reorganizar los volúmenes apilados sobre las mesas de exposición, etcétera—, llegó la hora en que las clases en el instituto Nohara tocaban a su fin. La variedad de actividades extraescolares permitía que el regreso a casa por parte de los alumnos se produjera de manera escalonada —menos en fechas de exámenes, periodo en que se formaba toda una marabunta a la salida—; en cualquier caso, el momento del día en que se producía una mayor aglomeración de clientes se correspondía con el final de las clases del instituto, y esa era la única hora en la que Waku atendía a los clientes, parapetado tras la caja registradora, o echaba una mano en otras tareas.

Ese mismo día era el de la publicación del nuevo número de una popular revista de moda entre las adolescentes, así que no transcurrió demasiado tiempo antes de que ante la caja se formara una larga y llamativa cola de jóvenes colegialas con ejemplares de la revista entre los brazos.

Waku resopló y acudió a poner orden en aquel repentino barullo.

—Esto sí que es trabajo en equipo —murmuré, casi sin querer, cuando al abrir el cajetín donde se colocaba el rollo de papel de los recibos de compra, que se había acabado, Makino ya estaba pasándome un nuevo rollo. De inmediato, bajé la mirada, sorprendido por la informalidad de mi propio comentario.

Makino no pareció oírlo o, al menos, no hizo el menor caso a mis palabras. Lo que sí hizo fue acercar sus labios a mi oído y, en un susurro, preguntarme:

—¿Por qué se habrá ido Nagisa?

—Eh..., pues..., esto...

Miré de soslayo a Sugawa, que, instalado tras el mostrador de la zona de cafetería, doblaba papeles para forrar con el logo de la librería, y a continuación alcé la vista al techo, como pidiendo ayuda divina —aunque desde luego no era para tanto—. Se me escapó entonces un «Lo siento mucho» y lo cierto es que alguna divinidad debió de haberme escuchado y acudió en mi auxilio, porque en aquel mismo instante Makino extendió los brazos tan enérgicamente que levantó una leve ráfaga de viento a mi lado.

—¡Adelante! —exclamó—. ¡Bienvenida a La Librería de los Viernes!

La efusiva bienvenida iba dirigida a una clienta que acababa de traspasar el umbral de la puerta y que apenas reaccionó a la calidez de la encargada de la librería; tan solo contuvo la respiración durante un breve instante y continuó adentrándose en el local, con la atención puesta en alguna otra cosa. A mí, sin embargo, la risueña cordialidad de Makino seguía impresionándome. Al llegar frente a la caja registradora, la mujer se dirigió a nosotros:

—Permítanme una pregunta: ¿no ha venido a esta librería un colegial con edad de cursar estudios de primaria? Es alumno de sexto, en concreto, y un poco bajo para su edad y delgado.

Makino y yo nos miramos. La mujer nos entregó una tarjeta. Llevaba el pelo corto, recogido detrás de las orejas, y vestía con gran elegancia un traje de chaqueta y pantalón. Parecía una oficinista sumamente cualificada.

—Perdonen que no haya empezado presentándome. Soy Yumi Itabashi, representante de actores infantiles de la agencia Salt Pepper. He venido hasta aquí en busca de uno de mis representados. No lo encontramos por ningún sitio.

Makino aceptó la tarjeta con ademán respetuoso. Itabashi echó mano a su bolso y se apresuró a extraer un panfleto publicitario de la agencia, que extendió ante nosotros, poniendo a nuestra vista, en primer plano, la sonriente efigie de nada más y nada menos que el pequeño Nagisa Tsumori.

Makino miró a Itabashi con los ojos muy abiertos y asintió:

—Si al niño al que se refiere es Nagisa, sí, ha estado aquí. Pero... —sacudió la cabeza— se fue hace poco tiempo.

Guardó silencio y se volvió hacia mí. Una vez más

me fijé en sus ojos, coronados por largas pestañas. Busqué algo que decir, y mientras dudaba, la voz de Sugawa acudió en mi auxilio desde detrás del mostrador.

—¿Ha acudido a la policía?

—Es solo que no contesta a mis llamadas. Es pronto para comunicárselo a la policía. Voy a tratar de encontrarlo yo misma, al menos por el momento.

Los largos y finos ojos azules de Sugawa destellaron.

—No se complique —dijo—. Es mejor que llame ya a la policía. Una vez que haya dado el aviso, puede continuar buscándolo por su cuenta usted misma. Entiendo que le incomode alertar a la policía para nada, pero si resultara que le ha pasado algo al chico, sería peor para usted. Más vale una falsa alarma que tener luego que arrepentirse.

Itabashi se puso pálida, como si acabara de empolvarse el rostro. Se remangó las mangas de la chaqueta y asintió con concisos y repetidos movimientos de cabeza.

—Creo que tiene razón —admitió—. ¿Hay alguna comisaría por aquí cerca?

—No se precipite —terció Makino en tono pausado—. Probemos antes una cosa. Aquí, en Nohara, hay una persona que puede ayudarnos.

En la expresión de cada uno de nosotros se dibujó un signo de interrogación. Makino introdujo una mano en el bolsillo de su delantal verde musgo y sacó un teléfono móvil. Le brillaban los ojos.

—Por favor, que haya cobertura, que haya cobertura —rogó mientras toqueteaba la pantalla.

Pegó el teléfono a la oreja y, por fin, se escuchó una voz desde el auricular, una voz enérgica, proyectada a un volumen considerablemente alto, cuyo dueño reconocí enseguida. Makino replicó a la voz:

—Sí, Yasu, soy Makino. Sí, ya sé que son horas de trabajo, pero se trata de una urgencia. Verás, ha venido la agente de Nagisa Tsumori, el niño actor. No le responde al teléfono y está preocupada. ¿No lo habrás visto por ahí?

A continuación, las palabras de Waku sonaron apelotonadas, como disparadas por una metralleta.

—Sí, sí —asentía Makino, entornando los ojos. De pronto, se le iluminó el rostro—. Bien, Yasu, lo dejo a tu cargo.

Makino cortó la llamada, desperezó la espalda y nos miró a todos.

—Yasu..., ah, el dueño de esta librería, ha visto al pequeño Nagisa. Está con él.

—¿Eh? ¿Cómo es posible? —Ni Itabashi ni yo pudimos contener nuestra sorpresa.

Makino miró de soslayo a Sugawa y, sonriendo, dijo:

—No debemos desestimar el talento de nuestro jefe... ni el tamaño de su cabeza.

Tan solo quince minutos después, Nagisa hizo su aparición en la librería acompañado por Waku. Sus dedos se aferraban con fuerza a las correas de la mochila y su boca se curvaba en un gesto tenso, quizá por lo embarazoso que le resultaba aquella situación. Fue Waku quien habló por Nagisa.

—Al parecer, ha intentado reservar una habitación de hotel para pasar la noche. Imaginaos cómo se han quedado en la recepción al ver a un niño sin acompañar tratar de reservar una habitación. Se armó un buen revuelo y acabaron llamándome por teléfono.

No entendí por qué los responsables del hotel llamaron por teléfono al dueño de una librería, a tenor de aquel problema. Quizá la empresa familiar del padre y del tío o las actividades de Waku habían jugado algún papel.

—Nagisa, ¿por qué no me respondías al teléfono? —preguntó Itabashi, visiblemente aliviada y ya sin el tono neutro y profesional que había utilizado hasta entonces.

—Me quedé sin batería y te llamé desde una cabina telefónica —replicó el niño.

—¿Eh? —Itabashi sacó su móvil a toda prisa. Le echó un vistazo, se encogió de hombros y, a continuación, inclinó la cabeza a modo de disculpa—. Lo siento. Es verdad, tengo una llamada perdida desde un teléfono público.

—Menos mal que ha aparecido antes de llamar a la policía —comentó Makino.

—¿Policía? —se alarmó Nagisa—. No era para tanto, creo yo... —Puso los ojos en blanco.

—Eso creo yo, que no era para tanto —corroboró Makino, asintiendo con la cabeza, y aunque parecía tratar de restarle importancia al asunto, añadió—: Pero Sugawa estaba muy preocupado, ¿verdad, Sugawa?

A Nagisa se le iluminaron los ojos. Se volvió hacia Sugawa justo a tiempo para verlo asentir, con su gesto serio habitual, aun levemente sobresaltado por la alusión. Nagisa se giró de inmediato hacia Makino.

—Por favor, déjenme pasar la noche en la librería. Se lo ruego.

—¿Qué estás diciendo? —preguntó Itabashi, adelantándose a los demás.

—En el colegio me han pedido que escriba una redacción sobre mi experiencia como niño actor. Es que a mis compañeros los han llevado a los supermercados y a las tiendas del barrio, como actividad especial antes de las vacaciones, pero yo no estaba en clase esos días.

El motivo de esas ausencias no podía ser otro que sus compromisos profesionales. Itabashi frunció el ceño ante la perspectiva de un nuevo problema y dijo:

—No estoy segura de que al personal de la librería le parezca una buena idea...

—Por favor, por favor. —Nagisa dirigió una reverencia a Makino, ignorando las palabras de Itabashi—. Podría echar una mano con el inventario.

—Eh, muchacho —intervino Waku—. ¿Cómo sabías que hoy tenemos noche de inventario?

—Me lo ha dicho él. —Me señaló con su fino dedo índice, todavía en posición de reverencia.

Los ojos hundidos de Waku se abrieron y me miraron con inusitada fijeza. Sin más, puse rumbo a los estantes, sujetándome las gafas, y comencé a ordenar los libros. A mis espaldas, escuché a Makino decir:

—De acuerdo. Puedes quedarte.

—¡¿Puede quedarse?! —preguntaron Itabashi y Waku al unísono.

Me volví y vi a Sugawa parpadear incrédulo. Nagisa levantó la cabeza y Makino miró alrededor, sonriendo y asintiendo con la cabeza.

—No supone ningún problema. Los viernes, a última hora, vienen pocos clientes, y, además, siempre se agradece un poco de ayuda a la hora de hacer inventario. Y si te entra sueño, puedes tumbarte en la cama que tenemos instalada para cuando alguno de nosotros necesita pasar la noche aquí.

El resolutivo entusiasmo de Makino pareció convencer a Itabashi.

—Bien, mañana paso temprano a recogerte. Ya sabes que tienes rodaje a primera hora de la mañana —dijo antes de marcharse en dirección al hotel. Al salir, se cruzó con un grupo de pasajeros que acababa de apearse del último tren y atravesaba la pasarela. Algunos de ellos entraron en la librería.

—¡Adelante...! —empezó Makino.

—¡Bienvenidos a La Librería de los Viernes! —continuó Nagisa, cuya voz de soprano se solapó a la de Makino, extinguiéndola.

Los clientes se mostraron gratamente sorprendidos ante tan cálida bienvenida, pronunciada por aquel niño de impecable aspecto. Waku se acercó sigilosamente y apoyó su mano en el hombro de Nagisa.

—Nagisa es un alumno de primaria que nos acompaña esta tarde por una actividad del colegio —anunció—. Pórtense bien con él, para que experimente la satisfacción de trabajar en una librería. Así que, ya saben, compren, compren, aunque sea solo un librito o alguna revista.

El descaro comercial de Waku debió de surtir algún tipo de efecto; no solo no empañó el encanto del pequeño Nagisa, sino que debió de sumarse a él, porque los clientes acudieron en multitud ante la caja registradora con algún libro bajo el brazo, y en poco tiempo se produjo una cantidad inusitada de ventas.

—¡Qué capacidad de atracción, Nagisa! —exclamó Waku.

—¡Tengo una idea! Le haré un gorro de gato y será un gran éxito —se le ocurrió a Makino.

—¡No, que lo traumatizas...! El chico no necesita un gorro de gato ni de mapache ni de ningún otro animal —advertí.

—¿Tú crees? —Makino hinchó las mejillas y se cruzó de brazos.

Aquel viernes, el último tren salía de la estación a las ocho pasadas. Se dejaba así la línea ferroviaria libre para algunos trenes especiales que circulaban por la tarde y la noche de aquel día. Sin pasajeros en el andén, la estación quedó en penumbra y La Librería de los Viernes pudo permitirse cerrar un poco antes de lo acostumbrado.

Nagisa no solo se hizo merecedor de un estupendo gorro de gato en el escaso tiempo que llevaba allí, sino que también aprendió a tratar a los clientes y a forrar los libros. Cuando Waku lo llamó para empezar con la tarea de inventario, Makino reprendió a este suavemente. Nagisa se había quedado inmóvil con toda la atención puesta en Sugawa, que estaba haciendo lonchas de espárragos detrás del mostrador. Al percatarse de la mirada de Nagisa, Sugawa alzó los ojos.

—Esto es para la cena de hoy —dijo—. Cuando esté lista, os llamo; así que puedes seguir con la formación.

—¡Vale! —replicó decididamente Nagisa, que corrió hacia mí—. ¿Qué hago ahora?

—Pues... veamos..., Minami, ¿qué podría hacer Nagisa?

Makino reaccionó con su habitual presteza a mi lamentable falta de iniciativa y me entregó un lector de códigos de barras.

—Nagisa y tú vais a formar equipo para hacer el inventario, y yo me uniré a vosotros en cuanto termine con la caja registradora.

—¡Y yo también, en cuanto haga una llamada de negocios! —anunció Waku, agitando ostensiblemente su teléfono móvil al tiempo que salía de la librería, en busca tal vez de una mejor cobertura. Lo cierto es que nadie le había pedido que nos echara una mano...

—Bien, Kurai, dejo a Nagisa bajo tu responsabilidad —dijo Makino.

Enderecé la espalda al escuchar aquello. Habían transcurrido dos meses desde que empecé a trabajar allí y por vez primera tenía a alguien bajo mi supervisión, aunque fuera por una sola noche. Rodeé la caja registradora y abrí la puerta de la trastienda.

—Adelante —dije.

—¿Adónde vamos? —preguntó Nagisa.

—Al almacén de libros. Casi todas las existencias de libros en esta librería se encuentran ahí abajo —expliqué, a la vez que me preguntaba cuál sería la sorpresa de Nagisa al descubrir el inmenso tesoro literario que se alojaba en la vieja estación de tren.

Sin embargo, ni cuando abrí la trampilla del suelo de la trastienda y surgió ante nosotros la estrecha entrada que conducía al almacén, ni cuando, guiados por la luz de la linterna, descendimos por aquella escalera sumida en la más completa oscuridad, ni tampoco cuando por fin llegamos al almacén y ante nuestros ojos se desplegó aquella inmensa hilera de libros y más libros... Nagisa mostró el más leve gesto de sorpresa.

—Ya veo...

Esto fue lo único que dijo.

—Pero... ¿no te sorprende ni siquiera un poco? —pregunté.

—¿Esto era una estación de metro?

—Sí, pero no se llegó a usar por culpa de la guerra.

Es como una estación fantasma, ¿no crees? Hace un montón de años, el dueño de La Librería de los Viernes la rehabilitó como almacén. ¿No es increíble?

Nagisa me miró molesto y, sin pizca de entusiasmo, repitió:

—Increíble. —A continuación, señaló el lector de códigos de barras que yo sostenía—. ¿Nos ponemos manos a la obra? Como comprenderás, no tenemos todo el tiempo del mundo.

—Ah. Sí, claro. —Dudé si era yo quien lo supervisaba o era él quien me supervisaba a mí, y sin mayor dilación, me puse a aplicar el lector a los códigos de barras pegados en los lomos de los libros.

Puesto que muchos de los libros viejos almacenados no tenían código de barras, la tarea de Nagisa consistió en ir leyendo en voz alta la signatura y el precio mientras yo tomaba nota. El pequeño cumplía diligentemente con su trabajo y decidí darle la oportunidad de usar el lector de códigos de barras. Aprendió su manejo tan rápidamente como todo lo anterior. Una vez terminada la primera estantería al completo, ambos miramos al techo simultáneamente.

—¿Cansado? —pregunté.

—Sí.

Rebusqué en el bolsillo de mi delantal y extraje una caja de caramelos mentolados. Le ofrecí uno y él lo aceptó con exquisita formalidad.

—Bien, continuemos. ¡Ánimo, que Minami vendrá a ayudarnos pronto!

Nagisa asintió con la cabeza.

—La señorita encargada... —empezó Nagisa como si hablara para sí mismo— es una amiga muy especial de Sugawa, ¿verdad?

—¿Eh?

—Quiero decir que son novios, ¿no?

—¿Cómo?

—Bueno, en cualquier caso, yo creo que formarían una buena pareja...

Incliné la cabeza, pensativo. Aquello eran palabras mayores.

—La verdad es que Sugawa y ella, y también Waku, forman un grupo muy bien avenido de excompañeros de instituto —convine—. Los tres formaban parte del Club de Lectura de los Viernes. Así que supongo que sí que son amigos... especiales. Tan especiales como para seguir trabajando juntos después de terminar sus estudios. Pero tanto como que sean novios...

Sin embargo, Nagisa tenía algo de razón: bastaba ver a Sugawa y a Makino, uno al lado del otro, para percibir su afinidad. Aun así, nunca capté ningún tipo de atracción entre ambos. Quizá porque no quería verla.

De pronto, recordé las lágrimas de Makino en aquel mismo lugar, aquella imagen de ella llorando, con aquella tristeza tan difícil de concebir durante las horas de trabajo arriba, en la librería. ¿Quién y qué había provocado su tristeza? Este interrogante me hizo sentir que entre ella y yo se abría una enorme distancia, lo que me sumió en una terrible desesperación.

—Creo que es otra persona —añadí—, y no Sugawa, quien ocupa un lugar importante en su corazón.

Nagisa me miró perplejo, quizá porque sin darme cuenta mi tono había sonado dramático. Seguramente, un chico tan despierto como él habría captado algo en el modo en que me expresé. Si fue así, en cualquier caso no dijo nada. Se notaba que era un niño acostumbrado a desenvolverse con adultos.

—¿Seguimos? —preguntó Nagisa, alzando el lector de códigos de barras.

Era el turno de la estantería de literatura extranjera. Nagisa tomó un libro, precisamente *Momo*, de Michael Ende, en edición de Iwanami Shonen. Tan menudo era el ejemplar que cabía perfectamente en sus pequeñas manos. Mientras pasaba el lector de códigos de barras, con la mirada baja, susurró:

—Sugawa es como Momo, ¿a que sí?

No supe qué contestar. Jamás se me había pasado por la cabeza semejante comparación. Nada había en ellos, a primera vista, que los hiciera comparables. Momo vivía en las ruinas de un pequeño anfiteatro. Era menuda y delgada, de entre ocho y doce años —imposible adivinarlo—, y tenía el pelo negro y rizado, tan alborotado y desaliñado que no debía de conocer peine ni tijeras, y los ojos grandes y hermosos y, por supuesto, tan negros como el carbón. Sus pies descalzos y cubiertos de roña delataban su condición de vagabunda.

—¿En qué se parecen?

Ante mi pregunta, Nagisa se rascó la nariz y levantó la mirada hacia los conductos de ventilación del techo.

—Con los dos es fácil hablar —contestó el niño—. No es solo que sea fácil, es que uno desea hablar con ellos.

—En eso no te equivocas. Sugawa sabe escuchar, de eso no hay duda —admití.

—¿Verdad? Y por eso siempre está rodeado de amigos.

Asentí con la cabeza a pesar de la obviedad que Nagisa acababa de decir, considerando que los compañeros de trabajo de Sugawa eran también sus amigos. Nagisa suspiró, hojeó el libro que sujetaba entre sus manos y añadió:

—Yo estoy justo en la situación contraria. Soy como uno de esos hombres grises de esta novela. Por eso es imposible que Momo y yo podamos llegar a ser amigos.

Los hombres grises eran los ladrones del tiempo que salían en la novela de Michael Ende.

—«No eran invisibles, pero se las ingeniaban fácilmente para pasar desapercibidos» —leyó Nagisa con su voz cristalina de soprano y un eco de tristeza.

—¿En qué sentido dices que eres como uno de esos...? —empecé a decir. Nagisa me interrumpió.

—Igual que les ocurre a ellos, la gente tampoco me ve a mí. Lo único que ven cuando me miran es al niño que sale en la televisión. No ven más allá —dijo, clavando sus grandes ojos negros en mí, con aquella mirada tan indudablemente fotogénica.

—¿Quieres decir que no te entienden?

—Eso es; aunque, a decir verdad, no me importa demasiado, porque no hay mucho que entender.

Ante la sorpresa que me causaron sus palabras, lo miré con atención, pero él se mantuvo impertérrito.

—Estoy vacío por dentro —continuó—. Por eso puedo interpretar el papel que me manden; por eso soy el niño de la tele. A lo mejor, eso es lo que soy verdaderamente.

—Pero ¿qué me dices de tus amigos del colegio? Cuando estás con ellos, no creo que seas solo el niño de la tele.

—No tengo amigos... —respondió categórico—. En el colegio, no me queda más remedio que adaptarme a mis compañeros de clase, pero sus conversaciones no me interesan y sus chistes no es que me molesten, pero no me hacen gracia. Por más que sean compañeros de clase, no creo que pueda llamarles amigos.

—Cierto... —admití, al recordar mi época de colegio e instituto. Nagisa tenía razón, había sido claro como el agua. Volví a fijarme en el destello de inteligencia de sus ojos y decidí no dejarme convencer tan rápido—. Pero ¿qué me dices de tu trabajo? ¿No hay otros niños actores que puedan hacerse amigos tuyos? ¿O empleados del equipo técnico?

Nagisa suspiró e hizo un gesto alzando la punta de la nariz.

—Pero ¿es que eres tonto?

—Eh...

—Los otros niños actores son rivales y los del equipo técnico son adultos, sin tiempo para nada.

Guardó silencio y volvió a pasar las páginas de *Momo*.

—«Los adultos despreciaron a los niños, pero también se despreciaron a sí mismos. En definitiva, despreciaron todo» —leyó y añadió—: Opino lo mismo.

—Bueno, ¿y tus padres?

—¿Mis padres? Tienen una cadena de tiendas de productos de segunda mano, pero de primera calidad. Se llama Tsumori. Se ha expandido por todo el país y hasta se anuncia por la tele.

—¡La conozco! —Empujé con rapidez el puente de las gafas. Había visto el anuncio en que un gato dorado bailaba mientras decía a los espectadores: «Tráiganos los artículos que ya no use, miauuu».

—Están muy liados con el trabajo —agregó.

Asentí con la cabeza. Naturalmente, yo sabía lo que era aquello: mi padre era el presidente de la cadena de librerías Chikai. A la imagen de mi padre, sonriente y rodeado de sus queridos libros, se superpuso en mi imaginación la de mi padre enfermo y convaleciente. No creía que la enfermedad se debiera a las largas horas que mi padre pasaba trabajando, pero es posible que, si no hubiera estado tan ocupado, hubiera sido diagnosticado antes.

Nagisa continuó hablando, sin percatarse del repentino desánimo que acababa de sobrevenirme.

—Al menos, les gusta lo que hacen. Pero solo tienen tiempo para su trabajo; me recuerdan a los adultos que han caído en la trampa de los hombres grises en *Momo*. Para ellos, nosotros los niños lo único que hacemos es quitarles tiempo de trabajo y darles problemas.

—Eh, pero...

—No te molestes en consolarme. No estoy diciendo que me detesten; todo lo contrario, hacen las cosas lo mejor que pueden..., pero a su manera. Se esfuerzan por que todo vaya bien para todos, tanto para ellos como para mí. Por eso se les ocurrió lo de las actividades extraescolares. Así matan dos pájaros de un tiro: por un lado, confían a otros adultos mi educación; por otro, se libran de mí. Solo que mis padres no se conformaron con poco y me buscaron algo que me ocupara el mayor tiempo posible.

—¿Tu carrera como niño actor?

—Sí, hasta el punto de que mis padres nunca me han llevado a clase, siempre voy yo solo; y después de que en la agencia me dieran mis primeros papeles, Yumi se convirtió en mi tutora a tiempo completo.

Dirigí la mirada a *Momo*, todavía entre las manos de Nagisa. En efecto, los niños de la novela se veían a sí mismos como abandonados. Nagisa era, de todos modos, un niño inteligente: ¿de verdad estaba tan abatido y desanimado como decía?

—Los hombres grises no soportan a Momo —prosiguió Nagisa—, pero en el fondo quisieran vivir como ella. La persiguen, la persiguen, pero no pueden ni podrán atraparla —dijo casi jadeando, y al terminar rehuyó mi mirada y bajó la vista al suelo. Su rostro era hermoso, pero bajo su pálida piel no parecía haber calor—. Qué cansado es esto de hacer inventario, ¿eh? —agregó. Entonces, sonrió y unas finas arrugas se le dibujaron junto a las comisuras de sus labios.

Sentí cierto azoramiento al caer en la cuenta de que yo, a pesar de sacarle unos diez años, nunca había reflexionado así sobre mi propio lugar en el mundo. Por eso, no supe qué replicar y solo me sentí frustrado conmigo mismo.

—¡La cena está lista!

Ambos nos volvimos a la vez y vimos a Makino, sujetando una enorme y pesada linterna, en el umbral de la puerta de entrada.

—¿Cuánto tiempo llevas ahí? —preguntó Nagisa con indisimulada incomodidad y haciendo un gesto de desdén.

—Acabo de llegar —se limitó a replicar Makino.

Debió de pensar que íbamos con cierto retraso, pero no solo no nos lo recriminó, sino que señaló la escalera de ascenso con el mismo aire alegre habitual en ella.

—¡Vamos! ¡Nos espera una deliciosa crema de espárragos!

Y, sin mayor demora, dirigió el foco de luz hacia los escalones y comenzó a subir. Nagisa y yo registramos un código de barras más y seguimos a Makino, casi como si estuviéramos compitiendo por ver quién llegaba antes.

Para preparar la cena, Sugawa había aprovechado al máximo los ingredientes que los lugareños le habían entregado: espárragos en abundancia, patatas, repollo, cebolla y hasta beicon, y a pesar de que no estábamos en invierno, disfrutamos como nunca de la crema caliente. La sensación cálida del líquido fluyendo desde la boca hasta nuestro estómago nos devolvió la energía en un santiamén.

—¡Mirad, qué lujo! —exclamó Makino, mostrándonos una cesta de mimbre repleta de *baguettes* de nueces y queso ahumado, pan de centeno con higos y pan francés con forma de tortuga, todo procedente de la panadería Cunit.

—¡Panecillos con forma de tortuga! —exclamó Nagisa.

—Me pasé por Cunit justo antes de que cerraran. Me han tomado por una mula de carga —resopló Waku.

Sugawa entornó sus ojos azules y se volvió hacia Nagisa. El tono azul de sus ojos cambiaba de intensidad bajo la luz de la lámpara, produciendo un efecto extraño.

—¡A lo mejor es Casiopea! —volvió a exclamar Nagisa. Se refería a la tortuga amiga de Momo, que vivía fuera del tiempo y podía ver el futuro más próximo.

Sugawa entornó aún más los ojos, dejando entrever una sonrisa. Al parecer, Casiopea había sido, de hecho, la inspiración para aquella forma del pan, y Nagisa, animado por su complicidad con Sugawa, tomó el pan.

Los demás seguimos su ejemplo y también nos hicimos con sendos panecillos con forma de tortuga.

Terminados los panecillos y vacía ya la olla donde Sugawa había preparado la crema de espárragos, Makino se puso en pie:

—Yo me encargo de fregar —dijo, rodeando el mostrador—. Sugawa, puedes sentarte aquí.

Mientras cenábamos, Sugawa había ocupado un taburete que se había llevado detrás del mostrador. Sin duda, aquel lugar debía de ser su fortaleza, el sitio donde se encontraba más a gusto, pero ahora tenía que cederle el escaso espacio a Makino. A pesar de que ser arrastrado fuera de sus dominios no debía de hacerle mucha gracia, Sugawa no emitió ninguna protesta y tomó asiento dócilmente en el taburete que había ocupado Makino hasta ese momento.

Makino abrió enérgicamente el grifo del fregadero.

—¡Sugawa! ¿Recuerdas el primer libro que propusiste leer en nuestro Club de Lectura de los Viernes? —preguntó.

—*Momo* —contestó Sugawa sin vacilar un instante.

—¿Sí? ¿No fue *Opa!*, de Takeshi Kaiko? —intervino Waku.

—No, el primero fue *Momo*.

Sus ojos adquirieron un brillo distinto cuando miró alternativamente a Makino y a Nagisa. Sorprendentemente, aquel brillo era de nerviosismo. Makino escurrió el estropajo, despidiendo algunas pompas de jabón, y sin separar la vista del fregadero dijo:

—Podrías contarle a Nagisa aquello de lo que hablamos cuando comentamos *Momo* en el club de lectura.

—Eh, pero...

—Vamos, ¿por qué no? —Makino detuvo sus manos y escudriñó un plato como si hubiera descubierto en él algún rasguño. Luego soltó una leve carcajada y asintió con la cabeza—. Puedes contarlo, a mí no me importa.

Sugawa, todavía confundido, le dirigió una mirada a Waku. Este hizo un gesto agrio, se encogió de hombros y, alzando el mentón, dijo:

—Adelante, Sugawa.

Sugawa volvió a mirarnos a Nagisa y a mí, y después se concentró en el primero y empezó a hablarle con voz suave:

—Verás, yo no tenía amigos en el colegio.

—¿No? —exclamamos Nagisa y yo al unísono, enderezando el rostro y mirándonos durante un brevísimo instante.

Sugawa continuó, impasible a nuestra reacción:

—Yo era aún más taciturno que ahora.

—Pero es increíble que alguien pueda desenvolverse en la vida sin necesidad de hablar —interrumpió Waku, lo que provocó una ligera reprimenda por parte de Makino en forma de carraspeo. No cabía duda de que Waku era del tipo de persona que no puede estar callado.

—Estaba tan agobiado con el examen de ingreso al instituto que no tenía tiempo ni para jugar un rato —prosiguió Sugawa—. Aspiraba a entrar en una universidad pública que tenía un convenio con ese instituto, aunque, a decir verdad, no sé si era yo quien lo deseaba o eran mis padres. —Sugawa ladeó la cabeza, como si, en el fondo, aquello no fuera asunto suyo—. Quizá no fuera suficientemente listo o me faltaba una buena técnica de estudio, pero cada vez me costaba más trabajo sacar buenas notas, y después de dedicar tanto esfuerzo y tantas horas al estudio, durante días, semanas y meses, de pronto un día ya no pude más.

—¿Qué quieres decir? —preguntó Nagisa, lleno de desasosiego.

—Que, de repente, olvidaba cosas o sudaba o me entraban ganas de llorar y lloraba sin parar; notaba una presión en el pecho que me dejaba paralizado. Era como si mi cuerpo no me perteneciera. No sentía nada, ni tristeza ni alegría. Estaba aterrorizado.

—¿Y no dejaste de estudiar antes de llegar a ese punto? —volvió a intervenir Nagisa. Su rostro reflejaba la angustia de aquella situación, por más que Sugawa se mantuviera completamente tranquilo.

—Ni se me pasó por la cabeza dejarlo, porque estudiar era lo único que tenía. Veía mi vida pender de aquel examen de ingreso y de aquel instituto. Tenía la impresión de que, si no aprobaba, yo mismo desaparecería... Shuuu. —Y juntó sus manos.

Aquello nos produjo una gran impresión: yo contuve la respiración y me sujeté la montura de las gafas mientras que Nagisa, boquiabierto, no podía apartar la vista de Sugawa. Ambos comprendimos que aquel Momo que era el propio Sugawa había sido, pese a todo, un hombre gris en una época anterior; había ocupado, por así decirlo, el mismo lugar que ocupábamos nosotros ahora.

Sugawa esbozó una sonrisa y a Nagisa se le ruborizaron las orejas. Este bajó la mirada hacia su plato, tomó en sus manos la rebanada de pan de centeno con higos que aún le quedaba y le dio un mordisco; y mientras masticaba, hinchando las mejillas, dirigió la mirada al ejemplar de *Momo*, todavía ubicado en el mismo lugar, al otro lado del mostrador.

—Pero, Sugawa, dijiste que ese ejemplar de *Momo* te lo había dado una persona muy especial; o sea, que sí tienes amigos, ¿o no?

Sugawa desvió la mirada y la dirigió, de soslayo, a Makino, que seguía fregando. Le pasó a ella algunos de los platos que ya estaban vacíos y habló despacio:

—Fue un amigo que vivía cerca de casa.

—¿Un amigo de la infancia? —fui yo, esta vez, quien preguntó.

Sugawa negó con la cabeza.

—Vivía cerca de mi casa cuando éramos niños, pero no es que fuera un amigo. Era un niño que, por una enfermedad, no podía ir a la guardería ni, después, al colegio. Estaba siempre ingresado en el hospital y no recuerdo haber jugado ni hablado con él, ni siquiera haberlo visto durante su larga convalecencia.

»Al parecer, logró recuperarse y se incorporó a mi colegio un otoño, cuando estábamos en sexto de primaria. A lo largo de aquellos años de enfermedad había asistido a clases en el hospital universitario donde estuvo ingresado, solo que, obviamente, no estaba igual de preparado que los niños que sí habíamos asistido al colegio. De hecho, su nivel era más bajo. —Sugawa hizo una pausa y añadió, entre dientes—: Es solo que éramos niños y yo no me di cuenta de eso.

»El caso es que era muy listo y se adaptó enseguida. Hizo muchos amigos y se ganó la confianza de los profesores. Fuera de las horas de colegio y durante los fines de semana, seguía recibiendo clases de recuperación. Su esfuerzo dio sus frutos y no tardó en ponerse al día.

Sugawa se trababa levemente al hablar, pero era en el tono de voz y en la expresión de su rostro donde había algo un poco diferente a lo habitual. Aquel *algo* debía de proporcionarlo tal vez el recuerdo de su amigo.

—Como he dicho, yo estaba pasándolo francamente mal, y un día, en medio de la clase, no sé si por algún motivo concreto o sin motivo, me derrumbé, sufrí un ataque de nervios. Volqué la mesa y lancé la silla. Rompí el cristal de la ventana y aullé como un loco. Mis compañeros de clase se asustaron y el profesor se quedó lívido. Al fin y al cabo, los demás habían olvidado mi existencia en la clase y me habían dado de lado; nadie sabía por lo que estaba pasando yo. Ni siquiera yo entendía qué me estaba ocurriendo.

—¿Y qué sucedió después?

—Vinieron tres profesores y me sacaron del aula —dijo con toda tranquilidad, incluso esbozando una sonrisa—. Llamaron a mi madre y, mientras ella iba al colegio, yo volví a casa. No había nadie y me metí en la cama; recuerdo lo mucho que me tranquilizó el silencio, la oscuridad y el calor bajo las sábanas, y pensé que lo mejor sería permanecer allí, tumbado, durmiendo, y abandonar todo: colegio, examen de ingreso en el instituto y todo mi futuro. Dormiría hasta morir. Deseé que el corazón se me parara lo antes posible. Eso era lo único que pensaba.

A mí se me había puesto el corazón en un puño al escuchar a Sugawa hablar con semejante crudeza sobre aquel terrible episodio de su vida. Por su parte, la sorpresa inicial de Nagisa había ido dando paso a otro tipo de sentimiento, uno de cercanía e identificación con lo que estaba escuchando. Todo aquello le debía de resultar demasiado familiar. Al menos, a mí no me costaba imaginármelo acurrucado en su cama, abatido y sin ganas de ponerse en pie.

—Y, así, pasé una semana en cama, sin ningún deseo de levantarme, convencido ya de que nada me haría salir de allí, hasta que vino a visitarme aquel compañero de clase.

—¿El chico del hospital? —preguntó Nagisa.

—Así es. Se llamaba Jin y se convirtió en mi primer amigo. Con la excusa de que vivía cerca, pasó sin avisar a visitarme. Y me trajo la novela de *Momo,* en esa edición en tapa dura brillante y con funda. «Es mi libro favorito y me gustaría que lo leyeras», dijo.

Imaginé la escena mientras mantenía la vista puesta sobre aquel libro que ahora reposaba sobre el mostrador, preguntándome qué expectativas, qué sueños e ilusiones podía tener aquel niño que había pasado su infancia en una cama de hospital y siempre con el mismo paisaje al otro lado de la ventana. No hallé respuesta. Aquel mundo que se describía en *Momo* tal vez no fuera muy diferente del nuestro. Todo lector, al sumergirse en su lectura, seguramente sentía esa brisa de libertad que soplaba entre las páginas del libro; y Jin había querido que Sugawa participara de esta.

—¿Lo leíste entonces? —preguntó Nagisa.

—Sí —afirmó Sugawa—, pero no porque me interesara el libro, sino por curiosidad hacia Jin, aquel chico que se había pasado la vida sin asistir al colegio, y que, cuando se incorporó a clase, ya tenía amigos al día siguiente. Pensé que podría entenderlo, aunque fuera un poco, si leía el libro que acababa de traerme.

—¿Y lo entendiste?

—¿A Jin? No, nada. Bueno, un poco sí: comprendí que Jin tenía mucho en común con Momo, que ambos compartían cierta esencia.

Nagisa se estremeció, exhaló un sonoro suspiro y, clavando sus ojos en Sugawa, preguntó:

—¿Pensaste que si hablabas con Jin te encontrarías a ti mismo?

—Sí, creo que algo así debí de pensar. —Asintió repetidamente con la cabeza mientras entrecerraba, una vez más, sus ojos azules. A continuación, enfocó la vista en un punto del espacio—. Leí *Momo* en un día; y después, volví a leerlo, dedicándole más tiempo:

tres días. Por fin, saqué fuerzas para levantarme e ir al colegio; quería, al menos, poder devolverle el libro a Jin.

»Al verme, Jin sonrió y señaló el libro. "¿Te ha gustado?", me preguntó, y al contestarle que sí, me lo regaló. Me dijo que, de todos modos, tenía otro ejemplar, que este lo había comprado expresamente para regalármelo (claro, por eso estaba tan nuevo). Al parecer, era hijo del dueño de una librería de la zona donde vivíamos.

»Le agradecí de todo corazón el regalo y, entonces, me invitó a unirme al juego con los demás compañeros. Gracias a él, encontré mi lugar en la clase.

Recogí los últimos platos (Nagisa había sido el último en terminar) y los apilé junto al fregadero, donde Makino llevaba ya un tiempo inmóvil, escuchando exclusivamente a Sugawa.

—Minami, te ayudo —propuse—. Déjame secar estos que ya has fregado.

—De acuerdo —aceptó, y como si hubiera vuelto en sí al escucharme, se apremió a abrir el grifo del agua caliente para continuar.

—¿Y qué pasó después? —preguntó Nagisa, apoyando la barbilla sobre la palma de sus manos, con ojos somnolientos. Su sueño estaba más que justificado: era tarde, estaba fuera de casa y había estado aprendiendo y realizando tareas completamente nuevas para él.

—Nagisa, mañana tienes rodaje a primera hora. Será mejor que te acuestes —sugirió Sugawa.

—Pero ¿qué pasó con Jin? —insistió el pequeño, a pesar de que el sueño iba venciéndolo—. ¿Sigue siendo amigo tuyo?

—¡Pues claro!, ¿por qué no iba a serlo? —bramó Waku, entrometiéndose en la conversación con una sonora carcajada.

Me ajusté las gafas, que ya empezaban a resbalárseme por el puente de la nariz, y pregunté:

—Waku, ¿también conoces al amigo de Sugawa?

—¿Te refieres a Jin? ¡Por supuesto! Era uno de los miembros del Club de Lectura de los Viernes.

Me quedé de piedra y me invadió la inquietud. Lancé una mirada furtiva a Makino y pregunté, de la manera más discreta posible:

—Makino, entonces, también lo conoces, ¿verdad?

El agua caliente seguía brotando del grifo, y sin dejar de frotar con el estropajo, Makino asintió con la cabeza. Noté una repentina sequedad en la garganta y la voz me salió ahogada:

—Y Jin..., ¿ahora...? —me interrumpí. Deseaba preguntarle dónde estaba ahora, quería saber si había sido él quien había respondido que no estaba de acuerdo, en referencia al dilema al que se enfrenta Marlowe al final de la novela *El largo adiós*, de Raymond Chandler, si había sido él quien había hecho llorar a la siempre risueña Makino, pero no lo hice: al otro lado del mostrador, el sueño había vencido a Nagisa, que corría el riesgo de caerse del taburete...

Con tal ímpetu acudió Sugawa a sujetarlo que el taburete que ocupaba se desequilibró y cayó al suelo. El sobresalto hizo que Waku vertiera su bebida y soltó uno de sus bramidos, pero Nagisa, ajeno por completo a aquel repentino estrépito, continuó durmiendo; ninguna arruga le cruzaba ya la frente entre ceja y ceja, y su rostro relajado era el de un ángel. ¿Cómo no le iban a ofrecer trabajo de niño actor, si parecía salido de una estampa?

Sugawa lo llevó en brazos hasta el sofá ubicado junto a una de las mesas de la cafetería y Nagisa durmió de un tirón hasta la mañana siguiente, cuando se despertó descansado y con una limpia sonrisa, cual Principito de Saint-Exupéry.

—Anoche me quedé dormido. Lo siento —dijo, acompañando la disculpa con una reverencia perfecta.

—Vamos, vamos, no es nada. Bastante nos ayudaste... —Makino, que se encontraba sentada en uno de los taburetes frente al mostrador de la cafetería, se volvió hacia nosotros y sonrió. Quizá trataba de simular estar bien despierta, pero en su mejilla todavía era visible la marca de las sábanas. Sin duda, se acababa de levantar. La conversación había acabado retrasando el trabajo de inventario, que no concluyó hasta el amanecer.

En mi mente, flotaban aún las preguntas que no había llegado a pronunciar la noche anterior, pero, desde luego, tampoco era aquella mañana el momento adecuado para sacar de nuevo el tema.

Sugawa, en su puesto tras el mostrador y con la pajarita anudada al cuello, preparaba diligentemente café. Daba la impresión de que había sido el primero en despertar. O de que, tal vez, ni siquiera había llegado a dormir.

—¿El lugar de rodaje está cerca? —preguntó.

—Sí. Es en vuestro antiguo instituto —contestó Nagisa—. Vamos a rodar unas escenas de un evento deportivo en el patio del colegio.

—¡No me digas! —terció Waku, saliendo de su saco de dormir, en el que había dormido no lejos del mostrador. Los ojos, desde sus profundas cuencas, le brillaron—. ¡Nuestro querido instituto Nohara va a salir en la tele!

—Por favor, venid a verlo. Empieza a las seis —propuso Nagisa, mientras daba cuenta de un sándwich de huevo que Sugawa había preparado para el desayuno.

Waku asintió entusiasmado y, entonces, todos nosotros recorrimos con la mirada el espacio de la librería.

—No deberíamos perdérnoslo —dijo entonces Waku—. ¡Esto no pasa todos los días!

—¿Qué es lo que no pasa todos los días? —pregunté.

—Cierra el pico, mequetrefe. No infravalores el mundo del espectáculo, el mundo de los sueños. Ten en cuenta que esto no es Hiroo, tu barrio; aquí no suelen venir los de la tele. ¿O sí?

Solicitó la conformidad de Makino y de Sugawa, pero ambos se limitaron a ladear la cabeza.

—Vamos, vamos. —El tono de Waku era ya suplicante—. Nos da tiempo a ir y volver antes de abrir la librería.

—Eh, bueno, yo preferiría dormir un rato más —dije.

—¡Mequetrefe! ¡El más joven y el más perezoso! ¿Dónde está tu espíritu de equipo?

Makino, que había estado escuchando en silencio mientras sorbía su café, dejó la taza sobre el platito, miró sonriente a Nagisa y anunció:

—Decidido: iremos a verte rodar esas escenas.

Para llegar al instituto Nohara desde la estación había que tomar una carretera —perpendicular a la nacional— que llevaba a la cima de la montaña. Estaba a mitad de camino. A pie se tardaban solo veinticinco minutos, si bien la pendiente se iba volviendo pronunciada. También había un autobús de ida y vuelta que salía de la rotonda de la estación, y bicicletas de alquiler.

Pero fuimos en taxi. La señorita Itabashi llegó para recoger a Nagisa y todos subimos al vehículo monovolumen, con tamaño de sobra para acomodarnos, y pusimos rumbo a la montaña. El taxi había recogido a otras personas que también acudían a presenciar el rodaje, llenas de curiosidad. Yo era el único a quien el rodaje no le importaba mucho. Lo que, sin embargo, sí me producía expectación era visitar el instituto donde había estudiado Makino.

Por fin, llegamos ante una extensa mole de siete plantas y diseño asimétrico en todas sus coordenadas, que se alzaba, imponente cual fortaleza, sobre un entorno rural con montaña al fondo.

—¡Qué original!

—Lo llamábamos la Kouloon de Nohara. ¿No te recuerda la ciudad?

—¡Ah, Kouloon! Sí, sí; algo sí se parece —admití, al tiempo que empujaba el puente de mis gafas con el dedo índice.

—¡El patio está en la parte de atrás! —gritó Waku, señalando el edificio con el dedo.

Atravesaron la puerta principal del recinto, considerablemente pequeña en comparación con la magnitud del lugar, y siguieron un camino que bordeaba el edificio y parecía eternamente sumido en la sombra, hasta llegar a un patio adornado con banderines de todos los países, repleto de canastas y con un gran marcador al fondo, y que, esta vez sí, era de tamaño normal.

—Esperaba un patio más grande, la verdad —comenté, sin ocultar mi decepción.

Waku esbozó una sonrisa petulante y dijo:

—Pues sí, no puede decirse que el primer patio sea demasiado amplio.

—¿Primer...? ¿Es que hay un segundo patio?

—Hay ocho. —Tragué saliva y Waku asintió satisfecho—. ¡Así que cuidado, no menosprecies mi instituto!

El rodaje tendría lugar en aquel primer patio y todos aquellos banderines y objetos variados habían sido instalados allí a propósito para recrear un evento deportivo auténtico. Miembros del equipo de producción ultimaban los detalles, bajo el aire puro de primera hora de la mañana, mientras una multitud de curiosos se agolpaba tras un cordón de seguridad, siguiendo todos los movimientos y vitoreando a los actores que esperaban pacientemente en el patio y los fotografiaba con el móvil.

Noté cómo a Makino, situada junto a mí, le brillaban los ojos, y aproveché para preguntarle:

—Todo esto te traerá recuerdos, ¿verdad? Supongo que tú también participaste en muchas actividades deportivas en este mismo patio.

—Por supuesto. Me encantaba jugar al críquet.

—¡Al críquet...! —repetí, y no pude continuar. Aun sin demasiada nitidez, la imagen de una Makino joven y repleta de la vitalidad se materializó en mi cabeza, haciéndome enmudecer.

Nagisa había adoptado una actitud profesional y, entremezclado con los actores adultos, escuchaba con atención las instrucciones del director. Vestía indumentaria deportiva: una camiseta blanca y unos pantalones cortos azul marino. ¿Cuándo le había dado tiempo a cambiarse? Su gorra blanca y roja, tan nueva y reluciente, acentuaba la artificiosidad de lo que lo sucedería frente a nosotros.

Cada vez que se repetía una toma y el director ajustaba el movimiento de los actores y la posición de la cámara, los niños —Nagisa incluido— tenían que pasar corriendo de nuevo por el mismo lugar. Lo hacían sin desfogarse, empleando la energía justa. Yo no entendía mucho de rodajes, pero admiré su paciencia y buen ánimo cuando repetían tantas veces, sin apenas variaciones, una misma escena. Me sorprendió lo mundano de aquel trabajo que yo siempre había creído rodeado de glamur, luz, cámara y acción. Mientras contemplábamos aquellos ensayos y repeticiones, el tiempo transcurrió y, de pronto, los actores se relajaron y el equipo se dispersó. Era la hora del descanso.

Nagisa corrió al lado de Itabashi y le dijo algo. Itabashi sacó un bolígrafo rojo, le quitó la capucha y anotó algo en una de las páginas del guion. Seguidamente, le entregó a Nagisa una botella de té y este bebió con ganas a la vez que miraba a su alrededor. Como pensé que debía de estar buscándonos, especialmente a Sugawa, alcé la mano y lo llamé.

—¡Nagisa!

Al verlo aproximarse a mí, corriendo, volví a caer en la cuenta de que tan solo era un niño. Y, sin embargo, en el suspiro que emitió al unirse a nosotros se percibía la seca gravedad de un adulto.

—Descansa un poco —le aconsejé.

—Sí, lo necesito —confirmó él—. Con cada repetición, hemos tenido que correr cien metros. Y eso que solo estábamos ensayando... —Bajó la mirada y arañó con las uñas la etiqueta de la botella.

Para que no cundiera el desánimo, Makino preguntó con delicadeza:

—¿De qué trata la escena?

—Resulta que hay un evento deportivo. El protagonista y la protagonista acuden como espectadores, se miran y uno descubre un secreto del otro.

—¿Solo con la mirada?

—Bueno, es que uno de los dos le está siendo infiel al otro y este descubre en la mirada del otro que algo no va bien. —Nagisa se encogió de hombros—. Nuestro trabajo requiere más esfuerzo. Nosotros tenemos que correr y correr mientras que a los actores adultos les basta con mirarse.

—Vaya... —repliqué.

En ese preciso instante, Itabashi se acercó a nosotros, guion en mano.

—Nagisa, ve preparándote —avisó con desenvoltura, sin atisbo de severidad, y a nosotros nos dirigió una sonrisa y una leve inclinación de cabeza. Su mirada y sus gestos hacia el niño eran cálidos, sin aspereza, cercanos como lo serían los de un miembro de la familia. Ella era más que una agente; era como un ángel de la guarda para el niño, la que velaba por que todo saliera bien y quien sostenía su floreciente carrera como actor—. ¿Te acordarás del cambio que han hecho en lo que tienes que decir?

El interpelado asintió con la cabeza y, a continuación, mudó de expresión, se metió en el papel y recitó su frase:

—¡Sumire! ¿Estás ahí, Sumire? ¡Sumire! ¿Dónde estás? —Su voz sonó más atiplada y cristalina que nunca.

—¡Estoy aquí! —Fue Itabashi quien le dio la réplica, leyendo la misma página del guion donde había hecho una anotación en rojo.

—¡Sumire, por favor, participa conmigo en la carrera!

—¡Sí! —Y cambiando el tono—: Bien, Nagisa, está bien. —Cerró el cuadernillo del guion con un golpe seco y sonrió.

Nagisa entrecruzó los brazos detrás de la cabeza y, con aire aburrido, volvió al lugar del rodaje.

—Siempre me dan personajes que dicen cualquier cosa, porque no encuentran lo que realmente quieren decir... —masculló mientras se alejaba, con ese tono relajado e indolente que solo le salía cuando Itabashi estaba presente (con ella se sentía como en casa).

—¡Oye! —le gritó Makino al contemplar aquella imagen de desidia y vulnerabilidad que proyectaba el niño—. ¡A ver si aciertas esta adivinanza!

—¿Eh? —se volvió el pequeño.

—Señorita Minami, no creo que sea el momento... —comenzó a decir, alarmada, Itabashi.

—Tres hermanos viven en una casa —prosiguió Makino, ignorando a Itabashi—. Aunque los tres son diferentes, si intentas diferenciarlos, parecen tan idénticos como tres gotas de agua.

»El mayor no está. Enseguida viene.

»El segundo tampoco está. Acaba de salir.

»El benjamín sí está.

»Si él no estuviera, los dos mayores morirían.

El propio Nagisa interrumpió a Makino.

—¡Ese acertijo sale en *Momo*!

—¡Sí! ¡El maestro Hora se lo plantea a Momo!

—Como he leído el libro, conozco la solución; y sé lo que los tres hermanos representan, y lo que su casa representa, incluso lo que su país representa.

—¿Y qué te parece si... —empezó Makino, sonriente como siempre, y se detuvo un instante antes de continuar—: ... te digo que esta es mi propia versión de la adivinanza?

—Esto..., perdón, pero Nagisa tiene que estar listo para el rodaje —intervino con delicadeza Itabashi, sin poder ya contenerse. Makino siguió ignorándola y le preguntó a Nagisa:

—¿Qué necesita Momo para ser Momo?

—Pues... —El niño frunció el ceño mientras Makino nos tomaba a mí y a Sugawa del brazo, como tratando de ofrecer una pista.

—Si adivinas esto, podrás ser como Momo. Se trata de algo que no necesitan los hombres grises.

—Pues... —Nagisa miraba a Sugawa, que se encontraba junto a Makino, y aunque había repetido la misma palabra, esta vez la había pronunciado mucho más débilmente.

Itabashi no pudo aguantar más y caminó hasta Nagisa para conducirlo al lugar de rodaje.

A mí se me había entumecido el brazo, enlazado con el de Makino. Puesto que me picaba la curiosidad, le pregunté:

—¿Cuál es la solución al acertijo?

—¡¿Y por qué no te lees la novela, mequetrefe?! —rugió Waku, y para mi frustración, tiró de mi brazo y lo separó del de Makino. Luego me golpeó el hombro y enlazó su brazo al mío—. Bien, si Nagisa acierta el acertijo, ¿a qué nos invitas?

—A un Häagen-Dazs de té verde —contestó Makino, con la aprobación inmediata de Sugawa.

Aquello parecía un viejo juego de su época como alumnos del instituto. Me pregunté si Jin también habría sido partícipe de aquellos juegos y experimenté un vacío en el pecho, la profunda melancolía de quien ha sido dejado de lado...

—¡Preparados, listos...!

Un actor en el papel de profesor se disponía a dar el pistoletazo de salida. Vestía como un profesor de educación física, con pantalones de chándal y camiseta blanca.

—¡Ya! —disparó y Nagisa y los demás niños echaron a correr en perfecta sincronía mientras los extras, repartidos alrededor en calidad de público, lanzaban fervientes gritos de ánimo a los corredores.

Los niños corrieron con todas sus fuerzas hasta la mitad de la pista, donde los esperaban, esparcidos por el suelo, unas hojas de papel con un tema distinto escrito en cada uno. En un juego como aquel, los niños debían elegir un papel a medida que llegaban, pero en este caso ya se había decidido con antelación qué papel debía recoger cada uno y en qué orden. Una vez que hubieron recogido las hojas, todos los participantes, incluido Nagisa, las sostuvieron por encima de sus cabezas, con la cara escrita dirigida hacia el público.

—¡Corten! —se escuchó.

Al leer lo escrito en la hoja de papel de Nagisa, no pude evitar soltar una exclamación: allí, en letra grande y clara, podía leerse la palabra AMIGO. Y al mismo tiempo que me percataba de ello, también noté que Nagisa abría mucho los ojos e imaginé que en ese mismo instante acababa de descubrir la respuesta al acertijo de Makino.

«Huye para sentirse a salvo. ¡Solo piensa en sí misma, en sus penas y miedos! Pero ¿no son sus amigos quienes verdaderamente se encuentran en peligro? Si hay alguien capaz de ayudarlos, esa es Momo».

A partir del momento en que Momo se dio cuenta de ello, se produjo un importante cambio en ella:

«Con valentía y confianza en uno mismo, no hay nada que temer».

A partir de entonces, los hombres grises no pudieron volver a molestarla, y, además, encontró las fuerzas suficientes para ayudar a sus amigos.

La cámara se aproximó. Comenzaba el rodaje de la siguiente escena y un murmullo de expectación, procedente del público, se elevó ante Nagisa, que permanecía inmóvil. Entonces debía acercarse al público y, tal cual indicaba el guion, gritar: «¡Sumire! ¿Estás ahí, Sumire? ¡Sumire! ¿Dónde estás?». Sin embargo, no lo hizo. En lugar de ello, se volvió hacia el lado contrario, hacia los curiosos que se habían congregado para contemplar el rodaje, y con un tono de voz que en esta ocasión no surgió ni atiplado ni cristalino gritó:

—¡Sugawa, Sugawa, Sugawa! —Y, a continuación,

con un estremecimiento que le recorrió todo el cuerpo, fino como una vara, añadió—: ¡Sé mi amigo, por favor!

Por primera vez, ese mismo niño que siempre había sabido amoldarse al mundo de los adultos y comportarse con propiedad y corrección, y hacer en todo momento lo que se esperaba de él, había roto aquel pacto y había conseguido expresar sus anhelos más profundos e íntimos. Por fin, había plantado sus pies en el presente, no en el pasado ni en el futuro.

—¡Corten! —gritó el director, al mismo tiempo que alguien corría ya hacia Nagisa.

—¿Qué ha ocurrido? —le preguntó el hombre, que debía de ser el ayudante de dirección—. No es eso lo que tienes que decir, y debes de mirar hacia...

—¡Necesito un amigo! —exclamó entonces Nagisa—. Alguien que hable el mismo lenguaje que yo; no un amigo con el que mantenga una colaboración fría e interesada, profesional, sino alguien a quien pueda mirar como a una persona, como a un ser humano sin más, igual que Momo.

—¿Momo? ¿Qué es eso? ¡Venga, vuelve a tu posición! —Y ya alargaba el brazo para tratar de agarrarle la mano del niño, cuando Sugawa, como salido de la nada, se interpuso entre ambos—. ¿Y tú quién diablos eres? —bufó el ayudante.

Itabashi acudió de inmediato para disculparse ante Sugawa por la actitud brusca del ayudante y, seguidamente, se dirigió a este último:

—Por favor, deja a Nagisa continuar.

—¿Eh? Pero ¿no eres su agente? ¿Y estás pidiendo que le dejemos decir lo que le dé la gana? Mira, que niños actores tenemos de sobra... Lo sustituimos y todo resuelto.

—Bien, haz lo que quieras, pero permítele continuar hasta el final. Te lo ruego. Solo esta vez —insistió ella con una reverencia, pero también plantándose decididamente delante del ayudante, para bloquearle el paso.

Al verla hacer aquello, pensé que Nagisa había tenido la suerte de encontrar a la mejor agente posible. Sugawa aprovechó la intervención de Itabashi para tomar en sus brazos a Nagisa y alzarlo en volandas. Ambos corrieron entonces hacia la meta, donde aún no habían tendido la cinta que indicaba la línea de llegada. No importaba. Corrieron hasta el final y atravesaron la meta. En aquel momento, pensé que Nagisa lo había conseguido; había logrado ser como el personaje que lo había inspirado: Momo.

Algunos miembros del equipo de producción, alertados por aquel inocente motín que estaba desarrollándose delante de sus propios ojos, corrieron hacia Sugawa y Nagisa, pero antes de que les dieran alcance, Sugawa extrajo del bolsillo de su chaqueta el ejemplar de *Momo* publicado en Iwanami Shonen, y mientras se lo entregaba al pequeño, le dijo algunas palabras. No pude escuchar qué le dijo, pero a Nagisa se le iluminó el rostro mientras levantaba la vista para mirar con devoción a Sugawa. Finalmente, aceptó el libro tímidamente y lo sujetó entre sus brazos.

—¿Ese libro es...? —pregunté.

—Cuando terminamos el inventario al amanecer, después de que te durmieras, Sugawa lo compró. Dijo que para regalárselo a un amigo —contestó Makino, llevándose ambas manos a la boca para ahogar la risa de felicidad que estaba a punto de escapársele.

Sentí una gran satisfacción y volví a mirar a Sugawa y a Nagisa, confrontados ahora por el equipo de producción. Aquella situación irradiaba cierta comicidad y algo de patetismo, como solía ocurrir siempre que uno era testigo de la sintonía especial entre dos personas. Yo, hasta entonces, me había limitado a pulsar el botón de *me gusta* en alguna red social, cuando veía algo así, pero sin llegar a entenderlo ni a sentirme involucrado. Ahora ya sabía que lo patético y lo cómico eran solo una capa superficial de algo más importante, y ser consciente de ello probablemente me ayudaría a desenvolverme en la vida.

A Nagisa y a Sugawa estaba a punto de caerles una buena bronca por parte del equipo de producción, pero creo que para ellos eso era entonces lo de menos. La felicidad de encontrar un nuevo amigo estaba por encima de cualquier cosa.

Empujamos la mesa a un lado y esperamos. Todo estaba listo para una nueva sesión del club de lectura

Bizcocho, después de tanto tiempo. Cuando Naraoka, la organizadora, apareció radiante, los miembros y demás clientes de la librería la siguieron ordenadamente para tomar asiento. Todos llevaban paraguas mojados por la lluvia, y el último en aparecer en escena fue Nagisa, también con un paraguas azul colgado del brazo. Habíamos esperado ansiosamente aquel momento.

—Buenas tardes —saludó Nagisa, con una leve ronquera, quizá debido a los nervios y tal vez también porque estaba en edad de ir cambiando la voz. Entrecerré los párpados al recordar el bochorno que también a mí me había hecho pasar mi voz cuando tenía su edad. Nagisa buscó a Sugawa con la mirada y este asintió levemente con la cabeza.

—¿Qué tal estás? —preguntó.

—Muy bien. Además, me ha salido un nuevo anuncio para la tele. —Se detuvo, y tras reflexionar durante un instante, continuó—: Ah, y nos han dado un premio en el colegio por el baile en grupo que preparamos para la clase de educación física.

—¡Muy bien! ¿Y quién ideó la coreografía?

—Yo.

Nagisa resultaba encantador, aunque de una forma diferente a cuando actuaba en sus series o anuncios, con aquella leve torpeza en el habla y ese ligero aire de orgullo que afloraba de vez en cuando en su rostro.

Por recomendación de Itabashi, después de lo sucedido aquel día en el instituto Nohara Nagisa había reducido su participación en series de televisión, y trataba de aprovechar más su tiempo para ir al colegio, pasarse por La Librería de los Viernes y participar ocasionalmente en reuniones del club de lectura Bizcocho, como la de aquella tarde. Curiosamente, salir con menor frecuencia en la televisión había hecho aumentar sus ofertas de trabajo, cosa que había pillado por sorpresa incluso a la propia Itabashi, que a veces sonreía feliz, pero incrédula al pensar en ello.

—Hoy cedemos el primer turno a nuestro nuevo miembro Nagisa Tsumori, el más joven de nuestro club de lectura —anunció Naraoka, iniciando un aplauso que fue secundado de inmediato por todos los miembros del club.

Nagisa, libro en mano, dio unos pasos hasta el centro del círculo formado por los asistentes y tomó asiento en un taburete allí instalado.

—Voy a leer un fragmento de *El recuerdo de Marnie*, de Joan G. Robinson, una novela que leí siguiendo el consejo de la encargada de La Librería de los Viernes, Makino Minami. La verdad es que me encantó y, aunque la protagonista es una niña, me sentí identificado con ella por muchas razones; así que me gustaría leeros unas líneas que espero que os transmitan la emoción que a mí me transmitió el libro.

Tras la presentación de la novela, carraspeó y, con voz todavía áspera, comenzó a leer en voz alta. Todos permanecimos inmóviles, a la escucha.

Y, mientras tanto, yo podía oír el blando sonido de la lluvia afuera, aunque no debería escucharse desde donde estábamos.

4

Misterio en Nohara

La temporada de lluvias había llegado antes de lo previsto, empapándome en sudor con su humedad cálida y haciendo que la piel de los brazos se me pegara a la mesa metálica de la trastienda, en cuya superficie me había apoyado para echar un vistazo al móvil.

—¡Vaya! ¡No hay cobertura! —lamenté, haciendo dar un respingo a Makino, que atravesaba la trastienda cargada con un montón de libros. Se detuvo y me miró inquisitiva, con los ojos muy abiertos—. Eh... ¡Lo siento! —dije, apremiándome a cerrar el navegador del móvil.

—Vale, vale —rio Makino—. Estás en tu rato de descanso, ¿no? Eres libre de hacer lo que quieras.

—Tienes razón, pero ya me va tocando volver al trabajo. En fin, casi no hay cobertura, aunque a veces sí consigo conectarme.

—¿Cobertura?

—Me refiero a internet.

Aquello empezaba a ser un diálogo de besugos. Guardé silencio y me sujeté las gafas.

—Humm, creo que he interrumpido lo que estuvieras haciendo... —musitó Makino—. Discúlpame.

Y salió de la trastienda con la cabeza baja. Yo suspiré y me arrellané en la silla plegable. Quizá mi actitud le había parecido sospechosa, como si hubiera tratado de ocultarle alguna página web poco recomendable que yo estuviera mirando a escondidas. Me sentí decepcionado conmigo mismo. ¿Por qué se me daba tan mal entablar una conversación con naturalidad, sin sentirme culpable de algo?

Volví a suspirar y a abrir el navegador del móvil que acababa de cerrar y la pantalla se llenó de hilos anónimos de noticias, tanto verdaderas como falsas. Aunque gracias a aquella aplicación yo había conocido La Librería de los Viernes —se decía que era la librería donde uno podría encontrar el libro que necesitara—, al echar un vistazo aquel día, me encontré con un comentario que me provocó una sacudida. Alguna que otra vez, me había topado con habladurías acerca de la librería cuya falsedad era obvia, simples y llanas bromas. Si bien los comentarios que abundaban eran positivos, en ocasiones uno se encontraba con *posts* bastante desagradables. Uno que leí en aquel mismo momento aseguraba, sin ningún género de dudas, que el dueño de La Librería de los Viernes era miembro de la yakuza o mafia japonesa.

«Vaya con el vejestorio. El "noble anciano" lo llaman algunos. Muchos aires de dignidad, pero... qué calladito se tenía eso, ja, ja, ja», se burlaba otro. «Qué turbio suena todo, sobre todo estando él implicado», decía un tercero. No eran más que tres comentarios de mal gusto en medio de un océano de noticias positivas, pero se me hizo un nudo en el estómago. A pesar de que yo mismo pienso que quien no sea capaz de desechar y olvidar de inmediato cualquier rumor malévolo que lea en internet debería alejarse de las redes sociales, en aquel momento me faltó la fuerza de voluntad necesaria, y sentí rabia por ello.

Salí al cabo de unos minutos, una vez finalizado el descanso. En la sala de libros no había ningún cliente, pero sí un hombre de mediana edad apoyado en el mostrador del rincón de la cafetería. Vestía chaqueta de traje y hablaba con Sugawa. Me extrañó verlo allí antes de las cinco de la tarde, pues era demasiado pronto para alguien que tenía todo el aspecto de trabajar en una oficina.

Sugawa, luciendo su pajarita al cuello, su impecable camisa blanca y, por supuesto, el delantal verde musgo de empleado de la librería, pasaba la mayor parte de los días apostado detrás del mostrador preparando platos y bebidas. También aquella tarde, con su buena disposición habitual, la expresión serena de sus rasgos marcadamente japoneses, el cabello negro y sus ojos de intenso azul, escuchaba con suma atención lo que le contaba el cliente.

—¡Shhh, oye, Kurai! —oí decir suavemente detrás de mí. Me volví y descubrí de nuevo a Makino. Estaba de pie ante la mesa más cercana a la entrada, con los brazos extendidos hacia los lados y un brillo especial en sus grandes ojos—. Mira. ¿Qué te parece? —Tomó uno de los libros de la mesa—. Como se acercan las vacaciones de verano en el instituto Nohara, he pensado en preparar un rincón dedicado a la historia de Nohara, nuestra ciudad.

Antes del comienzo de las vacaciones estivales, era tradición pedir a los alumnos del primer curso de secundaria del instituto hacer un trabajo de investigación relacionado con la ciudad de Nohara.

Abandoné mi puesto tras la caja registradora y me acerqué a echar un vistazo al libro que Makino sujetaba en una de sus manos. Contenía multitud de información sobre la ciudad de Nohara: mapas de la ciudad desde la era Meiji, viejas leyendas e incluso canciones de cuna tradicionales y relatos sobre los primeros asentamientos en la zona.

—¿No es genial? Sin libros como este, no sabríamos nada de nuestra historia local.

—Bueno, ahora lo que me inquieta son unos rumores... —titubeé, mirándola a los ojos— sobre el noble anciano... No sé si me entiendes...

—¿Qué noble anciano? ¿Así es como llamas a tu abuelo? ¿Es que le ha pasado algo? —preguntó Makino, ladeando la cabeza extrañada.

Rápidamente, empujé el puente de mis gafas con el dedo índice. Al parecer, en el ámbito de las redes sociales se le conocía simplemente como «el noble anciano», quizá por el aire digno que aún conservaba, pese a estar bien entrado en años.

—Eh..., no, no. Me refiero a un político llamado Masanori Otani.

—¿Otani? ¿El secretario de Estado?

—¡Ese! Impone cierto respeto, ¿no?, para ser político japonés... —Me interrumpí al ver las mejillas de Makino tensarse y su boca arrugarse.

—Lo siento, pero no quiero hablar de ese señor —zanjó ella.

La negativa tajante de Makino me dejó con la palabra en la boca.

—Perdona... —dije, y en lugar de extrañarme por su rechazo a hablar del «anciano», lo que cundió en mí fue, más que nada, el desánimo de haber metido la pata hasta el fondo. Soy consciente de que en un entorno laboral nunca debe hablarse de política ni de religión, porque es fácil que surjan puntos de fricción... ¡y a mí se me ocurre sacar el tema precisamente con Makino! Me sentí abochornado por completo. Definitivamente, no tenía el día...

Abrumado y abatido, vi en aquel instante abrirse las puertas automáticas de la librería, y entrar, ante mis ojos, a un hombre patizambo y con el pelo cortado a cepillo, tan rubio que deslumbraba. Era Waku, naturalmente, con su traje ligero e informal que hoy día solo visten los humoristas en sus *sketches* televisivos. Abría mucho sus pequeños ojos de cuencas profundas y recorría el suelo con la mirada, exhibiendo una actitud intimidatoria con la que, de algún modo, compensaba su corta estatura.

—¡Aquí está de nuevo el dueño de la librería, que

vuelve después de hacer unos papeleos! —exclamó Waku—. ¿Alguna novedad? Ah, Makino, veo que estás liada con una nueva propuesta temática. ¿Estás segura de que tendrá aceptación entre los estudiantes del instituto Nohara?

Entró disparando palabras como una metralleta, cosa que no me hizo la más mínima gracia, precisamente en aquel momento. Makino, sin embargo, recuperó de inmediato su habitual buen humor.

—¿Es que no sabes que a los alumnos de primero de secundaria les piden todos los años hacer un trabajo de investigación sobre la historia de Nohara? Siempre es así, cada verano. Así que me he dicho: «¿Por qué no organizamos un rincón sobre ese tema?».

—¡No me digas! ¿También a nosotros nos pusieron esos deberes para el verano? —se preguntó Waku—. No lo recuerdo.

—Ay, si no te acuerdas es porque tú casi nunca hacías los deberes —suspiró Makino.

Waku rio, se dirigió al rincón de la cafetería y se sentó en el taburete de costumbre, frente al mostrador. Traté de imitar a Makino y calmarme, y creí haberlo logrado cuando volvía a mi puesto tras la caja registradora, pero entonces el oficinista profirió una palabra en voz alta y extraña:

—¡Kappa!* —dijo.

* Un kappa es un ser mitológico con aspecto de tortuga antropomorfa que, según la tradición japonesa, vive en los ríos y en los lagos. *(N. del t.).*

Makino y yo nos miramos y, a continuación, dirigimos la mirada al rincón de la cafetería. Nuestros ojos se toparon con el oficinista, que se había quitado la chaqueta, puesto en pie y señalaba a Waku con la boca totalmente abierta, como si estuviera presenciando una alucinación. Ambos se miraban fijamente: Waku estaba pálido y lleno de ira, y el oficinista, desencajado por la sorpresa.

—¡Kappa! ¡Sí, un kappa! ¡Tiene usted la misma cara que el kappa que yo vi! —exclamaba a viva voz el oficinista, visiblemente agitado, haciendo oscilar sus cabellos y golpeando reiteradamente con el dedo índice la frente de Waku.

—¿De qué maldito kappa habla? —rugió Waku—. ¿Quiere probar mis puños, viejo?

Makino se apresuró a interponerse entre el iracundo Waku y el alucinado oficinista. Yo, aliviado de que no hubiera más clientes a aquellas horas de la tarde, me aproximé, más que nada impulsado por la curiosidad.

—¡Vamos a ver...! ¿Qué ocurre aquí exactamente? —preguntó Makino. Pero la pregunta no se la dirigió ni a Waku ni al oficinista, sino a Sugawa; una decisión sensata por su parte, porque si había alguien diplomático y tranquilo allí ese era sin duda Sugawa.

Pero fue el oficinista quien contestó:

—Pues verá, yo estaba hablando hasta hace un momento con este señor. —Señaló a Sugawa—. Le estaba diciendo que una vez, hace unos cincuenta años ya de esto, cuando era niño, fui a casa de mi primo a jugar, aquí en Nohara, y, de camino, me encontré con un kappa en el río Nanami. ¿Te lo estaba diciendo o no?

Sugawa asintió solícito a la vez que secaba un vaso, y mirándome a mí explicó lacónico:

—El río Nanami fue soterrado hace treinta años, y donde estaba circula ahora la carretera nacional.

—Mirad este mapa de Nohara de hace cincuenta años —intervino Makino—. El itinerario del río Nanami está aquí indicado. —Sin tiempo que perder, había tomado uno de los libros del rincón de historia que estaba preparando y ya nos lo mostraba, por las páginas abiertas de un viejo mapa. Era más largo y ancho de lo que habría imaginado y, más o menos, coincidía con el recorrido de la carretera nacional. La sala de *pachinko* que Waku frecuentaba también estaba ubicada sobre el antiguo lecho del río.

—¡Pero si casi no había nada por aquí! —exclamé al observar con atención el mapa, casi vacío, y percatarme de que no había apenas nada en él que pudiera identificarse como una ciudad. Hallé la estación y el instituto, pero ni existía la rotonda donde para el autobús, ni las tiendas, ni tampoco la urbanización que se extiende más allá de esta; prácticamente todo era campo y montaña.

El oficinista volvió a hablar:

—Antes todo esto era campo, como en la película *Nausicaä del Valle del Viento*.

—¡Pero qué rebuscado es usted! —volvió a gruñir

Waku—. Si lo que quería era nombrar una película de Miyazaki, podría haber recurrido a una más conocida, como *Mi vecino Totoro,* ¿no le parece?

El oficinista ignoró el comentario de Waku y, dando una palmada, agregó:

—¡Nohara no era más que un pueblucho!

—A ver si me aclaro... —tercié—. Usted, de niño, en el río que ya no existe, vio un kappa que era igualito a Waku. ¿No es eso? —Y me volví para mirar a Waku al tiempo que empujaba el puente de mis gafas con el dedo índice.

—¡Mequetrefe! —bramó Waku—. ¡¿No estás siendo tú también un poco bocazas?! ¿Acaso estás aprovechando para reírte de mí en mi propia cara?

—Eh... No, no, no..., no me he reído de nadie —me apresuré a aclarar.

—¡Sí que te has reído, maldito mequetrefe!

Otra vez, estaba metido en un lío sin yo quererlo y corrí a esconderme detrás de Makino. Seguramente, se me habría escapado una sonrisa involuntaria..., pero ¿cómo evitarlo? ¡Imaginar a Waku como un kappa era de lo más divertido!

Nuestra pequeña confrontación parecía haber tenido un efecto tranquilizador en el oficinista, que se había remangado la camisa y permanecía cabizbajo. Observé que la coronilla le clareaba.

—Siento mucho haberlo molestado —se disculpó—. Es que siempre asocio la ciudad de Nohara con el kappa que vi cuando era niño, así que, al verlo a usted, no he podido evitar...

—¡Pues no la asocie! —Waku retrocedió a un lado y volvió a sentarse en su taburete.

El oficinista extrajo una tarjeta de su cartera y la deslizó sobre el mostrador hacia Waku.

—De verdad que lo siento —insistió—. Ha sido solo un malentendido. —Sonrió agotado, con un aire tan lastimoso que era imposible reprocharle nada.

—Todo lo que dice está muy bien, pero ¿por qué no se mira al espejo antes de hablar? —replicó Waku—. ¿No se ha visto la cara de espectro que tiene usted también? —Tomó la tarjeta entre sus dedos, la alzó hacia la luz anaranjada de la lámpara y leyó—: «Ascent S.L. Administrador jefe. Masaru Yabukita». No entiendo nada. ¿A qué se dedica exactamente?

—Fabricamos artículos de oficina y maquinaria industrial.

—Vamos, que fabrican sacapuntas.

—Eh..., en resumen, sí, así es. —Pero Yabukita no se amedrentó ante la brusquedad de Waku. Tenía preocupaciones mayores y más apremiantes, y enseguida dejó claro cuáles—: Estamos a punto de sufrir una reducción de personal, de modo que esta tarjeta probablemente dejaré de usarla pronto. —Se rascó la cabeza y esbozó una lánguida sonrisa.

Waku lo miró a los ojos y le preguntó:

—¿Y ahora por qué sonríe?

—Porque no me queda otra cosa más que hacer.

—¿Tiene familia?

—Estoy casado y tengo dos hijas, una en primaria y la otra en secundaria.

—Entonces, no creo que sea para reírse. ¿O es que el kappa te arrancó el *shirikodama*?*

—¿El *shirikodama*? Ah, sí, dicen que si un kappa te lo arranca, te vuelves tonto. —Y agregó—: Tonto... Pues sí, eso es lo que soy. —Rio amargamente, pero recobró la compostura de inmediato al captar que la mirada de Waku recobraba su dureza—. ¡Ah, el libro! —Pareció recordar algo—. A decir verdad, si he venido hasta aquí es porque estoy buscando un libro.

—¡Se lo buscamos, se lo buscamos! —A Makino le brillaron los ojos—. Dígame, ¿qué libro desea?

Me pregunté si el propósito de aquello había sido meramente cambiar de tema de conversación, porque el tono de voz del oficinista al hablar no había sonado natural del todo. En cualquier caso, Makino se ofreció voluntariosa a buscarlo.

—Mi petición es poco precisa, lo sé, pero me gustaría leer alguna novela donde salgan kappas.

—¡¿Ya estamos otra vez...?! —rugió Waku.

Makino hizo caso omiso de Waku y jugueteó con su pelo, enredándolo entre los dedos.

—¿Solo kappas? —preguntó—. ¿Podría ser también cualquier otro tipo de ser mitológico?

—Cualquier tipo me vale —afirmó Yabukita el oficinista—. Espectros, monstruos, fantasmas..., todo eso

* Según la mitología japonesa, el *shirikodama* es un órgano del cuerpo humano, con forma redonda y localizado en el ano, muy codiciado por los kappas, que a menudo se lo arrancaban a sus víctimas. *(N. del t.)*.

me gusta. —Miró a su alrededor, asintiendo vivamente con la cabeza, y añadió—: He oído que esta librería es famosa porque en ella uno puede encontrar el libro que mejor se le adapta, según su situación personal.

—¡Ah! —exclamé, quizá en un tono de voz más alto del que pretendía, porque todos se volvieron para mirarme—. Perdón, es que de repente me he acordado de una cosa y..., perdón, perdón.

—Pero ¿qué dices, mequetrefe? —bramó Waku—. ¡Si nadie te ha pedido que te disculpes! ¡Estos críos...! —Y resopló mirando al techo, cual futbolista que hubiera fallado un penalti.

—Perdón, perdón... —repetí, y bajé la cabeza a la vez que miraba a Yabukita con discreción. Me sorprendió que un hombre de mediana edad, quizá a las puertas de ser despedido de su empresa, hubiera escuchado aquel rumor de La Librería de los Viernes. No parecía el tipo de persona abierto a novedades ni atento a tendencias, menos aún si proceden de internet. ¿Dónde lo habría oído? Pese a su aspecto, ¿estaría enganchado a las redes sociales? Tal vez fue su hija mayor quien se lo contó, pero de cualquiera de las maneras me resultaba extraño.

Makino hizo un gesto con sus grandes ojos y alzó el dedo pulgar.

—Voy a consultar en nuestra biblioteca subterránea —dijo.

—¿Eh? ¿Subterránea? —preguntó Yabukita.

Makino asintió con la cabeza y se sacudió los cabellos ondulados que le caían sobre el rostro.

—Sí. Hágame el favor de esperar unos minutos, por favor.

Makino enseguida regresó con un ejemplar en tapa dura de *La curiosa historia del cuidador de la casa sin dueño*, de Kaho Nashiki.

—También he encontrado un ejemplar en libro de bolsillo, pero el tamaño y tipo de fuente de este, en tapa dura, me parece más agradable a la vista —explicó.

Se trataba de una edición de diez años atrás, es decir, relativamente reciente. Dos lustros es, de todas maneras, mucho tiempo para un libro que ha estado pacientemente esperando en una estantería a que llegara por fin el día en que alguien se fijara en él y lo eligiera para leerlo. Yabukita contempló primero la cubierta cuando cogió el libro. Seguidamente, pasó la mirada por los nombres de plantas que llenaban el índice, relajó la expresión de su rostro, hojeó el volumen, y al llegar a la página de créditos se detuvo un instante para recorrerla con el dedo índice; cerró el libro y leyó la parte posterior de la faja, que decía así:

> Esta es la maravillosa historia de un escritor que debe encargarse de cuidar y mantener la casa con jardín y estanque de un amigo fallecido y la entrañable amistad que surge entre él y los espíritus de la naturaleza que habitan el lugar.

—Parece interesante —decretó.

Makino se inclinó hacia delante y señaló la parte anterior de la faja:

Ocurrió hace más de cien años.

—¿Se ha fijado? La novela se sitúa en la era Meiji, pero creo que usted podría leerla perfectamente como si ocurriera en nuestros días —consideró.

En lo que dura un abrir y cerrar de ojos, el rostro de Yabukita adquirió una expresión grave, pero volvió a relajarse enseguida.

—Me alegro —aprobó—. Señorita, si usted me hubiera traído cualquier ejemplar de la revista *Mu*, de los cómics de Shigeru Mizuki o una novela de Natsuhiko Kyogoku, no habría sabido cómo reaccionar. Lo digo porque ya los tengo en casa y los he releído mil veces. Pero esto es otra cosa.

No cabía duda de que tenía un gusto excéntrico. No obstante, era extraño: si tanto hábito de lectura tenía, ¿cómo es que no leía otros géneros de literatura?

Finalmente, Yabukita se hizo con *La curiosa historia del cuidador de la casa sin dueño* y se despidió. Antes de salir, volvió a preguntar:

—Pero salen kappas, ¿no?

Una vez que partió el tren que debía de haber tomado Yabukita, los cuatro empleados de la librería suspiraron al unísono.

—Por fin... Ha sido agotador —musitó Waku—.

Me pregunto si ese hombre no era verdaderamente un espectro. En primer lugar, su cansancio parecía en parte fingido; y en segundo, ¡va por ahí llamando kappa a la gente! —Waku empezó a enojarse de nuevo y miró a Sugawa buscando complicidad, pero este permaneció sumido en sus pensamientos. Ni siquiera levantó la vista para mirar a Waku cuando este volvió a la carga—: ¿A qué rayos se refería cuando dijo que había visto un kappa? ¡Menudo atontado! ¡Sería un gato o un perro lo que vio!

—Ni los perros ni los gatos caminan erguidos sobre las patas traseras, como los kappas —puntualizó Makino con sensatez.

Waku apretó los dientes.

—Entonces, sería un chiquillo muy pálido —soltó.

—Yasu..., ¿y si de verdad te vio a ti...? —se atrevió a conjeturar Makino.

—¡Mira qué graciosa! ¡Lo vio de niño y yo, por entonces, ni habría nacido! ¿No te acuerdas de que tengo la misma edad que tú?

—Ah, sí, claro. Éramos compañeros de clase y todo —reparó Makino, uniendo ambas manos e inclinando la cabeza a modo de disculpa.

Ya era imposible adivinar si Waku iba en serio o en broma.

—Pero... —musitó Makino—, tal vez no se confundiera. Hay otras personas que dicen haber visto kappas por el río.

—¿Lo pone en el libro de historia de Nohara? —pregunté con cierta impaciencia.

Makino se llevó el dedo índice a los labios y sacudió la cabeza.

—Se lo he oído decir a alguien.

—¿A quién? —preguntamos Waku y yo al unísono.

En ese preciso momento, entró un cliente a la librería y pusimos fin a la conversación.

Supongo que a causa de Masaru Yabukita, aquel cliente oficinista, me decidí por un libro ilustrado sobre kappas como regalo para mis hermanastras gemelas cuando a la semana siguiente fui al hospital a visitar a mi padre. El libro ilustrado se titulaba *El disfraz de kappa*. El título me gustó; solo que el libro tenía demasiado texto para unas niñas de tres años. Ni siquiera entendieron que a lo que el título se refería como *disfraz de kappa* era, de hecho, la piel mudada de un supuesto kappa auténtico, y no un disfraz confeccionado por nadie. Pero mientras yo se lo leía, disfrutaron de lo lindo. Se rieron con los diálogos de besugos entre los kappas y el niño llamado Genta —que se hacía pasar por uno de ellos, bajo el disfraz de la piel de kappa—, y escucharon hasta el final, sin pestañear, los intentos de Genta por convivir en el río con los kappas, fascinadas ante sus aventuras, corriente abajo.

La habitación individual de mi padre, en el hospital, estaba equipada con un sofá enorme y una televisión de lujo, y entre todos los presentes —incluida la mujer de mi padre, mi madrastra— se respiraba un ambiente agradable y familiar. En cierto modo, parecía que verdaderamente nos encontráramos en el salón de nuestra casa, pese a que se echaba en falta la gran estantería abarrotada de libros. Solo rompían un poco aquella atmósfera familiar las idas y venidas de las enfermeras que entraban a tomarle la temperatura a mi padre o a recordarnos que no le convenía estar levantado demasiado tiempo.

—Papá, ponte bien pronto y vuelve a casa con nosotras —le rogó dulcemente Saori, su mujer, unos veinticinco años más joven que él.

Lo decía de corazón porque, por lo visto, se pasaba los días sola en su casa llorando, triste y abrumada por la desesperación. Con nosotros, sin embargo, se mostraba solícita y considerada. A mí no me puso ningún inconveniente cuando le anuncié mis planes de independizarme la primavera pasada y a mi padre siempre le trataba con cariño.

Saori era como una auténtica madre, aun sin serlo. Aun así, no se me ocurría qué decirle para confortarla. Lo único que conseguí hacer fue susurrar para mí: «Sí, papá, ponte bien pronto».

Aprovechando una breve tregua que su pertinaz tos áspera le concedió, mi padre me miró con el intenso brillo que sus ojos aún conservaban y me dijo:

—Así que te va bien en La Librería de los Viernes...

—Sí, muy bien. A veces, hasta pienso que es un trabajo demasiado relajado.

—Hijo, esa holgura en el trabajo es parte del valor intrínseco de una librería. Y tengo la impresión de que la señorita Minami es bien consciente de ello y sabe sacarle partido, ¿o me equivoco?

Me encogí de hombros sin saber qué decir de nuevo, pero agradecí aquellas palabras suyas tan elogiosas hacia Makino. Mi padre me miró y, como investido por el don de la clarividencia, me sonrió antes de añadir:

—Ah, cómo me gustaría poder echarle un vistazo a ese pintoresco almacén de libros de la estación abandonada...

—Ven cuando te mejores. Minami se lo enseña a menudo a los clientes, y estoy seguro de que no tendría inconveniente en ofrecerte una visita guiada a ti también, aun siendo el presidente de una gran cadena de la competencia.

—Oh —replicó mi padre, visiblemente satisfecho y abriendo mucho los ojos—. Y dime, ¿es verdad que los clientes encuentran allí el libro que desean leer?

—No siempre. Aun así, Minami se las arregla para dar con alguno que se adapte al gusto del cliente y que este querría leer aun sin saberlo, sin ser exactamente el que esperaba o el que se había propuesto buscar al principio.

Reconocí aquel brillo en los ojos de mi padre; era el mismo fulgor de entusiasmo de cuando se embebía en su trabajo.

—Veo que la señorita Minami es el tipo de librero que lanza un salvavidas al cliente que se ahoga en el mar de los libros —murmuró mi padre, y, acto seguido, se sumió en un acceso de tos.

Saori acudió a darle palmaditas en la espalda. Yo iba a retirarme para no estorbarla, pero mi padre me sujetó por la muñeca.

—Has encontrado una buena librería, hijo. Aprovéchalo. Aprende todo lo que puedas —dijo, sin dejar de toser.

Me quedé perplejo durante unos instantes mientras asimilaba aquellas palabras. Él debió de comprenderlo y me soltó. Enseguida recuperó su tono afable y hasta se permitió bromear:

—Bueno, por muy buena librería que sea La Librería de los Viernes, estoy seguro de que nuestra librería Chikai no tiene nada que envidiarle.

Y no le faltaba algo de razón, teniendo en cuenta que Chikai contaba ya con más de cien años de antigüedad desde que fue fundada por mi bisabuelo, iniciando una historia que se alargaba tres generaciones, y que se había convertido en uno de los minoristas libreros más importantes del país. Mi padre, tercer dueño de la empresa familiar, obró el milagro de transformar el negocio local ubicado en el distrito de Jinbocho en toda una cadena de establecimientos repartida a lo largo y ancho de la geografía japonesa. Lamentablemente, cayó enfermo y tuvo que dejar el trabajo que tanto le apasionaba para poder recuperarse.

Aunque su intención era retomar las riendas de la empresa, a veces —sobre todo cuando le acuciaban los dolores— insinuaba que la cuarta generación de la familia debía tomar el relevo. Y en quien pensaba entonces era en mí, primogénito y único varón de los cuatro hijos habidos en sus tres matrimonios. Yo no acababa de verme asumiendo tal responsabilidad y hacía lo posible por eludir el tema, guardaba silencio mientras toqueteaba las patillas de mis gafas.

También aquel día, como los anteriores, mi padre me lanzó una mirada alusiva, pero evitó abordar directamente el espinoso asunto y, también como otros días, agarró el mando a distancia, siempre a mano, y encendió la televisión. En la pantalla, apareció la imagen de un hombre de elegantes facciones, cabello blanco plateado y bien peinado hacia atrás, complexión recta y esbelta y traje a medida. Comparecía en la Cámara de Representantes y respondía a diversas preguntas desde el estrado. A pesar de su avanzada edad, se mantenía en buena forma, tan buena que habría podido lucir un frac aún mejor que el traje que llevaba. Con toda seguridad, el aire solemne y digno que transmitía haría suspirar a más de una jovencita.

—¡El noble anciano! —susurré para mí.

Mi padre no pareció oírme y, resoplando ruidosamente, dijo:

—Vaya, también han acorralado a Masanori Otani.

—¿Cómo?

—¿No te has enterado? —se sorprendió Saori y señaló una revista—. Mira.

El titular sensacionalista decía: «¡El secretario de Estado, empapelado en dinero!», y las páginas interiores detallaban los presuntos tratos de favor por parte del secretario de Estado para con un importante contratista, suficientes para levantar un considerable escándalo en la Cámara de Representantes, sobre la que siempre pendían todo tipo de sospechas, y entre una sociedad desencantada con sus políticos.

—Otani ascendió todos los escalones de la carrera política —explicó mi padre—: empezó como concejal de un ayuntamiento, pasó por la asamblea de la prefectura y se convirtió en miembro de la Cámara de Representantes, y de ahí pasó a ministro de Asuntos Exteriores y, finalmente, a secretario de Estado.

—Humm... Cuando el río suena, agua lleva... —remató Saori, cuya opinión seguramente era compartida por la mayor parte de la opinión pública.

—Bueno, qué sabemos nosotros... —replicó prudente mi padre, y a continuación, me miró—. Por cierto, Fumiya, creo que Otani nació en el lugar donde vives ahora.

—Ah, ¿sí? —De inmediato, volvió a mi cabeza el recuerdo de aquellos tres inquietantes comentarios en la web que hacían referencia al susodicho Otani.

Saori hizo una rápida búsqueda en su teléfono móvil y, con una voz chispeante que sonó a victoria, exclamó:

—¡Sí! ¡Es verdad! Empezó como concejal del ayuntamiento de Nohara y fue él quien impulsó el plan de hacer pasar la carretera nacional por la ciudad, que no era más que un pueblo por aquella época. Lo pone en Wikipedia.

Supuse que se refería al tramo de carretera cuya construcción había obligado a soterrar el cauce del río Nanami. Tuve un mal presentimiento. Aquella inesperada conexión entre Otani y la ciudad de Nohara me dio mala espina..., muy mala espina.

—En realidad, no vivo allí —especifiqué—. Nohara es el lugar donde trabajo, allí está La Librería de los Viernes.

La voz se me quebró al final, pero ni mi padre ni su mujer parecieron reparar en ello. Ambos continuaron mirando la televisión con más indiferencia que atención: al fin y al cabo, aquella era una noticia más en un océano de tantas otras.

Acudí al trabajo directamente tras salir del hospital. Lloviznaba. De hecho, no había dejado de llover desde hacía una semana, aunque en aquel momento no soplaba el viento y más que llover chispeaba. La información meteorológica había anunciado un cambio de rumbo en el tifón de nivel 5 que se había originado a la altura de Filipinas y que, en principio, había tomado dirección este, pero que ahora se dirigía implacablemente hacia el archipiélago japonés.

Al llegar a La Librería de los Viernes, lo primero que hice fue entregarle a Sugawa la caja de galletas que había comprado para él y el resto de mis compañeros de trabajo, con motivo de mi viaje a Tokio para ver a mi padre. Sugawa la aceptó en silencio y me preparó un café de sifón.

No había clientes y el personal de la librería se turnaba para descansar. De pronto, la puerta automática se abrió y entró Yabukita, con el pelo empapado, aplastado sobre la frente y alborotado. Su paraguas estaba dejando un reguero de agua de lluvia sobre el suelo, pero Yabukita no reparó en ello ni tampoco en el paragüero instalado a la entrada de la librería, precisamente con el objetivo de evitar lo que estaba sucediendo.

—¡Señorita Minami! —dijo, pletórico—. ¡*La curiosa historia del cuidador de la casa sin dueño* me ha encantado! Lo he leído de principio a fin, de una sola sentada.

Miró a su alrededor buscando a Makino, pero no la encontró por ningún sitio. Por fin, la interpelada asomó tímidamente la cabeza por detrás de una estantería y, exhibiendo una sonrisa radiante, saludó:

—¡Hola, Yabukita! ¡No sabe cuánto me alegro! Esto..., perdone, ¿le importaría acercarse un momento?

—No. ¿Qué se le ofrece?

Yabukita se dirigió hacia el lugar donde estaba Makino, y yo, caminando a su lado, le quité el paraguas del brazo suavemente, sin que apenas se diera cuenta, y lo coloqué en el paragüero. A continuación, lo seguí.

Makino estaba impaciente por mostrarnos el rincón de libros sobre la historia local de Nohara que con tanto ahínco había estado preparando desde la semana anterior. A lo largo de solo unos días, había sacado tiempo para seleccionar los libros adecuados y decidir su lugar, organizándolos y reubicándolos hasta dar con el orden más claro y expositivo. Entre la gran pasión que ella le ponía a su trabajo y la minuciosa atención al detalle propia de Sugawa, ambos habían creado un maravilloso rincón de venta que era una auténtica lección de historia.

—¡Ah, también has incluido aquí *La curiosa historia del cuidador de la casa sin dueño*! —celebró Yabukita, gratamente sorprendido al encontrar una edición de bolsillo de esa novela en uno de los expositores.

—Sí. Después de escucharte el otro día, me di cuenta de que, cuando aún corría el río Nanami por Nohara, hubo mucha gente que aseguró haber visto un kappa.

Waku resopló con desdén desde su taburete, alzando la vista del libro abierto que sostenía frente al mostrador del rincón de la cafetería. Sin inmutarse, Makino juntó las manos detrás de la espalda, se encogió de hombros y esbozó una sonrisa.

—Lo que quiero decir es que... —continuó— las cosas por aquí han cambiado mucho, y es a quienes vivieron esos cambios de primera mano a quienes debemos acercarnos si queremos comprender la historia y disfrutar de sus enseñanzas. Por eso creo que *La curiosa historia del cuidador de la casa sin dueño* es una buena brújula que nos guía a través de nuestra historia. Si queremos aprender historia local lo mejor es dejarse guiar por los relatos de quienes la protagonizaron.

—Pero ¿en qué sentido es una brújula?

—En el sentido de que esta novela te motivará a investigar la historia local, aunque en sí misma no sea un libro de historia. Es un compendio de creencias y vivencias de hace apenas un siglo.

Makino frunció los labios y a continuación señaló con la mano los ejemplares de *La curiosa historia del cuidador de la casa sin dueño* que se apilaban junto a un gran mapa de la ciudad, diversos números de una revista local publicada por voluntarios y unos cuantos folletos editados por el ayuntamiento sobre cuentos populares y folclore.

—Conocer la historia local debe considerarse una labor apasionante, no una tediosa tarea impuesta por el instituto —agregó.

—¡Muy bien dicho, señorita Makino! ¡Es usted genial! —Yabukita aplaudió y sonrió de un modo que pareció más una burla que una felicitación sincera.

Makino no se lo tomó como lo primero y, enroscándose el pelo en el dedo índice, replicó:

—No es más que una reflexión personal.

Se me escapó una leve sonrisa involuntaria al imaginar a Makino en su época de estudiante de secundaria, posponiendo todo el rato la hora de ponerse con sus deberes, pero ella me sacó de inmediato de mis pensamientos.

—Kurai-kun, me harías un gran favor si me echaras una mano con esto.

—¿Eh? ¿Cómo? ¿Una mano con qué...?

—Pronto será la hora de que los estudiantes del instituto Nohara terminen las clases y emprendan el regreso a casa. Quiero que, cuando se pasen por la librería, los observes con atención. Fíjate en cómo reaccionan cuando vean la sección de historia local que he preparado, ¿de acuerdo?

—De acuerdo —asentí, y ante mi respuesta Makino enderezó la espalda.

—Bien. Si ves que reaccionan de manera positiva —prosiguió—, colocaremos los carteles después del cierre de hoy y terminaremos de preparar las mesas expositoras.

—¿Y si lo único que observo es indiferencia? —pregunté de manera mecánica, aunque inmediatamente me arrepentí, porque Makino frunció el ceño y su gesto se ensombreció. Traté de arreglarlo—: No, no. Un momento... Estoy seguro de que va a llamarles la atención.

—Bueno... —musitó ella—. Si no mostraran interés, entonces tendría que replantearme todo esto.

—¿Qué? ¿Después de todo el tiempo que le has dedicado? —protestó Yabukita.

Makino asintió con la cabeza. Sus largas pestañas le temblaban.

—No debemos olvidar que el trabajo no es algo que esté únicamente al servicio de la autosatisfacción personal. —Habló con la suavidad de siempre, pero con una contundencia que me conmovió profundamente y me hizo suspirar. Yabukita, a mi lado, también se había puesto serio.

Makino, sin embargo, no había perdido la sonrisa. Tomó un ejemplar de bolsillo de *La curiosa historia del cuidador de la casa sin dueño* y preguntó:

—Yabukita, ¿qué le pareció la parte dedicada a los kappas?

Yabukita se relajó y exhibió en su rostro una sonrisa bobalicona.

—Aparecen en varios capítulos. Mi favorito es uno que se titula «Planta camaleón» y que trata sobre la muda de piel de una kappa hembra.

—¿Piel de kappa? Precisamente, hoy he leído un libro titulado *El disfraz de kappa*, que trata de un niño que utiliza una muda de piel de kappa para hacerse pasar por uno de ellos —comenté.

—Ah, ese es un libro infantil ilustrado superbonito —añadió Makino, y, asintiendo con la cabeza, abrió el ejemplar de *La curiosa historia del cuidador de la casa sin dueño* y lo hojeó—. A ver, a ver... Aquí describe la muda del kappa: «Ni piel ni tela parece, sino una indefinida extensión marrón verdoso, oscura pero brillante, reluciente».

—La descripción de la muda que cuelga de un palo es de un realismo asombroso —recordó Yabukita, sacudiendo la cabeza arriba y abajo.

Makino, que no cabía en sí de gozo, continuó leyendo:

—«Al extenderse, se mece con la brisa y adquiere un tono translúcido, y uno creería estar viendo una incongruente combinación de chaqueta ancha y pantalones cortos al viento». Kaho Nashiki escribe muy bien, con buen ritmo y admirable habilidad para encontrar las palabras justas y dotarlas de colorido, sin excesos ni omisiones.

Makino, con su voz, añadía al texto original una esencia de nostalgia, un encanto especial en el que hasta se percibía el olor terroso y húmedo del hábitat de los kappas. Lo más sorprendente es que, al escucharla, me venía a la mente, nítidamente dibujada, la imagen de una muda de piel de kappa. Quizá se refería a esto al mencionar el colorido de las palabras.

—El kappa que pierde la muda de piel resulta ser una hembra y, ya sin piel, es igual que una chica humana, ¿verdad? Ese fragmento del relato impresiona. Lo mismo ocurrió con el kappa que yo vi. También era igual que un humano después de perder su piel. Así que me pregunto si aún vive en esta ciudad, mezclado con los humanos.

Ante estas palabras, todos nos volvimos hacia el mostrador del rincón de la cafetería y nuestras miradas confluyeron en Waku, quien al darse por aludido se puso como una fiera y casi nos dio la impresión de que se le erizaba el pelo rubio cortado a cepillo.

—¿Qué diablos miráis? ¡Cómo tengo que deciros que no soy ningún kappa!

La puerta automática se abrió y entró un tropel de estudiantes del instituto Nohara. Una vez terminadas las clases, los estudiantes sin actividades extraescolares eran los primeros en marcharse. Makino corrió a su puesto tras la caja, y mientras Yabukita se encaminaba al rincón de la cafetería, yo me quedé colocando en orden los libros en sus estantes, y, tal y como Makino me había pedido, observando con el rabillo del ojo la reacción de los estudiantes, rogando con toda el alma para que respondieran de manera positiva al muestrario de libros de historia de Nohara tan exhaustivamente preparado por ella.

Mis cinco sentidos estaban concentrados en los gestos de los estudiantes de secundaria y no me fijé en la mujer de impermeable gris que acababa de entrar, mezclándose con el grupo de estudiantes. Makino tampoco debió de verla, o si lo hizo no le dio importancia.

Pero no era una clienta. Sin siquiera molestarse en mirar a los estudiantes que abarrotaban el local, cruzó decididamente la sala de los libros en dirección al rincón de la cafetería.

—Disculpe —dijo con voz clara. Los ojos azules de Sugawa se entornaron de inmediato, pero no era a este a quien se dirigía; ni tampoco a Yabukita, que sorbía su café discretamente apartado; ni siquiera a las jóvenes admiradoras de Sugawa acodadas sobre el mostrador. Se dirigía a Waku, que tras ceder su taburete a una de las estudiantes se había instalado ante una de las mesas del rincón.

—¿Es a mí? —preguntó Waku, cuya actitud intimidatoria no pareció arredrar a la mujer, que, sin quitarse el impermeable, del que goteaban como perlas las gotas de lluvia, preguntó:

—¿Es usted Waku..., Yasu Waku?

—¿Y usted quién es?

—Soy Reika Matsumoto, periodista del semanario *Wind*. Quisiera preguntarle sobre la relación entre el secretario de Estado Masanori Otani e Industrias Waku.

—¿Relación? ¿Y a usted qué le importa?

La reportera extrajo una tarjeta de presentación

para entregársela a Waku. Al reparar en la pequeña grabadora que la mujer sostenía en una de sus manos, Waku abrió aún más los ojos y tensó la mandíbula en gesto amenazador. Aquella mirada habría hecho llorar a un niño, pero la periodista, sin inmutarse, lanzó una risita.

—Bien, si usted no quiere hablar, ¿podría ponerme en contacto con Izo Waku?

—¿Mi abuelo?

—Sí. Según tengo entendido, Izo Waku, su abuelo, se jubiló hace unos años. Me he recorrido Nohara tratando de localizarlo, pero no he tenido suerte. Pensé que mi búsqueda tal vez no fuera del agrado de algunos y que estaba poniéndome en peligro, así que decidí venir a preguntar a la librería de su nieto.

—¿Que estaba poniéndose en peligro? ¿Qué idiotez es esa?

—Bueno, verá..., Nohara está plagada de yakuzas... yakuzas aterradores que... ay, perdón. Quizá deba referirme a ellos como empleados de Industrias Waku... —La reportera ladeó la cabeza y esbozó una dulce sonrisa. Era evidente que estaba intentando provocar a Waku. Quizá confiaba en que, por ser mujer, Waku no la golpearía, o tal vez se esforzaba precisamente para eso, para que la golpeara y dejarlo así en una situación comprometida. En cualquier caso, provocarlo así no era una buena idea.

Makino observó con ansiedad la escena y, sin tiempo que perder, se dirigió a la cafetería.

—Disculpe. Le ruego que abandone esta librería —le advirtió en tono suave pero firme.

Lo dijo sin rodeos ni excusas —sin un «verá, no es el momento» o un «tenemos que atender a los clientes»—, cosa que no solo me sorprendió a mí, sino también a la propia aludida, que parpadeó repetidamente, sin dar crédito de lo que acababa de escuchar.

—¿Eh? ¿Que abandone esta...?

—Sí, que se vaya —ratificó Makino, e inclinando la cabeza, atenuó el tono de voz—. Lo siento, pero debe irse.

Las admiradoras de Sugawa se volvieron con incomodidad y también a oídos de los estudiantes que recorrían la sala, mirando libros, llegó la tensa conversación, lo que hizo que todos se detuvieran y se mostraran atentos a lo que sucedía en aquel rincón de la cafetería.

Visiblemente molesta, la periodista se encogió de hombros, provocando una sacudida de su impermeable.

—Veo que no sabe lo que es la educación, señorita —le reprochó a Makino.

—Me temo que es usted la que no sabe comportarse —replicó esta.

—No se puede ir por el mundo acusando a la gente de manera tan grave —terció Sugawa arrancando un suspiro a sus admiradoras. Sugawa no solía hablar más que cuando era absolutamente necesario.

Reika Matsumoto, consciente de su desventaja numérica, pareció desistir, pero no mostró ningún gesto de disculpa. Miró las etiquetas que Makino y Sugawa llevaban prendidas en el delantal y leyó sus nombres.

—Minami Makino y Sugawa, ¿verdad? Bien, veo que son leales a su dueño. O tal vez se vean forzados a no hablar...

Entonces se escuchó un fuerte estruendo. Waku se puso en pie e intentó agarrar a la reportera, pero Makino se interpuso y trató de sujetar a Waku; la fuerza de su impulso hizo que saliera despedida y cayó al suelo.

—¿Se encuentra bien? Esto es lo que pasa cuando el dueño es un yakuza.

—¡Yasu no es un yakuza! —sollozó Makino, arrastrándose a gatas.

—Ya basta, Makino, tranquilízate —le pidió Waku con voz seca.

Makino sacudió la cabeza y alzó la vista con gran determinación.

—¡Vete! ¡No tienes ningún derecho a profanar La Librería de los Viernes!

Desde el suelo, Makino parecía querer usar su cuerpo menudo como muro de contención entre nosotros, los clientes y la insolente periodista.

Yabukita, que había permanecido al margen de todo el jaleo, dio unos pasos al frente, se colocó ante la reportera y le arrebató la grabadora. Por primera vez, un gesto de nerviosismo afloró en el rostro de ella.

—¡Eh! ¿Qué hace? ¿También trabaja aquí?

—Solo soy un cliente. ¡Vaya, lo siento! ¡Acabo de pulsar el botón de borrado sin darme cuenta! —Con una afable sonrisa, le devolvió la grabadora a la periodista, que la guardó en un bolsillo de su impermeable.

—No importa. Me acuerdo de cada palabra —dijo mientras se iba.

Waku y Sugawa acudieron a ayudar a Makino, y lo primero que esta hizo al ponerse en pie fue dirigir una reverencia a Yabukita.

—¡Muchas gracias! —le dijo, y a continuación, se volvió hacia los estudiantes del instituto Nohara y les dirigió una nueva reverencia—. Disculpad este percance, por favor.

Ninguno de los alumnos abrió la boca; se habían quedado demasiado perplejos para hablar. Los altavoces de los andenes anunciaron la llegada de los trenes, lo que contribuyó a relajar la tensión. Los estudiantes se abalanzaron hacia la puerta y salieron a la carrera para tomar el tren.

—Gracias por la visita —solté como desconsolada despedida. Solo más tarde me di cuenta de que había olvidado por completo mi misión, es decir, evaluar la reacción de los estudiantes ante el rincón de historia local de Nohara que Makino había organizado.

Las adolescentes arremolinadas en torno al mostrador del rincón de la cafetería también saltaron apresuradamente de sus taburetes. A una de ellas se le cayó un pañuelo, que Waku se agachó a recoger sin demora.

—Disculpa, se te ha caído...

La chica se dio la vuelta, y completamente pálida, expresó un lánguido y atiplado agradecimiento. Estaba notablemente asustada, al igual que sus compañeras. Tomó el pañuelo y todas juntas se marcharon a la carrera.

Makino las contempló salir de la librería mientras se mordía el labio inferior. Waku suspiró profundamente.

—Lo siento de veras —dijo.

Permanecía inmóvil, con los hombros caídos, y hasta parecía que hubiese mermado de tamaño. Con el dorso de la mano, Makino se apartó enérgicamente los mechones de pelo ondulado que le caían sobre el rostro.

—No tienes por qué disculparte, Yasu —dijo—. No has hecho nada malo.

Sugawa asintió repetidamente desde su puesto detrás del mostrador, como ratificando las palabras de Makino. Waku miró a Makino y a Sugawa, y luego a mí, que había permanecido alejado. Sus ojos parecían más hundidos que nunca en las cuencas y brillaban con una intensidad terrible. Me recordó la imagen de un perro callejero que observa desolado el mundo desde su refugio en una caja de cartón.

Podía haber mirado a Waku y, con una amplia sonrisa comprensiva de compañero de trabajo, haberle dicho de la manera más ingenua y despreocupada posible: «La que se ha montado, ¿no?». Así lo pensé, pero no lo hice. También pensé en que este era el tipo de contratiempo que suele inflarse en redes sociales y convertirse en motivo de chanzas y ataques por parte de los internautas.

En fin, me habría gustado tomármelo más a la ligera, pero creo que yo estaba tan confundido, asustado y pálido como las chicas del instituto. No solo no le sonreí a Waku sino que ni siquiera fui capaz de mirarlo de frente. Me limité a agachar la cabeza, incapaz de fingir una sonrisa. A pesar de la valentía con que Makino lo había defendido, yo no podía confiar tan a ciegas en Waku. En definitiva, me temo que no me sentía preparado para abrirme como auténtico amigo a todos mis compañeros de La Librería de los Viernes.

Con el rostro ensombrecido y los hombros caídos, Waku se rascó el pelo rubio, cortado a cepillo, y murmuró:

—Estoy metido en un buen lío.

Las miradas de Makino y de Sugawa eran de absoluta desolación. Yo permanecí cabizbajo, y mientras sujetaba el puente de mis gafas con el dedo índice me disculpé varias veces:

—Lo siento, lo siento, lo siento...

—¿Por qué te disculpas, mequetrefe? ¡Así no se puede ir por la vida! —Waku habló con exagerada confianza y luego dio una sonora palmada—. ¡Maldita sea, hoy tenía que llevar al conejo al veterinario! Me voy ahora mismo.

—Yasu, espera —dijo Makino, caminando tras sus pasos, pero Waku la detuvo.

—Basta. —Ni siquiera se volvió para mirarla—. Hay gente que nace con un destino equivocado, que siempre acaba yendo por carreteras secundarias por más que trate de guiarse con un mapa, como Terry Lennox en *El largo adiós*. Pero uno no debe caer en el error de culpar a todos los demás de su destino amargo, como tampoco debe arrastrar consigo a los amigos que lo aceptan tal y como es.

Prácticamente, se me cortó la respiración, y entonces recordé que Waku no había estado de acuerdo con la decisión final de Marlowe en *El largo adiós*.

«Marlowe no debería haber rechazado a su amigo, ¿verdad?», pensé. «Todos cometemos errores y a veces las personas se ven, sin desearlo, en la necesidad de tomar caminos por los que no habrían querido transitar; así que, si uno se considera amigo, debería ser un poco transigente cuando se da el caso».

Me di cuenta entonces de que las palabras de Waku representaban a Terry, no a Marlowe. Waku atravesó la puerta y salió de la librería a pasos más cortos de lo habitual. Nosotros nos quedamos inmóviles.

Esa noche, la lluvia arreció.

Por suerte o por desgracia, al día siguiente, jueves, no tenía turno de trabajo, pero sí clases en la universidad. De todos modos, decidí tomarme el día libre.

Me quedé en casa y pasé el día navegando por internet, cediendo a la tentación de pasarme por Twitter y echar un vistazo en algunos foros.

Me preocupaba que, ante el alboroto del día anterior en La Librería de los Viernes, un buen número de estudiantes del instituto Nohara hubiera decidido que era el tema perfecto para comentar en redes sociales. Afortunadamente, mis temores parecían infundados: por dondequiera que buscara —aun admitiendo que no soy especialmente diestro moviéndome por los vericuetos de internet— no encontraba ningún atisbo de algarada ni de sensacionalismo barato. No había, entre los tres mil estudiantes que componen el instituto Nohara, ninguno que hubiera tratado de divertirse maliciosamente a costa de La Librería de los Viernes.

Sentí un gran alivio, pero al mismo tiempo un vacío extraño, y me pregunté qué estaba haciendo. Antes de empezar a trabajar a media jornada en La Librería de los Viernes yo pasaba muchos días así, pero en aquel momento me sentí hueco por dentro.

Reflexioné sobre ello y me di cuenta de que lo que necesitaba era recuperar las relaciones con las personas de mi entorno en lugar de preocuparme por los rumores que difundían en línea personas a las que ni siquiera conocía. Lamenté profundamente no haber sabido animar a Waku, siquiera con una sonrisa, y experimenté un intenso deseo de volver a estar junto a mis compañeros de La Librería de los Viernes, en ese cálido e íntimo grupo que formábamos.

Al día siguiente, viernes, me desperté con el sonido de la lluvia. Todavía no eran las cuatro de la mañana, pero la noche anterior me había acostado tan temprano que no tenía ni un ápice de sueño. Para evitar que el asedio de pensamientos sombríos me deprimiera, encendí la luz, me puse las gafas y empecé a leer en la cama la edición de bolsillo de *La curiosa historia del cuidador de la casa sin dueño* que yo también había comprado. Cada una de las historias que se narraban podía considerarse un cuento hasta cierto punto independiente. Con tanto fervor leí aquel retrato de la naturaleza en la era Meiji que, a la hora en que tenía que haberme levantado para asistir a la segunda clase del día estaba ya tan inmerso en la novela que no hubo manera de despegarme de ella. Casi podía sentir la presencia de kappas y sirenas allá fuera, entre el sonido de la lluvia.

Antes de salir, puse la televisión y vi la palabra *tifón* aparecer en una multitud de ocasiones. Aquel tifón que provenía de Indonesia había tocado tierra en Kyushu y, según se decía en las noticias, había comenzado a desplazarse a lo largo de la isla de Honshu a una velocidad vertiginosa. Considerando la dirección que llevaba, iba a impactarnos de lleno.

Podía haberme tomado otra vez el día libre, pero en lugar de eso me puse el chubasquero y unas botas de goma y caminé penosamente hasta la universidad, con la esperanza de que, siguiendo el ejemplo de *La curiosa historia del cuidador de la casa sin dueño*, podría mejorar mi decaído estado de ánimo si me exponía al entorno natural del campus de Kamado.

Al final, lejos de sentirme mejor, terminé completamente empapado e incómodo, pero aun así cumplí con mi deber de ir primero a clase y, luego, a la librería.

Completamente apesadumbrado, me apoyé en la pared de cristal que daba a la pasarela y miré con discreción al interior. No vi a Waku. Empezó a dolerme el estómago.

—Hola —saludé con apenas un hilo de voz, y sin mirar a Makino ni a Sugawa, me dirigí directamente a la trastienda. Me dolía no haber mostrado mi apoyo a Waku cuando alguien estaba vertiendo unas acusaciones tan graves sobre él. Al fin y al cabo, era mi colega de trabajo y el viejo compañero de clase y de juegos de Makino y Sugawa; de sus mejores amigos, sin duda, pues los tres formaban el Club de Lectura de los Viernes del instituto Nohara. ¿Cómo iba a poder seguir trabajando en aquella librería si había fallado de manera tan estrepitosa?

Con un profundo suspiro, abrí la puerta de la trastienda y, para mi sorpresa, me encontré un buen montón de cajas de cartón llenas de libros apiladas en un espacio reducido.

—Lo siento. Han llegado tantas cosas nuevas desde ayer que no damos abasto —informó Makino detrás de mí, tan cerca que casi pude sentir su aliento. Al mismo tiempo, percibí un ligero y dulce aroma, y di un respingo, como si me hubiera atravesado un rayo. Me sobresaltó aquella repentina cercanía de Makino, pero intuí a qué se debía.

Aunque, a primera vista, Waku siempre pasaba el rato apoyado en el mostrador o se encontraba ausente por algún asunto de la gestión de la librería (eso, al menos, decía él), solía abrir cajas de libros y participar activamente en todo lo que hubiera que hacer desde primera hora de la mañana. Sin duda, él era un miembro indispensable de La Librería de los Viernes, tan indispensable como Makino o Sugawa. Bastaba con que faltase uno de ellos para que la librería por la que tanto aprecio sentía no volviera a ser la misma. Aquel día, se echaba en falta a Waku.

—¿Dónde está Waku? —pregunté.

—Va a tomarse unos días libres. Desde ayer —contestó con toda normalidad, y tras pasar a mi lado, entró en la trastienda. Seguidamente, se volvió hacia mí y juntó las manos.

—Por ahora, planeo poner algunos libros en el expositor e ir reponiéndolos a medida que se agoten. Por favor, Kurai, estate atento a los libros que quedan.

—De acuerdo.

—La trastienda siempre está abarrotada de libros, pero hoy lo está aún más. Pondré orden después del horario de apertura.

—Te echaré una mano.

—Genial —dijo Makino, arqueando las cejas y sonriendo suavemente—. Me alegro de que hayas venido, Kurai.

«Si vuelve a sonreírme así, no respondo de lo que pueda pasar...», pensé, mientras sentía un dolor punzante en la parte posterior de la nariz.

—En cuanto a Waku... —dije—, siento no haber...

Dudaba. No sabía qué decir ni cómo debería disculparme. Me pregunté si, de hecho, pedir disculpas sería poco apropiado. Estaba hecho un lío y la cabeza me daba vueltas. Makino, que naturalmente no era consciente de mi desasosiego interior, me dio la espalda y se puso a sacar revistas de una caja de cartón. De pronto, se detuvo y dijo en voz baja y áspera:

—¡Llámame por mi nombre, maldita sea!

—¿Eh?

—Eso fue lo que me dijo Yasu cuando nos conocimos en el instituto.

Makino se giró con una sonrisa pícara, respiró hondo, frunció el ceño, puso los ojos en blanco y repitió:

—¡Llámame por mi nombre, maldita sea! —Parecía querer imitar a Waku, pero, desde luego, no lo conseguía.

Lo cierto es que me sonó un poco a falta de respeto, y tratándose de Waku el enfado estaba más que asegurado. Aquella era la clase de atrevimiento que solo podía traerle complicaciones a uno. Empujé el puente de las gafas con el dedo corazón para ocultar mi rostro y disimular mi perplejidad.

—¡Ya ves! ¡No quería que lo llamaran por su apellido! —insistió Makino, como indignada, mientras yo seguía debatiéndome por encontrar algo que decir. Apretó varias revistas contra su pecho y las sujetó con la barbilla—. El motivo era que en Nohara el apellido Waku se asocia a Industrias Waku.

—Ah, comprendo.

—Pero Yasu Waku era solo un estudiante de preparatoria que amaba los libros y venía a nuestro Club de Lectura de los Viernes. Y sigue siendo el mismo. Es solo un colega que trabaja con nosotros en La Librería de los Viernes y le encantan los libros. ¿Tengo o no tengo razón?

—Sí, por supuesto —afirmé con determinación, alzando el rostro. Makino siempre sabía transmitirme confianza.

Contemplé sus hombros bien delineados, su cuello esbelto, sus cabellos levemente ondulados y me pregunté de dónde sacaba tanta fuerza alguien de tan delicada apariencia. No lo entendía, y eso, si bien al principio había provocado dudas, ahora despertaba en mí el deseo de conocerla mejor.

—Esto..., ¿crees que yo también podría llamar a Waku por su nombre, es decir, Yasu?

Makino se retiró el cabello hacia atrás, recogiéndolo detrás de las orejas, y con aire travieso e imitando de nuevo a Waku dijo:

—¡Claro! ¿Por qué no? —Y a continuación, con su tono normal, añadió—: La primera vez que alguien se atrevió a llamarlo Yasu se lo tomó a mal. «¿Por quién me tomas? ¿Por tu subordinado?», protestó. Pero esa persona siguió llamándolo Yasu. —Una vez más, Makino hizo una lamentable imitación de Waku, pero yo estaba pensando en otra cosa: de repente, una sospecha se había materializado en mi cabeza.

—¿Me equivoco si digo que fue Jin, aquel otro miembro del Club de Lectura de los Viernes, quien se atrevió a llamarlo por su nombre y no por su apellido?

Me refería a aquel primer amigo de Sugawa, en

aquella época en que tan difícil era para este relacionarse con los demás; aquel chico que había sabido ganarse la amistad de alguien como Waku y de quien Makino...

Reparé en el rubor que tiñó las mejillas de Makino cuando respondió con una simple afirmación:

—Sí. —Bajó la vista y las largas pestañas ensombrecieron sus ojos.

«... de quien Makino se enamoró», pensé. Fue como un pellizco de intuición, como una facultad sensorial que de pronto se abrió en mí —quizá la misma que nos capacita para entrar en contacto con kappas y fantasmas, de vez en cuando—, y aun sin pruebas, pude estar seguro de ello: mi cuerpo lo había comprendido antes que mi mente.

Sí, ya sabía quién era el hombre que ocupaba el corazón de Makino: Jin.

Makino pasó rápidamente junto a mí, cargada con un lote de revistas, y salió a la sala de libros. El aroma dulce de sus cabellos, que se mecían sobre sus hombros al caminar, me cortó la respiración. Con parsimonia, me puse el delantal verde musgo y noté que los tirantes me apretaban más de lo habitual.

Si me duele tanto conocer este tipo de detalles sobre su vida, es porque me gusta.

«No solo me gusta, estoy enamorado de ella».

Por fin, he comprendido mis sentimientos hacia Makino, tan difusos hasta este mismo momento. Y ahora... ¿qué?

A las siete de la tarde, el jefe de la estación de Nohara se presentó en la librería para informarnos de que el servicio de trenes en la línea Chorin se había cancelado debido a la llegada del tifón. El viento y la lluvia habían arreciado desde la mañana y mucha gente había regresado con antelación a sus casas, incluidos los estudiantes del instituto Nohara, que había cancelado sus actividades extraescolares. Además, el tránsito en la línea Chorin finalizaba antes los viernes que el resto de los días, para dejar paso a los trenes especiales; de manera que, en conjunto, aquel cierre con un poco de antelación sobre la hora prevista no supuso un gran trastorno para los viajeros.

—Bueno, chicos, ¿por qué no cierran la librería? —dijo—. De cualquier manera, hoy no van a venir más clientes. —Que se acercara expresamente a la librería para avisarnos de la cancelación de los trenes fue, por su parte, un detalle de enorme amabilidad hacia nosotros.

Una vez solos, Makino se volvió hacia mí primero. Su rostro ya no mostraba la agitación de unos instantes antes.

—Sugawa y yo no necesitamos tomar el tren para volver a casa, pero tú, Kurai, tienes que ir a la estación de Kamado, ¿verdad?

—Sí. Me temo que tendré que pasar la noche aquí.

Pensé que tomar un taxi, con el tifón pisándonos los talones, no sería una buena idea, y que podía aprovechar el sofá del rincón de la cafetería o las camas del almacén del sótano. Sin duda, lo más sensato sería que me quedara allí.

—Por supuesto, puedes quedarte. —Pero los grandes ojos de Makino, muy abiertos, se habían clavado en la puerta automática, que acababa de abrirse—. Un kappa... —murmuró.

Sugawa y yo nos volvimos de inmediato hacia la puerta automática. Lo que vimos de pie en el umbral fue lo más parecido a un kappa que quizá ambos habíamos visto en mucho tiempo, pero no lo era en realidad. Quien allí se encontraba, con su chubasquero verde empapado y pegado al cuerpo como una segunda piel, una mochila a la espalda cual caparazón, y el pelo alborotado dejando a la vista la coronilla calva, era...

—¡Yabukita! —exclamé.

El aludido asintió y preguntó:

—¿Ya habéis cerrado?

Gotas de lluvia le resbalaron por la cara desde sus apelmazados mechones de pelo, pegados sobre la frente.

—No se preocupe. Pase y quédese en el rincón de la cafetería o donde quiera. —Makino hizo un gesto con la mano, invitándolo a pasar, pero él negó con la cabeza.

—Se lo agradezco, pero no. Solo he venido porque quería preguntar algo.

—¿De qué se trata? —preguntó Sugawa, ocupado detrás de la barra. Había adoptado una expresión seria y sus ojos azules brillaban con una intensidad intimidatoria.

—Yasu Waku no ha vuelto a su apartamento desde ayer. ¿Saben dónde está? Tengo algo muy urgente e importante que decirle. —Yabukita habló sin dejarse intimidar por Sugawa. El tono era suplicante y Makino bajó rápidamente la mano que había levantado y lo miró directamente a los ojos.

—Yabukita, ¿quién eres? —preguntó.

Durante una décima de segundo, se me cruzó por la cabeza la posibilidad de que Makino hubiera pensado que Yabukita era un auténtico kappa. Si seré tonto...

—Busqué en internet la empresa que aparecía en la tarjeta de presentación que usted nos entregó —prosiguió Makino—. Efectivamente, había una empresa con el mismo nombre, pero no era el tipo de negocio que la tarjeta indicaba. Llamé para preguntar por usted y me dijeron que allí no había ningún empleado llamado Masaru Yabukita.

—Así que también usas internet... —comenté, sin poder evitarlo.

—Sí, claro, ¿por qué no? —replicó Makino, ladeando la cabeza.

Sentí cierto alivio al constatar que Makino vivía en el mismo mundo que yo. Ella y lo que le rodeaba me parecía siempre tan puro y etéreo que me costaba imaginarla compartiendo conmigo la misma realidad.

Yabukita se desabrochó el chubasquero verde pálido y metió la mano bajo este, buscando algo que, finalmente, encontró y entregó a Makino. Era una tarjeta de visita.

—Esta es la auténtica. Lo siento.

—Masaru Yabukita. Periodista. Diario *Hot* —leyó Makino en voz alta. Por su tono de voz supe que estaba acordándose del incidente con la periodista del otro día, cosa que me entristeció.

—Supongo que imaginarán que estoy investigando la supuesta relación entre Masanori Otani e Industrias Waku y que trato de conseguir una primicia, al igual que la otra periodista que se pasó por aquí. Y, en efecto, he seguido la misma pista que ella, ese rumor sobre la amistad que mantenían Masanori Otani e Izo Waku, el abuelo de Yasi Waku. En mis visitas a esta librería he podido recabar valiosa información acerca de este último y de ustedes, sus compañeros de trabajo.

Al ver que Makino y Sugawa intercambiaban miradas fugaces, Yabukita se tocó suavemente la calvicie instalada en su coronilla.

—He de reconocer —dijo— que no esperaba encontrar esa relación entre Otani y ustedes...

—Si le parece bien —interrumpió apresuradamente Makino—, prefiero que deje eso a un lado y continúe explicando qué buscaba exactamente.

Yabukita miró a Makino con expresión clara y asintió.

—Gracias a las conversaciones que he mantenido con ustedes, he podido enterarme de una gran cantidad de detalles que no había encontrado por internet. De hecho, mi encuentro con un kappa en esta misma ciudad era algo que tenía completamente olvidado hasta que llegué aquí.

Las mejillas tensas de Yabukita se relajaron. Se quitó la mochila y extrajo de ella un libro.

—¿Lo sabían? En las primeras páginas de *La curiosa historia del cuidador de la casa sin dueño* se dice que el libro fue escrito por Seishiro Watanuki. Naturalmente, el auténtico autor es Kaho Nashiki, pero Watanuki actúa como narrador y protagonista del relato, un narrador que describe lo que ve sin prejuicios de ningún tipo. —Yabukita acarició la tapa del libro y prosiguió—: Una novela no tiene nada que ver con un artículo periodístico, ambos son completamente diferentes. Pero yo deseaba escribir y quería hacerlo con la misma franqueza que Watanuki, así que me hice periodista. Lo recuerdo bien. Además de hacerme recordar mi encuentro con el kappa, venir a La Librería de los Viernes y conocerlos a todos ustedes y leer este libro me ha devuelto el recuerdo de mi motivación primera cuando decidí hacerme periodista, esa motivación que había olvidado hacía mucho tiempo. Supongo que esto es obra del destino...

Yabukita hizo una pausa y se rascó la nariz antes de continuar:

—Debo aclarar que no escribo sobre política. Durante mucho tiempo, he estado a cargo de una columna en la sección de estilo de vida y cultura, atendiendo las cartas de los lectores y presentando las novedades en literatura y cine, cubriendo exposiciones o entrevistando a gente de interés, y cosas de ese tipo. Pero ahora, de repente, me han transferido al departamento de política y me han insistido en que consiga una exclusiva.

—¿Así de fácil? ¿Y usted cree que podrá adaptarse? —preguntó Makino.

—Desde luego que no. Todo, desde la manera de trabajar hasta los conocimientos que se requieren, es diferente, y ni siquiera tengo contactos en el mundo de la política. —Yabukita se sacudió unas gotas de agua del chubasquero—. Saben que esto no es lo mío, y tanto que lo saben...

—Entonces, ¿por qué...?

—Porque están pensando en despedirme y esto es una manera de ponérselo fácil. He captado el mensaje de que ya no me consideran útil y de que esperan que acabe marchándome voluntariamente. Verá, hoy en día no es fácil despedir a un empleado fijo como yo.

Yabukita se encogió y lanzó una carcajada que sonó a lamento. Así pues, aquello que había dicho aquel día sobre que su puesto de trabajo pendía de un hilo era verdad.

—Bien..., supongamos que un inútil como yo consigue una primicia que sirve para limpiar la reputación de Yasu Waku y de Industrias Waku; una primicia que aclare, de una vez por todas, si Otani tiene o no alguna relación con vosotros... En caso de que no la tenga, ello pondría fin a todas las suspicacias dirigidas contra Industrias Waku, mientras que si efectivamente la tuviera, al menos podríamos llegar al fondo del asunto y entender de qué manera se produjo esa conexión y de qué tipo es. De una u otra manera, merecerá la pena.

—¿Cómo puedes estar seguro de que merezca la pena? —inquirió Sugawa.

Yabukita se dio una palmada en la cabeza.

—Es mi sexto sentido.

No parecía bromear, pero tampoco sonó a respuesta seria. Fuera como fuese, rehuyó nuestras miradas y permaneció unos instantes absorto en sus pensamientos. Makino, que había guardado silencio y escuchado con atención las palabras de Yabukita, aprovechó la ocasión para preguntar:

—¿Serás capaz de ver lo que descubras desde una mirada diferente, con los mismos ojos con los que Watanuki veía su entorno en *La curiosa historia del cuidador de la casa sin dueño*?

Yabukita recobró su compostura y asintió levemente.

—Perfecto. Entonces, vamos —dijo Makino tras una breve pausa. Luego empezó a caminar hacia la caja registradora.

—¿Eh? ¿Adónde vas?

—Buscas a Yasu para poder ver a Izo, su abuelo, ¿no? Pues estás de suerte. ¡Están juntos ahora mismo!

—¿Eh? ¿Sabes dónde está Waku? —exclamamos Yabukita y yo al unísono.

—Sí —asintió Makino, divertida, y golpeó el suelo con el pie—. Están aquí mismo.

Miré al suelo.

—¿En el almacén subterráneo?

—¿Eh? Entonces, ¿lo que he escuchado acerca de una biblioteca subterránea no es un rumor infundado? Bien, ¿cómo llegamos hasta allí? —preguntó Yabukita.

Makino ignoró la pregunta de Yabukita, que parecía aún más confundido que antes, y echó a andar de nuevo. Dejó atrás la caja registradora, y al llegar a la puerta de la trastienda, Sugawa alzó la voz para preguntar, no sin cierto nerviosismo:

—Minami, ¿confías en este reportero?

—Sí.

—¿Estás segura?

—Sí. Durante el percance con la periodista, Yabukita se puso de nuestro lado.

—Quizá intentaba así ganarse nuestra confianza para engañarnos y usarnos para sus fines, como la periodista.

Makino se detuvo. Noté un leve temblor en sus hombros, y a continuación, se volvió hacia nosotros.

—Yabukita es diferente —aseveró.

—¿Cómo puedes estar tan segura?

—Me lo dice mi sexto sentido. —Con una sonrisa, Makino imitó la voz de Yabukita, sin demasiado éxito.

En cuanto abrimos la trampilla instalada en la trastienda y que conducía al almacén subterráneo, se produjo un apagón y nos quedamos sumidos en la más completa oscuridad.

Eché un vistazo a mi teléfono móvil y, a pesar de la débil señal que había allí, conseguí leer la noticia de que toda la región de Kanto acababa de sufrir un apagón.

—De todas maneras, esto ya está oscuro de por sí —dijo Makino, manteniendo la calma y con la linterna en la mano, mientras bajaba la escalera que conducía al almacén. La seguíamos Yabukita, Sugawa y yo. Antes de iniciar el descenso, habíamos cerrado la tienda con llave, apagado las luces y desenchufado todo.

El sonido de la lluvia y el viento, inaudibles desde la sala de libros y el rincón de la cafetería, resonaron con ímpetu en la angostura de la escalera, recordándonos que teníamos un tifón afuera, sobre nuestras cabezas.

La oscuridad era absoluta, excepto donde se proyectaba el haz de luz de la linterna, creando franjas de sombra y luz en los escalones.

—Con estos giros a izquierda y a derecha, se pierde el sentido de la orientación por completo —comentó Yabukita, y bajando el tono de voz, agregó—: Y también el sentido de la distancia... —Y al doblar una esquina, de pronto, gritó—: ¡Aaah! ¡He notado una mano en mi cuello!

—Nadie lo ha tocado, ¿verdad, Kurai?

—Yo no, desde luego.

—Estoy seguro de haberlo notado. No me asustéis.

—¿Tanto se asusta alguien que dice haber visto un kappa con sus propios ojos?

—¿Qué tiene que ver una cosa con la otra? ¡Que no sintiera miedo al ver a un kappa no significa que no haya cosas que den miedo! —se justificó Yabukita.

Aquello me pareció un diálogo de besugos. Me encogí de hombros y presté atención al haz de luz de la linterna para no tropezar ni dar un paso en falso.

—Este es el último escalón. Si crees que se acabó, se acabó, y si crees que continúa, continúa —dijo Makino, provocando un nuevo espasmo de terror en Yabukita.

Makino esperó a que Sugawa alcanzara el último escalón y el desordenado sonido de los pasos sobre los escalones se extinguiera. Entonces accionó el interruptor de la luz del almacén, pero no pasó nada.

—¡Maldita sea! ¡El apagón!

Decenas de luces fluorescentes deberían haber empezado a parpadear hasta iluminar todo el almacén subterráneo. Sin embargo, solo la luz de nuestras linternas se abrió paso a través de la más densa oscuridad para mostrar secciones muy concretas del emplazamiento. A pesar de la escasa visibilidad, Yabukita se mostró impresionado.

—¿Cómo es posible? —preguntó jadeando y meciendo su linterna a derecha e izquierda—. ¿No es esto un andén de metro?

—Efectivamente —confirmó Makino—. La Librería de los Viernes se asienta sobre un antiguo andén subterráneo que iba a formar parte de la estación de

Nohara, que quedó abandonado debido a la guerra y fue reconvertido en almacén de libros.

Tras escuchar la explicación de Makino, Yabukita iluminó con su linterna los conductos expuestos que recorrían el techo bajo, las enormes estanterías de aluminio alineadas a lo largo del andén, el largo y estrecho suelo y las vías que no parecían conducir a ninguna parte.

—¡Asombroso! —exclamó—. Pero ¿cómo fue posible todo esto? ¿Fue obra de Industrias Waku?

Makino captó cierta astucia en la pregunta, y después de reflexionar durante unos instantes, asintió.

—Pues sí.

Yabukita movió la cabeza arriba y abajo, meditabundo. Abandonó su expresión vaga y ambigua y frunció el ceño. Seguidamente, le preguntó a Makino:

—¿Y bien? ¿Qué hay de Yasu Waku y su abuelo Izo Waku?

Miré a Makino. También yo me preguntaba lo mismo. Habían pasado dos días desde la última vez que vi a Waku en La Librería de los Viernes. ¿Era posible que hubiese pasado dos días enteros metido allí, junto a su abuelo?

—Bueno, verás... —Makino hizo una pausa y se acercó a la línea blanca descolorida del andén. Aunque no fuera a pasar ningún metro por aquel andén subterráneo, no pude evitar sentir cierto temor al verla hacer algo así.

El sonido de la lluvia llegaba amortiguado hasta el almacén, con menor intensidad que en la escalera. Al dirigir mi linterna hacia el lugar donde el sonido de la lluvia era más nítido escuché un golpe como de algo que se hubiera desplomado.

—¡Minami! ¿Estás bien?

Corrí hasta el borde del andén con tal agitación que perdí el equilibrio, caí a las vías y me golpeé la cadera con el hormigón en el que se sujetaban las traviesas. Tras un instante de confusión en que apenas pude respirar, mis ojos consiguieron adaptarse a la oscuridad y vi a Makino, de pie sobre las vías.

—¡Kurai! —gritó, y, de inmediato, acudió en mi ayuda.

Tosí con fuerza e incliné la cabeza.

—Lo siento —dije.

Me puse en pie y me toqué en busca de alguna zona dolorida, pero todo, incluida mi cadera, parecía en orden. Sin embargo, sentía dolor en el pecho.

—Estás bien, ¿verdad? —Makino me iluminó con su linterna y respiró aliviada. Yabukita y Sugawa también habían bajado a las vías y mantenían una distancia respetuosa detrás de Makino.

—Qué susto nos has dado —dijo Yabukita sonriendo y alzando la mano—. Menos mal que estás bien. Nosotros hemos bajado a las vías de una manera menos violenta.

—Sabia decisión... —respondí con desánimo.

Sugawa bajó la mirada. Parecía estar aguantándose la risa.

Por fin, me tranquilicé y volví a mirar a ambos extremos de las vías, a izquierda y a derecha. Ambos extremos se alejaban por sendos túneles. Más adelante, se suponía que las vías debían estar cortadas.

Makino me preguntó si podía caminar sin problemas, y una vez que respondí que sí, inició el paso sobre un raíl que avanzaba en ligerísima curva hacia la izquierda.

—Eh, pero ¿no está cortada la vía un poco más adelante? —pregunté entre ecos de mi propia voz.

Makino continuó caminando decididamente, así que me limité a apretar los labios y a seguirla.

Caminamos a través del túnel y llegó un momento en que, en medio de aquella profunda oscuridad, perdí por completo el sentido de la orientación. También el del tiempo. Tuve la impresión de que mis pensamientos vagaban sin rumbo y no llegaban a ninguna parte, y, entonces, empecé incluso a dudar de mi propia existencia.

De repente, escuché la voz de Makino.

—¿Sabes que el techo es cada vez más alto? —me preguntó.

—No, no lo sabía —contestamos Yabukita y yo al unísono. Pendientes sobre todo de iluminar la vía a nuestros pies, no habíamos reparado en absoluto en la altura del techo.

Makino permaneció en silencio y la oscuridad pareció intensificarse, de modo que me apremié a preguntar algo.

—¿Qué motivo hay para que la altura del techo varíe?

—Es que este túnel que ahora atravesamos no fue construido para el metro, sino cuando ya se iniciaron las reformas para convertir la estación en un almacén de libros. —Dirigió la luz de su linterna a su mano, que movió hacia delante. Se escuchó un golpe seco y Makino añadió—: Este túnel, de hecho, fue realizado para uso exclusivo de quien financió las reformas.

—Humm... —Yabukita dirigió sus pasos hacia la oscuridad, adentrándose en ella con las manos extendidas, y de pronto exclamó—: ¡Lo sabía! Aquí no hay nada. Parece que la oscuridad continúa, pero es solo una pared. ¡Una pared pintada de negro!

Alumbré a Makino con mi linterna. Se había agachado y pulsaba un interruptor ubicado entre las vías. Al instante, sonó una campanilla.

—¿Quién es, maldita sea?

Era la voz de Yasu, que se escuchaba a través de un intercomunicador.

—Soy Makino. También han venido Kurai, Sugawa y Yabukita.

—¡Yasu! —dije, alzando la voz desde detrás de Makino—. Soy Kurai. Siento mucho lo del otro día. Yo...

Makino se puso en pie y me dio un toque en el hombro.

—Vale, ya está bien de eso —dijo, y volvió a agacharse para pulsar el interruptor de las vías—. Yasu, Yabukita ha venido porque quiere conocer la verdad. Su intención es escribir sobre lo que ocurrió realmente y darlo a conocer, sin tergiversar los hechos, sin sensacionalismos. Está dispuesto a escucharos, a ti y a Izo.

Como no se oyó nada al otro lado del intercomunicador, Makino se apresuró a añadir:

—Creo que sus intenciones son buenas.

Se oyó a Yasu chasquear la lengua, y a continuación se produjo un estruendo. La oscuridad —o, mejor dicho, la pared— cedió y se deslizó hacia la izquierda. Frente a nosotros se abrió un espacio de luminosidad, una luz cegadora como la del sol, cuya intensidad me hizo retroceder. Traté de mantener los ojos abiertos, pero mis párpados se cerraron instintivamente y no pude ver nada.

—¿Dónde estamos? —preguntó Yabukita.

—En el hogar de la familia Waku —respondió alguien. Se trataba de una voz áspera diferente a la de Yasu. Con cada respiración, la garganta emitía un sonido seco.

—¿Izo Waku? —preguntó Yabukita, con los ojos entornados como los míos, pugnando por adaptarse a la claridad.

—Sí, soy yo —respondió el interpelado.

Hice lo posible por abrir los ojos y dirigirlos en dirección a aquella voz.

—Parece que últimamente se ha formado un poco de jaleo por ahí fuera, así que hemos decidido refugiarnos aquí abajo por un tiempo. Me he enterado de que ha habido un apagón, pero a nosotros no nos afecta. Este lugar es autosuficiente, disponemos de nuestro propio generador eléctrico.

Finalmente, mi vista se adaptó y la imagen de Izo se materializó ante mí. Lo primero que me llamó la atención fueron sus ojos muy abiertos y su impresionante barba. El pelo largo, peinado hacia atrás y recogido en una coleta, y su barba eran de un blanco níveo. La indumentaria que vestía —un delantal de trabajo— lo hacía parecer un alfarero o un pintor. Era más o menos de la misma altura que Yasu, y aunque no especialmente corpulento, la rectitud de su pose le otorgaba una presencia imponente.

Si bien Izo me intimidaba, aún más apabullante era la vista que se desplegaba tras él: una vivienda de dos pisos y techo de teja, asentada sobre las mismas vías del tren. Era precisamente el aspecto tan común de la casa lo que la hacía extraña, en una ubicación tan inusual como aquella, y me pregunté si no estaríamos ante el destino final de aquellas fantasmales vías que supuestamente no conducían a ningún sitio.

De pie uno al lado del otro, Yabukita y yo debíamos de tener la misma expresión de perplejidad. Izo se cruzó de brazos y se enderezó aún más, con verdadero orgullo.

—Cuando invertí en el almacén de La Librería de los Viernes, también hice construir mi propio refugio subterráneo —explicó.

—Entonces, ¿se trata de un refugio...? —pregunté incrédulo.

—¿Algo que objetar? —me recriminó Izo.

—No, no —negué, sacudiendo la cabeza.

—Bueno, es verdad que la palabra *refugio* suena demasiado dramática —admitió Izo—. Llamémoslo simplemente «casa subterránea de descanso».

—Si ya es increíble que exista un túnel de metro abandonado en Nohara, ¡más aún lo es que haya una casa edificada sobre las vías! —exclamó Yabukita con voz enronquecida y alzando la vista hacia el tejado.

Izo le lanzó una mirada fulminante.

—No escribas sobre esto, ¿de acuerdo? —pidió con cierto tono amenazador—. Exceptuando los jefes de la empresa ferroviaria de Yamato Kita o mis amigos de La Librería de los Viernes, nadie conoce la existencia de esta casa. Desde luego, lo último que habría imaginado es que un periodista acabara enterándose. Así que ya lo sabes, no has visto nada, ¿entendido?

Yabukita sonrió en señal afirmativa.

—¿Podemos pasar? —preguntó, señalando la puerta enrejada de la entrada.

Igual que por fuera, también por dentro era una casa normal. Lo único extraordinario era la ubicación del edificio.

Nos descalzamos y avanzamos por un pasillo cuyo suelo entablillado crujía bajo nuestros pies a cada paso. Yabukita volvió la cabeza y le susurró a Makino:

—Esta casa... es exactamente como me imaginaba la curiosa casa que Seishiro Watanuki cuidaba.

—Yo también —dijo Makino, juntando las manos con un brillo de entusiasmo en los ojos.

—Y yo —añadí, sin poder contenerme.

—¿Curiosa casa, decís...? —Izo había cazado al vuelo alguna de las palabras pronunciadas por Yabukita.

Caminaba unos pasos por delante de nosotros y, al llegar a una puerta corredera, se detuvo para empujarla, dejando a la vista una habitación de estilo japonés, de unos catorce metros cuadrados, provista de tarima y un pergamino decorativo extendido sobre la pared. En la curiosa casa de dos plantas que Seishiro Watanuki tenía a su cargo en la novela, el pergamino servía de puerta entre este mundo y el de los espíritus. A través de ella, Takadou, el querido amigo fallecido de Watanuki, regresaba al lugar de los vivos.

—¡Qué maravilla! —exclamamos al unísono, ante la sala.

—¡No es para tanto! ¿Es que no habéis visto nunca una sala de estilo tradicional japonés? —nos recriminó Yasu, que, en presencia de su abuelo había logrado contener hasta entonces su tono impulsivo. Agradecí, al menos, que no nos lanzase una mirada furiosa.

Izo le dio a Yasu una palmadita conciliadora en el hombro —eso sí, lo hizo con fuerza suficiente como para hacerlo callar—, y a continuación, se dirigió a Makino:

—¿Watanuki? ¿Otra vez se trata de algo relacionado con un libro?

Había en su tono de voz una familiaridad especial,

como si le estuviera hablando a un niño con solícita ternura.

—Sí, en concreto con una novela titulada *La curiosa historia del cuidador de la casa sin dueño* —replicó Makino—. En ella, los árboles se enamoran, de las flores surgen dragones y las crías de las nutrias dirigen negocios; la historia está repleta de criaturas extrañas propias de cada estación, y... también aparecen kappas...

Izo apoyó una mano sobre el hombro de Makino, que habría continuado hablando toda la tarde, y caminó hasta el fondo de la sala para tomar asiento. Con la mirada, nos indicó que hiciéramos lo propio y Yasu sacó del armario algunos cojines de seda estampados en violeta y nos los ofreció. Eran muy cómodos, con su relleno blando de algodón.

—¿Kappas has dicho? —preguntó Izo cuando todos nos hubimos sentado.

Ojalá nadie hubiera sacado el tema, porque la palabra *kappa* pareció estimular a Yabukita, que emitió un resoplido nervioso. Sugawa, Yasu y yo tuvimos la impresión de que aquel era un mal comienzo y decidimos guardar silencio. Makino, sin embargo, se inclinó hacia delante con buen ánimo.

—Sí, ha oído bien. ¡Salen kappas! ¿Le ha picado la curiosidad? ¿Le gustaría leer la novela? ¡Pásese por La Librería de los Viernes! Disponemos de ejemplares de sobra. —Rio entre dientes, y, como si acabara de recordar algo, dio una palmada y añadió—: Por cierto, hablando de kappas, Yabukita, aquí presente, vio uno en el río Nanami cuando era niño. Y no solo eso: ¡el kappa que vio se parecía a Yasu!

—¿Eh? Ah, sí, sí, pero dejemos eso... Hoy me gustaría... —Yabukita, algo distraído, trató de cambiar de tema, pero la voz ronca y fuerte de Izo se impuso.

—¿Es verdad eso de que vio un kappa en el río Nanami?

—Eh, sí. Es cierto. Supongo... —Aunque Yabukita agachó la cabeza como renunciando a continuar en esa dirección, Izo se levantó de repente, y en dos saltos llegó hasta el lugar donde se encontraba sentado Yabukita, se arrodilló y le apretó la mano con fuerza.

—¡Yo también lo vi! —anunció.

—¿Eh? —No solo Yabukita, sino también Sugawa, Yasu y yo exclamamos al unísono.

Izo miró al techo y lanzó una carcajada áspera y aguda.

—He dicho que yo también vi un kappa —confirmó—. Y al igual que usted, el que yo vi también se parecía a Yasu. ¡Imagínense la sorpresa que me llevé, décadas después, al ver la cara de mi nieto!

—¡Exactamente lo mismo que me ocurrió a mí! La primera vez que vi a Yasuyuki en La Librería de los Viernes me sorprendí tanto que olvidé por qué estaba allí.

Yabukita e Izo se estrecharon las manos en un sentido acto de camaradería.

—¡Habrase visto...! —protestó Yasu. Pero estaban tan emocionados que ninguno de los dos le hizo caso.

—Creo que debo agradecer a Yasu el haber podido

recordar que vi a un kappa tantos años atrás, en mi infancia —dijo uno.

—Lo mismo digo —afirmó el otro—. Si no hubiera visto a Yasu, habría olvidado aquel encuentro con el kappa. Las experiencias de ese tipo se desvanecen con facilidad.

Yasu, de pie junto a Izo, levemente detrás, miró a Makino visiblemente enojado.

—Minami, ¿cómo adivinaste que mi abuelo había visto un kappa? —masculló—. ¿Cuándo lo supiste? Yo no tenía ni idea de esto.

—Izo me lo contó cuando yo atravesaba el momento más difícil de mi vida: «Hay de todo sobre la faz de la Tierra», me dijo. «Yo incluso vi un kappa, y sé que si soy lo bastante valiente, algún día volveré a encontrármelo otra vez» —respondió Makino con calma, sin dejar de sonreír.

El rostro de Yasu adquirió una expresión de absoluta perplejidad. Apretó los labios y se quedó en silencio. Su irritación parecía haberse esfumado, porque no insistió más. Pero yo me sentí intrigado. Deseé preguntarle cuál había sido ese periodo tan difícil de su vida, pero me contuve: temí incomodarla si lo hacía.

—«Si soy lo bastante valiente...» —murmuró Yabukita—. Recuerdo haber leído algo parecido en *La curiosa historia del cuidador de la casa sin dueño*, cuando se relata la historia de las barbas del dragón. Creo que quien pronuncia esa frase es la casera que vive cerca del protagonista. ¡Ya lo recuerdo!: «Quien es lo bastante valiente no hace distinción entre vivos y muertos».

—No me diga... —Izo puso los ojos en blanco y le tendió la mano a Yasu. Sus manos eran pequeñas para tratarse de un hombre, pero tenía los dedos muy separados y eso las hacía parecer grandes—. ¿No tienes ese libro, Yasu? Me gustaría leerlo.

—Lo leí en un club de lectura cuando todavía estudiaba en el instituto —replicó Yasu—. Todavía lo tengo, pero no me gustó mucho...

—No te he preguntado tu opinión. Quiero leerlo; así que tráelo de casa la próxima vez, o bien cómpralo en La Librería de los Viernes.

—Está bien —accedió Yasu. Parecía levemente avergonzado.

Por fin, Izo tomó asiento y enderezó la espalda.

—Y ahora, señor periodista, si me lo permite, me gustaría contarle algo.

Yabukita emitió una exhalación y lo miró atentamente. Izo continuó:

—Se trata de un vínculo formado con un kappa. Voy a explicar la relación que existe entre Industrias Waku y Masanori Otani. Lo contaré todo, al detalle, así que escuche bien, y luego podrá hacer lo que quiera con la información.

Yabukita sacó apresuradamente una grabadora de voz, una tableta, un cuaderno de notas y un ordenador portátil de su mochila con forma de caparazón de tortuga.

Al observar aquellos utensilios de periodista desplegados sobre la mesa, comprendí que Yabukita estuviera más al tanto de los entresijos de internet de lo que yo había imaginado; de hecho, comprendí que debía de ser todo un experto.

—Ha habido rumores sobre Otani y mi empresa durante mucho tiempo —prosiguió—. Yo los ignoré, considerándolos simples rumores, pero pequé de orgullo. Lo único que conseguí con mi indiferencia fue dar tiempo a esos rumores para que crecieran hasta estrangular mi empresa y a mi familia.

Aunque Izo se dirigía a Yabukita, supe que también le hablaba a Yasu, situado a sus espaldas. Yasu debió de darse por aludido, porque se encorvó, inclinándose un poco hacia delante. Yabukita lo miró de soslayo a la vez que ponía en marcha la grabadora.

—Bien, antes de nada, precisamente me gustaría preguntarle por el nexo entre Industrias Waku y el secretario de Estado Masanori Otani.

—No existe ninguna relación. —Izo fue tan tajante como lacónico. La siguiente pregunta de Yabukita fue igual de concisa:

—Pero ¿la hubo en el pasado?

—Sí. En el pasado, sí.

Yasu dejó escapar un profundo suspiro que hizo que se me encogiera el corazón. No pude mirarlo a la cara.

—¿Qué clase de conexión era? Según tengo entendido, Industrias Waku chantajeó al señor Otani, que acababa de ser elegido para la Cámara de Representantes; y como resultado, el señor Otani accedió a otorgar a un contratista del ámbito de Industrias Waku las obras de construcción de una carretera nacional en Nohara.

—No, me opuse a ello con rotundidad. Fui contrario al soterramiento del río Nanami. —El rostro indignado de Izo no parecía enmascarar una mentira. De ninguna manera habría permitido que destruyeran un río habitado por kappas.

—En dicho caso, ¿qué tipo de relación había entre usted y el secretario de Estado Masanori Otani? Rectifico: en aquel tiempo aún era miembro de la Cámara de Representantes.

Izo apretó los labios y, a continuación, dejó escapar un suspiro pesado a la vez que señalaba el suelo con el índice.

—El metro —respondió con voz ronca.

Aunque guardamos silencio al escuchar la seca respuesta, en nuestros rostros afloró una misma expresión de perplejidad.

—Antes de la guerra, mi padre contactó con la compañía ferroviaria Yamato Kita, que se llamaba Daitetsu por aquel entonces, para ofrecer un plan de construcción de una línea de metro. Lo acusaron de querer especular, pero lo cierto es que amaba su ciudad, Nohara, y estaba convencido de que, para que esta prosperara en el futuro, debía estar unida a Tokio por una línea de metro.

—¿Eso es todo?

—Sí. Pero no lo escucharon. ¿Por qué iban a hacerlo, si todo el mundo pensaba que era un especulador?

Así que fundó Industrias Waku y acumuló una gran experiencia de gestión empresarial antes de intentarlo nuevamente. Estoy muy orgulloso de mi padre. —Izo emitió una tos tensa y seca, antes de continuar—: Estábamos muy unidos. Si no hubiera sido por la guerra, mi padre habría podido llevar a cabo su proyecto; si no hubiera sido por la guerra...

Izo suspiró y jugueteó con la borla del cojín de su asiento.

—¿Sabías esto? —preguntó Makino a Yasu, que negó de inmediato con la cabeza.

—Una vez terminada la guerra —prosiguió Izo—, a mi padre no le quedaban dinero ni fuerzas para afrontar la idea de nuevo.

»Cuando falleció, el negocio pasó a mis manos. Yo todavía era muy joven, pero desde el principio puse todo mi empeño en impulsar y expandir la empresa. Fueron unos tiempos de gran crecimiento económico. Si trabajabas, podías tener la certeza de que el dinero entraba en caja. Sí, fue una época muy próspera: se celebraron los Juegos Olímpicos, el tren bala empezó a funcionar y Tokio se convirtió en la megalópolis que es hoy día.

»Pero Nohara estaba quedándose rezagada, de modo que sentí el fuerte impulso de hacer algo por mi ciudad, siguiendo los pasos de mi padre. Era un hombre tan lleno de energía... Tal vez fue su espíritu, el espíritu de mi padre, todavía aferrado a Nohara, quien me convenció de recuperar el proyecto. La verdad es que no puedo creer que hayan pasado más de sesenta años desde que nos dejó. ¿Sabéis?, vivió más de cien años, y para mí es como si siguiera vivo; él representaba la vitalidad, la valentía, el coraje.

Tuve la impresión de comprender profundamente sus palabras.

—Pero estoy haciéndome mayor —prosiguió—. Me he vuelto codicioso, mi intuición se ha embotado y cada vez me cuesta más trabajo mantener la serenidad. Como resultado, he convertido Industrias Waku en una empresa mucho más conocida en Nohara que durante la época de mi padre, pero hemos pagado un precio: hoy día, en lugar de ser admirados, la empresa simboliza todo lo que la gente detesta del mundo de los negocios. Hasta el punto de que necesitamos ocultarnos en esta casa porque la carga que llevamos a cuestas es demasiado pesada.

Según nos explicó Izo, cuando Industrias Waku finalmente afrontó el proyecto de construcción de la línea férrea, parece que pidió la cooperación de comercios, empresas locales e incluso de particulares. Una petición demasiado contundente y que procedía de una empresa con mucho poder en la localidad, lo cual rayaba el límite de ser interpretado como una extorsión. Izo no negó tales acusaciones. Yasu inclinó la cabeza en silencio. Supuse que la imagen que los habitantes de Nohara se habían formado acerca de Industrias Waku provenía de aquella época.

Tras una larga pausa, Yabukita carraspeó como si por fin hubiera puesto sus pensamientos en orden.

—Y bien —dijo—, ¿qué fue lo que Industrias Waku le propuso a Otani Masanori?

—Le propuso una estrategia para extender la línea de metro hasta Nohara —contestó Izo—. Hice un donativo al señor Otani y él prometió seguir adelante con el plan.

—Pero ¿no cumplió su promesa?

—Así es. No la cumplió —replicó Izo, respirando con dificultad y emitiendo un silbido con la garganta—. Sin salirse de la legalidad, desvió el dinero de mis donaciones a la comunidad local para la construcción de la carretera nacional, pues ese era su verdadero objetivo. Cuando quise darme cuenta, ya era demasiado tarde. Por si fuera poco, se jactó de que Nohara estaba bajo su control. Pero su único mérito fue aprovecharse de mí.

»No me atreví a decirles nada a los empleados de Industrias Waku ni a las personas a las que había engañado. Era algo vergonzoso y pensé que afectaría mi reputación. —Emitió una risita discreta antes de continuar—: Yo había recaudado mucho dinero para el proyecto, pero de una manera que se entendió como algo forzada, así que, pese a la deslealtad de Otani, no podía hablar públicamente de ello. Finalmente, tuve que encajar el golpe y renunciar a mi proyecto. La reputación de mi empresa se habría visto tan agraviada que, por miedo, lo reconozco, cedí a la propuesta de la carretera nacional.

»Y no hay más. Esta es la única conexión entre Industrias Waku y Masanori Otani. Me acerqué a él por iniciativa propia, y él me engañó también por iniciativa propia. Además, estrictamente hablando, el dinero no era mío, y, por otro lado, la carretera nacional ha sido de gran utilidad para mucha gente en Nohara; así que no tengo motivos para quejarme. Nunca hubo nada de lo que deba arrepentirme. Esta es la verdad. Puede ser tan difícil de creer como que vi a un kappa, pero puede creerme. No sé si su periódico se propone defender a Otani o hundir su reputación, ni quiero saberlo. Pero si va a escribir sobre este asunto, no tergiverse los hechos. Prométalo.

Izo enderezó la espalda y levantó el meñique. Una cicatriz rodeaba la base del dedo. Yabukita tragó saliva y, a continuación, sonrió y entrelazó el meñique.

—Hacía mucho que no prometía algo con el meñique —dijo.

—Si rompe la promesa, le clavaré mil agujas en esa boca sonriente —replicó Izo con tono amenazador. Al escucharlo, me sobresalté—. Es broma, idiota —aclaró, mirando al techo y lanzando una carcajada que mantuvo durante un buen rato.

A Yabukita le permitieron usar una sala de la primera planta para escribir su artículo. Con nada más que un escritorio sobre un suelo de tatami, me recordó la habitación de Seishiro Watanuki en *La curiosa historia del cuidador de la casa sin dueño.* Los demás —Izo, Makino, Sugawa y yo— bebimos el té verde que Yasu nos preparó y pasamos un rato agradable en aquel lugar típicamente japonés, desde el cual era difícil imaginar que más allá de las ventanas con mosquitera no hubiera más que un túnel abandonado.

Cuando Yasu apenas había terminado de servir el té y estaba a punto de salir de la sala, Izo lo llamó:

—Yasu, no sé qué dijo tu padre, pero me alegré muchísimo cuando supe que ibas a abrir una librería.

—Abuelo, yo... —Se volvió frente a la puerta corredera e iba a añadir algo cuando Izo lo interrumpió.

—Mira..., he pensado que tal vez vaya siendo hora de convertir Industrias Waku en una empresa que beneficie de nuevo a la comunidad local. —Izo apoyó la taza de té sobre su regazo y, entrecerrando los ojos, dirigió la mirada hacia la ventana—. Diste un buen uso a este túnel abandonado y lo convertiste en almacén de libros, lo cual me enorgullece. Quizá parezca exagerado, pero permíteme decirte algo, Yasu: gracias.

Tras colocar la taza de té sobre el tatami, Izo apoyó las manos sobre el suelo e inclinó la espalda en una reverencia solemne. Pese a conservar intacto su tupido cabello blanco, era un anciano que había realizado un largo recorrido por la vida, paso a paso, con aciertos y errores, y que ya daba muestras de agotamiento.

Sus pequeñas manos, en contacto con el tatami, parecían enormes con sus dedos completamente extendidos. Tal vez fuera una estratagema desarrollada por él en el pasado, para aparentar mayor tamaño e imponer más respeto.

Las puertas correderas se abrieron con un fuerte

ruido metálico que rasgó el silencio y Yasu abandonó la sala.

—Kurai —dijo Makino, dándome un toque en el hombro—, por favor, ve a calmar a Yasu.

—Sí —asentí. Me levanté y seguí a Yasu, decidido a no cometer ningún error esta vez.

No sabía qué le diría —sobre todo por el temor que siempre me inspiraba—, pero la palmadita de Makino me infundió ánimo.

Lo encontré en una pequeña cocina de estilo antiguo, ubicada al final del pasillo, agachado, bajo la luz tenue de la bombilla. Pensé que sollozaba.

—¡Yasu, no llores! —grité presa del pánico.

—¿Qué? —se volvió hacia mí, con el ceño fruncido y una expresión aterradora—. ¿Quién llora, mequetrefe?

Resultó que se había acuclillado ante una jaula que reposaba sobre el suelo, y dentro de esta descubrí un conejo.

—¡Ah...! —exclamé sorprendido—. Has traído al conejo.

Yasu se puso en pie.

—Por supuesto. Es parte de la familia. —Me dio la espalda y volvió a agacharse para mirar al interior de la jaula—. Y la familia debe permanecer unida.

Estimulado quizá por la voz de Yasu, el conejo de pelaje naranja se irguió sobre sus patas traseras y movió el hocico.

Yo traté de decir algo, pero me costaba dar con las

palabras adecuadas. Mientras las buscaba, Yasu, todavía de espaldas a mí, se me adelantó una vez más:

—Ya has oído lo que ha dicho mi abuelo. Que está orgulloso de mí... Yo, sin embargo, siempre he querido mantenerme al margen de Industrias Waku. La idea de asumir el control de la empresa me sobrepasaba. De hecho, decidí fundar La Librería de los Viernes para alejarme lo más posible de la empresa familiar y de las connotaciones del nombre de Waku. Soy patético... —dijo casi escupiendo sus palabras.

—No, no lo eres. Creo que te comprendo demasiado bien: yo también me siento patético, a veces.

—¿Ah, sí, mequetrefe? Pues, ahora que lo recuerdo, tú también eras candidato para heredar la empresa, ¿no? —Guardó silencio durante unos instantes y, a continuación, dejó escapar una risita malévola.

—Todavía no he encontrado la respuesta que darle a mi padre. Yasu, tú al menos sí la has encontrado. Tu respuesta ha sido La Librería de los Viernes. Y creo que Izo está satisfecho por esa respuesta que le has dado. ¿No es fantástico? Deberías sentirte feliz. Casi hasta te envidio.

—No te dejes engañar tan fácilmente por las apariencias, mequetrefe. Todavía eres un poco inocentón.

—Vaya..., siento lo que he dicho. —Y mientras yo le dirigía una leve inclinación de cabeza a modo de disculpa, Yasu introdujo la mano en la jaula y acarició la frente del conejo, entre sus orejas caídas.

—Se llama Duque.

—¿Cómo?

—Duque. Así es como se llama el conejo. —Sin volverse para mirarme, Yasu continuó hablando a velocidad vertiginosa—: El nombre viene de un perro que aparece en un cuento de Kaori Ekuni: «En una noche fría». Mi Duque es hembra, pero el nombre me gustaba tanto que se lo puse. Además, le va bien, ¿verdad? Duque, mi conejita Duque.

—Sí, estoy de acuerdo. Le queda bien —convine mientras empujaba el puente de mis gafas para ajustármelas. Yasu sonrió con suficiencia y por fin se volvió para mirarme de frente.

—Si alguien se entera de que se llama Duque, te doy una paliza.

—¿Ni siquiera lo sabe Minami?

—¡Me refiero a cualquier persona fuera de los límites de La Librería de los Viernes! Por supuesto que Minami y Sugawa saben que se llama Duque; pero todos los demás, incluido el veterinario, la llaman simplemente Conejo.

Me pregunté qué sentido tenía mantener en tan alto secreto el nombre de un conejo y, al mismo tiempo, me alegré de compartir ese honor, reservado solo a los demás miembros de La Librería de los Viernes.

—Tranquilo, no diré ni mu. —E hice el gesto de cerrar los labios, como si cerrara una cremallera.

Tras el paso del tifón, un cielo azul e infinito se extendió sobre nuestras cabezas, tan despejado que se nos olvidó que la temporada de lluvias estaba a punto de comenzar.

En La Librería de los Viernes se inauguró la sección de historia de Nohara, con gran acogida por parte de los estudiantes del instituto de secundaria. Makino había ideado un cartel con una simple frase que llamaba poderosamente la atención: HABÍA KAPPAS EN LA CIUDAD DE NOHARA, acompañada por la sencilla ilustración de un kappa hecha por Sugawa. La presentación despertó el interés de los estudiantes y, en concreto, un libro de cuentos y leyendas locales, publicado hace tiempo por una asociación de folclore de Nohara, se vendió excepcionalmente bien.

La puerta automática se abrió y Yasu, vestido con su habitual traje informal, holgado y brillante, entró.

—¡Hace un calor infernal! —exclamó al tiempo que se abanicaba con la mano, y, como tratando de desahogar su frustración, bramó—: ¡Uf! ¡La temporada de lluvias no se anda con bromas!

El flujo de clientes había disminuido y aprovechábamos para descansar, esperando la llegada del siguiente tren y su nueva remesa de posibles clientes. Makino, que estaba tomándose un respiro en el rincón de la cafetería, saludó a Yasu con la mano, haciendo ondear un periódico:

—¡Yasu! ¡Tenemos artículo de Yabukita!

Una profunda arruga se formó en el entrecejo de Yasu, pero solo por un instante.

—¿Sí? —replicó, sacando pecho y acercándose con esa manera de andar tan suya, arqueando las piernas. Tomó el periódico de las manos de Makino, lo extendió sobre el mostrador y fijó la vista en la cubierta.

—Si no os importa, voy a leerlo en voz alta.

Todos asentimos, aunque Makino ya nos lo había leído a Sugawa y a mí.

—¿Eh? ¡Se presentan cargos penales contra Otani! —exclamó al leer el titular—. ¡Qué gran noticia!

Según revelaba el periódico, Otani había sido acusado penalmente por la Fiscalía del distrito de Tokio por presunta malversación y prevaricación, y aunque ello, por sí solo, ya supusiera una noticia lo bastante impactante, solo era el comienzo de lo que Yabukita contaba en su artículo. En él se le reconocía el mérito de haber impulsado la construcción de la carretera nacional, tan beneficiosa para el desarrollo de la ciudad de Nohara, y se señalaba su nula asociación con personas de dudosa calaña. También se decía que incluso había rechazado de manera tajante a quienes intentaron congraciarse con él guiados por motivaciones turbias y no del todo honestas. La financiación de la carretera nacional fue, por tanto, legítimamente sufragada por donantes particulares, organizaciones y empresas.

«No digo que no podamos rastrear una fuerte ambición política en sus acciones», indicaba Yabukita en su artículo, «pero la suya ha sido siempre una ambición profundamente enraizada en un intachable sentido del deber para con el pueblo de Nohara».

Pero Yabukita continuaba y se hacía la siguiente pregunta: «En tal caso, ¿qué le ha ocurrido al Otani de hoy día, nuestro flamante secretario de Estado?». Yabukita concluyó, basándose en diversas pruebas obtenidas durante sus entrevistas, que efectivamente había recibido transferencias de dinero procedentes de importantes contratistas. Yabukita proseguía: «Solo podemos imaginar las dificultades y recompensas que una carrera política de tan largo recorrido haya deparado al señor Otani. Sin embargo, sería una lástima y un grave error que esa misma carrera le hubiera empujado a tomar decisiones equivocadas desde el punto de vista moral y legal. Uno de los capítulos del libro de Kaho Nashiki *La curiosa historia del cuidador de la casa sin dueño* se titula "Uvas" y cuenta la anécdota que le ocurre al protagonista de la novela en una plaza que parece erigirse como frontera entre este mundo y el otro, cuando le ofrecen unas uvas de aspecto delicioso y él se niega a aceptarlas. Es un pasaje largo, pero me gustaría transcribirlo aquí para mostrar lo que el protagonista sintió en ese momento: "La verdad es que no sé por qué me negué a aceptar aquellas uvas. El caso es que me apetecían mucho cuando me las ofrecieron. Tal vez me pareció demasiado sencillo aceptarlas. Algo me dice que prefiero alcanzar las cosas con mi propio sudor y esfuerzo, porque un tipo de vida donde me dieran las cosas hechas no satisfaría ni nutriría mi espíritu. Todos, a mi alrededor, guardaron silencio al escucharme decir aquello".

»Para los políticos, las uvas son el estatus, el honor y el dinero. A ellos también se las ofrecen en un lugar fronterizo entre dos mundos: el nuestro —el de la gente— y el otro, el de una plétora de idiotas que pululan bajo el pretexto de causas nobles. Pero ¿acaso quienes de verdad han decidido consagrar su vida al servicio público sabrán reprimir hasta el final la tentación de las uvas? ¿Es anticuado e ingenuo esperar de ellos que mantengan con valentía su dignidad y sus principios?».

El pasaje parecía más una columna que un artículo.

—Me sorprende que se lo hayan publicado en la sección de política —comentó Yasu.

—Yabukita dice que debe agradecérselo al tifón. Al parecer, varios artículos se perdieron debido al gran apagón ocurrido en la región de Kanto ese día. Casualmente, lo que él escribió encajaba perfectamente en el espacio de política que necesitaban cubrir y lo usaron tal cual. No les quedó otro remedio.

—¿Será eso verdad? —cuestioné, inclinando la cabeza al recordar la sonrisa bobalicona de Yabukita. Tal vez aquella sonrisa fuera solo la expresión de su modestia, de la humildad de alguien que es más inteligente de lo que él mismo cree.

—En cualquier caso, parece que evitó su temido despido gracias a esta exclusiva —prosiguió Makino—. Y como este artículo se ha hecho viral en internet, parece que podrá dejar la sección de política y volver a la de estilo de vida y cultura.

—Me alegro. Por lo que veo, lo de «estar en el lugar preciso, en el momento adecuado» también sirve para los periodistas —dijo Yasu.

Sugawa y yo asentimos con la cabeza y Yasu me fulminó con la mirada.

—¡No te relajes, mequetrefe! —Alzó la barbilla—. ¿Has terminado de sacar los libros para el inventario? Esas cajas de cartón llevan ahí siglos, maldita sea.

—Lo siento, Yasu.

Me apresuré hacia la trastienda.

—¡Oye! —me gritó Yasu, a mis espaldas—, deja de llamarme Yasu, ¿quieres?

—¿Eh? ¿Por... por qué? —Me volví y Yasu se rascó la cabeza, incómodo.

—Me resulta... poco respetuoso... —dijo.

—De eso, nada —terció Makino—. ¿Por qué iba a sonar irrespetuoso?

—Bueno..., es que suena un poco parecido a yaku..., de yakuza.

—Creo que estás un poco obsesionado con eso... —intervino Sugawa con su suave tono de voz.

Yasu hizo un mohín, y antes de que le diera tiempo a replicar, la puerta automática se abrió y entró un cliente. El rostro de Yasu se iluminó.

—¡Un cliente! —exclamó, y a continuación—: ¡Adelante, buenos días!

—¡Buenos días! —saludó Sugawa volviéndose hacia la puerta de entrada.

—¡Buenos días! —repetí yo.

—¡Bienvenido a La Librería de los Viernes! —rubricó Makino.

Nuestras voces se solaparon unas con otras y se intensificaban en cada nuevo saludo.

Nota de la autora

En las siguientes líneas, quisiera trazar un somero esbozo personal de mi relación con los libros que me han servido de sostén para el desarrollo de la novela que el lector tiene en sus manos. No se trata, pues, de un epílogo en toda regla.

No se escucha el canto del cisne, de Kaoru Shoji

De regreso de una visita a un templo, durante mi primer año de instituto, me encontré por casualidad con *¡Cuidado, Caperucita Roja!*, escrita —al igual que *No se escucha el canto del cisne*— por Kaoru Shoji, en una librería de libros de segunda mano de Kamakura. El libro aborda de una manera exquisita temas de gran complejidad con un estilo sencillo, y me causó tan enorme impresión que a partir de ese momento inicié un largo periplo hasta hacerme con la tetralogía completa de Kaoru Shoji.

Por aquel entonces, no resultaba fácil encontrar esta serie de novelas en las librerías comunes —donde solo primaban las novedades— y las librerías online aún no existían, de manera que empecé a hacerme asidua de las de segunda mano.

En una de ellas, ubicada en Jinbocho, me topé con *No se escucha el canto del cisne*. Recuerdo nítidamente el instante en que el título atrajo mi atención de entre una pila de libros de bolsillo amarillentos y con olor a polvo, y cómo se me puso la piel de gallina al encontrarlo.

Al final, me llevó más de diez años reunir los cuatro volúmenes de la tetralogía en mi estantería. Después, al enterarme de que Shincho Bunko había vuelto a editar la tetralogía con un nuevo diseño de cubierta, me llevé una gran alegría. Me pasé por la sede central de la librería Kinokuniya en Shinjuku —donde transcurre *Mi querido Barba Azul*, último libro de la serie— y volví a comprar *No se escucha el canto del cisne* con su nueva cubierta, flamante y elegante.

El largo adiós, de Raymond Chandler

Lo encontré por primera vez en la biblioteca cuando acababa de dejar mi trabajo y disponía de mucho tiempo libre, pero de poco dinero. Adquirí el hábito de visitar la modesta biblioteca de mi barrio a diario y devoré todos los libros que me interesaban. Un día, mientras me preguntaba cuál podía ser el siguiente, pensé que sería una buena idea leer alguna novela que recomendase alguno de los autores que admiraba.

Como admiraba a Haruki Murakami y este autor

tenía *El largo adiós* entre sus novelas favoritas, me decanté finalmente por ella. Por cierto, las novelas de Murakami también abordan temas complejos con un estilo fácil de comprender, y me encantan.

El largo adiós era una historia larga de un género que nunca había despertado en mí un gran interés, de manera que hice muchas pausas a lo largo de su lectura hasta terminarla. Si no hubiera estado sin trabajo, tal vez me habría dado por vencida.

Para escribir el segundo capítulo de este libro compré en la librería tanto la traducción de Haruki Murakami de *El largo adiós* como la de Shunji Shimizu. Tener dos ejemplares me permitió subrayar y poner notas adhesivas al igual que Inohara, y tengo la impresión de que mi lectura fue entonces mucho menos superficial que la que hice cuando lo tomé prestado de la biblioteca. Ambas traducciones tenían su propio encanto y leí ambos libros casi de un tirón. Sin proponérmelo, esta novela se convirtió también en una de mis favoritas.

Momo, de Michael Ende

Quizá fuera su sencillo título compuesto por solo dos sílabas lo que atrajo mi atención entre los libros alineados en los estantes de una pequeña librería junto a un supermercado.

Cursaba cuarto de primaria y lo cogí sin pensármelo, y empecé a leer. Quedé prendada por la historia y no dejé de leer hasta casi la hora del cierre de la librería. Me disculpé ante el dueño y le pedí que esperara un momento; corrí a mi casa, agarré mi paga y volví para comprarlo.

A pesar de la fascinación que sentí por *Momo*, perdí mi preciado libro en una de mis muchas mudanzas, y la razón por la que no lo volví a comprar de inmediato fue que, para mí, *Momo* representaba la magia que solo había encontrado ese día en aquel lugar, y hasta me parecía que cualquier otro ejemplar de *Momo* en los estantes de esa pequeña librería de barrio era un poco diferente al que yo había comprado. Esto podrá parecer una tontería, pero así lo experimenté, y durante mucho tiempo fui incapaz de reemplazar mi querido ejemplar perdido de *Momo*.

Cuando decidí que el tercer capítulo de este libro giraría alrededor de *Momo* me animé por fin a comprarlo; pero entonces, por casualidad, lo descubrí en la estantería de libros de mi marido: ¡se trataba de una edición en tapa dura igual a la que yo había encontrado, de niña, en aquella pequeña librería junto a mi casa! Sin darme cuenta, resultó que *Momo* había estado acompañándome todo ese tiempo. Es un libro realmente mágico, sin duda.

La curiosa historia del cuidador de la casa sin dueño, de Kaho Nashiki

Siempre me han encantado las historias en las que la fantasía y la vida cotidiana se entrelazan. Yo las llamo «fantasía de cuarto de estar», y siempre me muero por leer y escribir este tipo de narraciones con ese halo de misterio y de cercanía.

Cuando vi la cubierta en una librería de mi nuevo barrio, supe que era un libro que me ofrecería el tipo de historia que a mí tanto me gusta. La faja mostraba la tipografía y la sinopsis perfectas, y el título, *La curiosa historia del cuidador de la casa sin dueño*, ya me parecía un relato en sí mismo.

En medio de la intranquilidad de empezar una nueva vida en una nueva ciudad, encontrar un libro como aquel, que tan alta expectativa me generaba, me alivió y me hizo sentir que todo iría bien. Esto es lo que me gusta de los libros. Después, me perdí de camino a casa y tardé una hora en llegar en vez de los quince minutos que debería haber tardado; pero cuando ya en casa, exhausta, abrí el libro, lo encontré tan maravilloso como esperaba y salté de alegría: todo mi cansancio desapareció de golpe. Se trataba de una historia serena y enriquecedora que me reconfortó y reconcilió con el mundo, como espero que *La Librería de los Viernes* reconforte y llegue a los corazones de muchos lectores.

A ellos, mis lectores, va todo mi agradecimiento,

Sawako Natori

Recomendaciones de La Librería de los Viernes

Títulos escogidos con el mayor cuidado y respeto

Obras citadas en esta novela

Kaoru Shôji, *Hakuchô no uta nanka kikoenai* [No se escucha el canto del cisne], Shinchô Bunko, 2012.

Raymond Chandler, *The Long Goodbye*, Houghton Mifflin, 1953.

Michael Ende, *Momo*, Thienemann Verlage, 1973.

Kaho Nashiki, *Iemori Kitan* [La curiosa historia del cuidador de la casa sin dueño], Shinchôsha, 2004.

Las citas que aparecen en esta novela son traducciones originales realizadas por Juan Francisco González Sánchez a partir del texto japonés.

Obras que aparecen brevemente en esta novela

Toon Tellegen, *Bijna iedereen kon omvallen* [Nadie muere], Singel Uitgeverijen, 1993 (inédita en España), traducido al japonés con el título *Daremo shinanai* por Saki Nagayama, Media Factory, 2000.

Charles M. Schulz, *A Peanuts Book Featuring Snoopy (1)* (volumen en inglés; sin edición publicada en España con este título, aunque existen múltiples ediciones de *Peanuts* en España bajo otras denominaciones).

Takehiko Inoue, *Slam Dunk*, manga en 31 volúmenes, trad. Agustín Gómez Sanz, Editorial Ivrea, 2014.

Naomasa Matsuda, *Hi 5!*, manga en 6 volúmenes, Shônen Magazine Comics, 1993-1994 (inédita en España).

Hiroki Yagami, *Dear Boys*, manga en 23 volúmenes, Kôdansha Comics, 1989-1997 (inédita en España).

Takahisa Igarashi, *Bokutachi no alley-oop* [Nuestro alley oop], PHP Bungei Bunko, 2015 (inédita en España).

Hiroshi Matsuzaki, *Hashire ! T-kô basket-bu* [¡Corred, chicos del equipo T!], Gentôsha Bunko, 2010-2015 (novela en 10 volúmenes, inédita en España).

Yuzuru Hirayama, *Five*, Gentôsha Bunko, 2007 (inédito en España).

Raymond Chandler, *El sueño eterno*, trad. José Antonio Lara, Editorial Planeta, 1985.

Tatsuo Shimizu, *Uete Ôkami* [El lobo hambriento], Shinchô Bunko, 2004 (inédita en España).

Antoine de Saint-Exupéry, *El Principito*, trad. Bonifacio del Carril, Emecé, 1951.

Rieko Nakagawa, Yuriko Omura (il.), *Guri y Gura*, trad. Takako Kodami y Aya Bracho, Ekaré, 2008.

Kodomo no tomo [El amigo de los niños], revista mensual de Fukuinkan Shoten, publicación japonesa de ál-

bum ilustrado que se edita desde 1956 únicamente en Japón.
Takeshi KAIKO, *Opa!*, Shueisha Bunko, 1981 (inédita en España).
Joan G. ROBINSON, *El recuerdo de Marnie*, trad. Laura Layoun, Jonu Books, 2021.
Kaori EKUNI, *Tsumetai yoru ni* [En una noche fría], Shinchô Bunko, 1996 (inédita en España).
Chihiro NAKAGAWA, *Kappa no nukegara* [El disfraz de kappa], Rironsha, 2000 (inédita en España).
Darcy FREY, *The Last Shot: City Streets, Basketball Dreams*, Mariner Books, 2004 (inédita en España).
Kaoru SHOJI, *Akazukin-chan ki o tsukete* [¡Cuidado, Caperucita Roja!], Shinchô Bunko, 2012 [1969] (inédita en España).
Kaoru SHOJI, *Sayonara kaiketsu kurozukin* [El hombre de la capucha negra], Chukô Bunko, 1973 [1969] (inédita en España).
Kaoru SHOJI, *Boku no daisuki na aohige* [Mi querido Barba Azul], Chukô Bunko, 1972 (inédita en España).
Ken LYU, *El zoo de papel y otros relatos*, trad. María Pilar San Román, Alianza, 2017.
Masatomo TAMARU, *Umiiro no bin* [La botella azul], Shuppan Geijutsusha, 2014 (inédita en España).
Setsuko NIKI, *Tantei Mikage Jun zenshu* [Serie del detective Jun Mikage], volúmenes 1 a 3, Shuppan Geijutsusha, 2005 (inédita en España).
Haruichi FURUDATE, *Haikyu!!*, manga en 45 volúmenes, trad. Sandra Nogués Graell, Planeta Cómic, 2021 (colección activa).